中国现代小城镇小说研究

李莉 著

图书在版编目(CIP)数据

中国现代小城镇小说研究/李莉著. —武汉：武汉大学出版社，2017.4

ISBN 978-7-307-17779-6

Ⅰ.中…　Ⅱ.李…　Ⅲ.现代小说—小说研究—中国　Ⅳ.I207.42

中国版本图书馆 CIP 数据核字(2016)第 080275 号

责任编辑:陈　帆　　　责任校对:李孟潇　　　版式设计:马　佳

出版发行：**武汉大学出版社**　(430072　武昌　珞珈山)

(电子邮件：cbs22@whu.edu.cn　网址：www.wdp.whu.edu.cn)

印刷：虎彩印艺股份有限公司

开本：720×1000　1/16　　印张:14.25　　字数:206 千字　　插页:1

版次：2017 年 4 月第 1 版　　　2017 年 4 月第 1 次印刷

ISBN 978-7-307-17779-6　　　定价:42.00 元

目　录

绪　论

在璀璨的现代文学园地里，小城镇小说无疑是其中一朵奇葩。众多优秀的现代作家从事小城镇题材创作，给我们留下了珍贵的文学遗产。

这里的"小城镇"，特指19世纪末至20世纪上半叶，介于大中城市和乡村之间的小城小镇，包括通常意义上的乡镇、集镇、市镇、县城，以及部分规模不大的州府。20世纪80年代，费孝通率先从社会学的角度，将小城镇从传统意义上的"城"与"乡"中剥离出来，提出了"小城镇"概念。他认为，小城镇是一种既有别于"都会"，又"高于农村社区"的"社会实体"，"是一批并不从事农业生产劳动的人口为主体组成的社区，无论从地域、人口、经济、环境等因素看，他们都既具有与农村社区相异的特点，又都与周围的农村保持着不可缺少的联系"。① 随着《小城镇及其他》、《小城镇经济管理》等论著的问世，以及相关研究课题的深化，传统的"城—乡"二元模式被"城市—小城镇—乡村"三元模式取代，小城镇作为城市、乡村之外的"第三种社会"② 得到了社会的广泛认同。

小城镇是我国沿袭了两千多年的建制县域内的政治、经济、文化中心，在中国近现代社会结构中占有十分重要的地位。明清以降，中国小城镇蓬勃发展，长盛不衰，民国时期发展到"高峰"。

① 费孝通：《小城镇大问题》，《费孝通文集》，天津人民出版社1988年版，第325、326页。

② 辛秋水：《小城镇：第三种社会》，《福建论坛》（经济社会版）2001年第5期。

小城镇的数量剧增，常住人口几乎占全国人口的三分之一。据1931年和1932年的调查统计，当时仅居住于一千人以上的市镇和县城的人口就占全国人口的42.81%。① 19世纪末20世纪初，随着现代工业化进程的迅猛发展，中国沿袭了数千年的一元化农业体制快速瓦解，在现代意义上的“城”、“乡”概念明晰化的过程中，地处“村之首，城之尾”的小城镇也被赋予了新的内涵，成为一种介于城市和乡村之间、亦城亦乡的桥梁性的社会区域。小城镇的这一特性使之具有独立的社会功能和独特的文学价值。首先，作为飞架在城乡之间的桥梁，小城镇的变化既受都市与乡村的双重牵制，其自身也牵动着都市，尤其是乡村的社会进程，杯水风波之中常能折射出整个社会的政治、经济和文化风貌。在近代以来的社会转型中，小城镇也占据着十分重要的地位。从传统的小城镇到现代化的大、中城市，是古老的“乡土”中国社会转型的主体形式之一。小城镇往往是现代城市的前身，是“城市的建设基础和经济雏形”②。19世纪末20世纪初，部分工商都市即由古老的小城镇演变而来。至20世纪三四十年代，在外来工业文明的冲击下，众多的小城镇，尤其是沿海大型市镇处于动荡分解的局势之中，正排队进入现代大中工商城市之列。此外，作为连接城、乡社会的咽喉要道，小城镇既是现代文明与传统文化对话的窗口，又是这场异质文明冲撞的交火地带。前者对后者的浸淫，后者对前者的回应与阻击，以及两者交融与冲撞所带来的文化心理和社会风气的变迁，使小城镇成为浓缩两种异质形态的文化符号，显示出古老的宗法社会在异质文明初步波及中的特殊状态。在中国社会由农业文明向工业文明转变的历史过程中，小城镇是介于传统与现代之间的二元混合体，起着举足轻重的作用。只有研究小城镇才能看清中国由传统向

① 丁长清、慈鸿飞：《中国农业现代化之路——近代中国农业结构、商品经济与社会市场》，商务印书馆2000年版，第355、357页。

② 赵秀玲等：《中国乡村城市化概论》，河南大学出版社1997年版，第48页。

现代转型的“轨迹”。①

“小城镇小说”，是指以小城镇社会生活为表现对象的现代小说。小城镇小说数量之多、总体的艺术成就之高，是中国新文学中十分重要的文学现象。“五四”时期，以鲁迅和叶圣陶为代表的新文学创始人率先开辟了小城镇题材创作领域。鲁迅将20世纪初江浙小城镇社会生活最早引入新文学的殿堂。叶圣陶则以小城镇为背景，集中展示中小学教员的灰色人生，开拓小城镇小知识分子题材领域。20世纪三四十年代，不同流派、不同风格的作家皆致力于小城镇题材的创作，出现了师陀的中原小城系列、萧红的东北小城系列、沙汀的川西北乡镇系列、沈从文的湘西小城镇系列、茅盾和施蛰存的江浙市镇系列、张天翼的东南小城镇系列、骆宾基的塞外小城系列等。其中，鲁迅的《孔乙己》、《药》、《祝福》、《孤独者》、《在酒楼上》，叶圣陶的《潘先生在难中》、《倪焕之》，沙汀的《在其香居茶馆里》、《淘金记》、《困兽记》，师陀的《果园城记》，萧红的《呼兰河传》、《小城三月》，沈从文的《边城》，施蛰存的《上元灯》集，茅盾的《林家铺子》、《霜叶红似二月花》，柔石的《二月》，张天翼的《清明时节》等作品，既是小城镇小说中的优秀之作，也代表着整个中国现代小说的最高成就。

中国新文学作家与小城镇有着普遍的地缘和血缘关系。鲁迅、郭沫若、茅盾、郁达夫、废名、沈从文、萧红、骆宾基、何其芳、师陀、施蛰存等大多数中国现代作家皆出生于小城镇，在小城镇度过了童年、少年乃至中、青年时代。其中，茅盾出生于浙江桐乡县有着数万人口的乌镇，18岁后虽然离乡进入都市求学、谋生，但其母亲去世之前，几乎“每年至少要回一次家乡”，“每次大约一周至十天”，对于家乡的变化，尤其是镇上小商户的苦乐，“有所了解”，诸多重要的作品皆为返乡见闻所得。② 自称“乡下人”的

① 丁长清、慈鸿飞：《中国农业现代化之路——近代中国农业结构、商品经济与社会市场》，商务印书馆2000年版，第392页。

② 茅盾：《左联时期的文学活动》，《茅盾自传》，江苏文艺出版社1996年版，第257页。

沈从文出生于湖南凤凰县城的一个军旅家庭，入京以前，随土著部队流荡于湘、川、黔、鄂四省边境，辰州、沅州、怀化等十多个县份的小城镇的人事哀乐和风俗景物给他留下了深刻的印象。① 沙汀出生于四川安县，少年时期常年随舅父往来于周边各小城小镇之间，20 世纪 30 年代多次返乡，抗战爆发后，先后在县城安昌镇及其周边小城镇蛰居近十年之久。出生于苏州城内的叶圣陶，在小镇工作数年，在那里受到了“五四”精神的感染，并开始了最初的文学创作。作家与小城镇这种普遍的地缘和血缘关系，不仅使小城镇意识成为影响新文学的一个重要因素，② 更重要的是将小城镇题材带入小说创作，使之成为现代小说创作最重要、最独特的表现对象之一。

现代作家大多有着较明显的小城镇题材意识。在上述大多数作品中，“小城镇”往往是一个被强调了的叙述背景。鲁迅的《呐喊》、《彷徨》共收录 25 篇小说，大多数作品以“鲁镇”和“S”城为背景展开叙述。沈从文曾明确表示，《边城》是“以一个小城小市几个愚夫愚子的哀乐，为人类的‘爱’字作一度恰如其分的说明”③，《长河》则有意“用辰河流域一个小小的水码头作背景，就我所熟习的人事作题材，来写写这个地方一些平凡人物生活上的‘常’与‘变’，以及两相乘除中所有的哀乐”④。《倪焕之》、《二月》、《春阳》、《长河》等作品皆以“都市/乡村”与“小城镇”之间的碰撞结构全篇，以“他者”叙事突现创作主体鲜明的小城镇题材意识。《呼兰河传》、《某镇纪事》、《百顺街》和《果园城记》直接以小城小镇为小说命名。在这些作品中，小城镇不只是

① 沈从文：《从文自传》，江苏文艺出版社 1995 年版。

② 梅栾杰：《小城镇意识与中国新文学作家》，《中国现代文学研究丛刊》1997 年第 2 期。

③ 沈从文：《小说习作选 · 代序》，《沈从文文集》第 11 卷，花城出版社 1984 年版，第 43 页。

④ 沈从文：《长河 · 题记》，《沈从文小说选》，人民文学出版社 1982 年版，第 339 页。

人物活动的背景，同时也是小说叙事的主体对象。其中，“果园城”是师陀精心描写的一个能够代表“中国一切小城”的中原小城。小说以果园城为主人公，并试图写出它的生命、性格、思想、见地、情感和寿命。① 沙汀是我国现代文学史上的一位“专注地描写中国宗法乡镇社会，并以此为自己全部艺术生命”② 的作家。茅盾在关注都市和乡村的同时，特别重视市镇的社会意义和文学价值。20 世纪 30 年代初，茅盾即有意构建一部由都市到乡村的宏大的交响曲，计划在“都市生活的描写”之外，同时展示“农村的经济情形”和“市镇人复杂的意识形态”，认为后者“决不像某一般人所想象那样单纯”。③ 20 世纪 30 年代中期至 40 年代初，茅盾连续创作的短篇《林家铺子》、《赛会》、《小巫》、《当铺》，中篇《多角关系》、《动摇》，长篇《霜叶红似二月花》等作品，集中展现了特定时期江南市镇的政治、经济和文化面貌。在茅盾的创作中，小城镇题材意识还突出地表现为对小城镇小说人物类型和人物内涵的认识和把握。他曾呼吁加强市镇“小商人”形象的描写④，认为市镇小商人与都市小商人的性格和命运有着明显的差异⑤，有

① 师陀：《果园城记·序》，《果园城记》，上海出版公司 1946 年版。

② 吴福辉：《乡镇小说·序》，沙汀：《乡镇小说》，上海文艺出版社 1992 年版，第 1 页。

③ 茅盾：《子夜·跋》，《中国新文学大系（1927—1937）》第 8 集，上海文艺出版社 1984 年版，第 777 页。

④ 茅盾：《大革命前后》，《茅盾自传》，江苏文艺出版社 1996 年版，第 198、199 页。

⑤ 茅盾：《故乡杂记》：“封建的内地乡镇的小商人的他们似乎比大都市里的小商人更为‘盲目’，更为‘乐观’，同时亦更为容易受‘欺骗’。因为是更‘盲目’，他们不感知大地震似的剧变即在不远的将来，他们只认眼前的‘不太平’是偶然；也是因这‘盲目’，他们比大都市里的小商人较少些颓废的气息，而成为‘乐观’。……他们是时代转变中的不幸者，但他们又是彻头彻尾的封建制度拥护者。”《茅盾全集》第 11 集，人民文学出版社 1984 年版，第 110 页。

意识地以小城镇这一特定的社会环境把握胡国光们劣绅的性格内涵。①

区域性分类是中国现代小说题材类别研究的重要方法之一。受传统社会学"城—乡"二元模式的影响，中国现代小说历来有"都市/城市文学"与"农村/乡土题材创作"之别。在这一普遍性的研究框架中，小城镇一直处于相对模糊、混乱的状态。大多数研究者将其归入"农村"题材之列，少数则视之为"都市生活的一隅"。在某些严格的分类研究中，小城镇题材被搁置于都市和乡村之外，在某种程度上成为文学研究的"真空地带"。20世纪90年代初，随着社会学对"城市—小城镇—乡村"这一三元社会结构的认同，小城镇题材作品作为一种独立的研究对象开始受到人们的关注。对小城镇题材小说的研究大体分为三个阶段：

第一阶段（20世纪90年代—2003年）为研究命题的提出阶段。20世纪90年代，吴福辉在他主编的《乡镇小说》序言里，以沙汀的创作为例，提出了"乡镇小说"概念。稍后，栾梅杰的《小城镇意识与中国新文学作家》②、张磊的《城乡交响中的小城乐章——浅论现代作家的小城意识》③从主体创作意识层面，指出中国现代文学中的"小城镇"意识。2003年5月，《湛江师范学院学报》组织了"小城文化与小城文学"笔谈，杨剑龙、熊家良、逄增玉分别发表了《小城文学的价值与研究方法谈》、《三元并立结构中的小城文化与小城文学》和《文学视野中的小城镇形象及其价值》，阐述小城镇文学研究的重要性和必要性，探讨小城镇文

---

① 茅盾：《大革命前后》："本来可以写一个比他更大更凶恶的投机派，但县城里只配胡国光那样的人。然而即使是那样小小的，却也残忍得可怕……所以《动摇》内只有一个胡国光，只这一个，我觉得也很够了。"《茅盾自传》，江苏文艺出版社1996年版，第194页。

② 梅栾杰：《小城镇意识与中国新文学作家》，《中国现代文学研究丛刊》1997年第2期。

③ 张磊：《城乡交响中的小城乐章——浅论现代作家的小城意识》，《山东师范大学学报》（人文社科版）2001年第6期。

学作为独立研究对象的前景，并对相关领域的研究方法和研究视角提出了建设性的意见。值得注意的是，赵冬梅率先就“小城中的故事”、“故事中的小城”和“小城的写作者”、“文化特性”展开研究，其博士学位论文《中国现代文学中的小城小说》（北京师范大学，2001年）① 对于小城镇小说研究具有开拓性的意义。至此，“小城镇”作为一种特殊的题材类型引起了研究者的关注，但作为一种崭新的研究命题在整体上尚处于讨论与论证阶段。

第二阶段（2004—2010年）为研究初步展开阶段。现代文学中的“小城镇世界”②、“小城镇氛围”③ 依然是学者关注的问题。此外，小城镇小说成为博士、硕士学位论文的热点选题，熊家良的《现代中国的小城文化与小城文学》④ 代表该类研究的丰硕成果。其研究认为，小城是现代作家的文化摇篮，其特定的文化形态赋予小城小说独特的表现内容。研究虽涉及该类作品的文化意蕴和叙事风格，但多侧重小城社会的文化特征和创作主体的精神世界，文本研究相对不足。

第三阶段（2011年至今）为研究深化阶段。该阶段的研究从整体上转向作品本身，叙述方式和叙事结构受到关注。研究认为，特定的叙事内容使得该类作品具有独特的叙述方式⑤，小说结构具有明显的“系列组合”式特点⑥；同时，作品内容方面的阐释在

---

① 2006年，该论文更名为《小城故事——中国现代文学中的小城小说》，由人民文学出版社出版。

② 杨加印：《现代文学中的“小城镇世界”》，《文艺争鸣》2004年第11期。

③ 袁国兴：《鲁迅小说的“小城镇氛围”——兼谈中国现代小城镇文学》，《鲁迅研究月刊》2007年第5期。

④ 2007年，该论文由中国社会科学出版社出版。

⑤ 周水涛：《论小城镇叙事小说的文体发育与成熟》，《西南大学学报》（社会科学版）2014年第3期。

⑥ 叶永胜：《小城镇文学的系列组合叙事结构》，《贵州师范大学学报》2011年第6期。

文化视角之外引入政治①和经济视角②；余连祥关于江南市镇小说的地域性文化阐释、邱诗越关于市镇小说的疾病叙事研究③等，则分别从研究视角和内容层面将小城镇小说推向新阶段，预示其良好的发展前景。

上述研究成果已涉及现代小城镇小说的多个领域，在研究方式和方法等方面皆积累了较丰富的研究经验。但是，作为一种新型的小说分类研究，还存在诸多问题。其一，作为一个相对独立的研究对象，该命题存在明显的概念差异。“乡镇小说”、“市镇小说”、“小城文学”、“小城镇文学”等多种概念混杂，界定模糊，不利于问题的提出和研究的拓展。其二，作为一种特定的题材类型，其主题内涵、叙事方式等方面的研究才刚刚开始涉及，研究视角和深广度均有待进一步拓展、提升，人物形象则鲜被提及。其三，研究多集中于沈从文等部分作家的“小城”、“市镇”文学，乡镇题材小说很少被纳入研究视野，立足文本、针对小城镇题材“小说”的专项研究成果不多。此外，研究思路和研究方法与“小城镇”这一特定研究对象仍存在一定的距离。

2003 年以来，笔者一直从事小城镇小说研究，前期参与相关命题的提出和论证，④ 近年来则围绕 20 世纪上半叶小城镇小说独特的主题内涵、人物类型和叙事方式展开专项研究。本书采取区域性分类研究方法，将“小城镇”作为一个独立的题材类型展开研究，同时将现代文学中所有以小城、乡镇、市镇为题材的小说作为

① 邱诗越：《权与利诱惑下的角逐——论中国现代市镇小说的权力叙事》，《河南师范大学学报》2011 年第 1 期；《中国现代市镇小说的左翼叙事》，《华南农业大学学报》2013 年第 2 期。

② 余连祥：《现代江南小城镇文学中的旱涝灾害叙事》，《浙江学刊》2013 年第 4 期。

③ 邱诗越：《论中国现代市镇小说的疾病意象》，《兰州学刊》2015 年第 1 期。

④ 易竹贤、李莉：《小城镇题材创作与中国现代小说》，《江汉论坛》2003 年第 7 期。

研究对象，建立一个相对完整的研究体系①；立足小说文本，紧扣小城镇的区域性特征，着重揭示作品被传统“都市—乡村”二元题材分类所忽视或遮蔽的审美价值。在具体的研究过程中，从现代“小城镇”这一特定的研究对象出发，根据其独特的社会属性、结构形态和区域政治、经济和文化特征，确定研究重点和研究方式、方法：基于小城镇城之尾、村之首的区域特点，从小城镇小说审视基层社会初期转型的历史文化状态，探讨“都市”、“乡村”他者在小城镇形象建构中的方式和作用；从小城镇普遍的“茶馆”空间发掘宗法市井人生的普遍面影；聚焦小城镇在传统县域制内的政治、经济和教育作用，发掘小城镇人物类型和主题内涵。

由于本书涉及的研究对象在原有学术框架内已作过各种深入的研究，因此寻求切合“小城镇小说”这一特定研究对象的角度、方式和方法，突破原研究视野和框架的某些局限，是本书的重点和难点所在。

① 就社会学角度而言，“小城镇”是对介于大中城市和乡村之间的“第三种社会”的统称。20世纪上半叶，中国“小城”、“市镇”、“集镇”和“乡镇”的人口和规模相近，社会性质、形态和功能大体相同，以之为题材的文学创作明显集中于小说，我们因此将现代文学中所有以小城镇社会生活和人事经验为表现对象的小说纳入同一研究体系，统称为“小城镇小说”，使之与传统意义上的“都市/城市文学”和“农村题材小说”明确区别开来，便于问题的提出和研究的进一步深化。

第一章　基层社会转型初期的历史文化反思

在近代以来的社会转型中，小城镇占据着十分重要的位置。从传统的小城镇到现代化的大、中城市，是古老的“乡土”中国社会转型的主体形式之一。小城镇往往是现代城市的前身，是“城市的建设基础和经济雏形”①。19 世纪末 20 世纪初的部分大中工商都市即由古老的小城镇演变而来。上海是最典型的一个例证。晚清时期，上海只是松江府治下的一个不过十条街巷的普通县城，开埠以后，一跃成为远东第一大都会。至 20 世纪三四十年代，众多的小城镇，尤其是沿海大型市镇，在外来工业文明的冲击之下，处于动荡分解的局势之中，正排队进入现代大中工商城市之列。作为中国基层社会的政治、经济中心和积淀深厚的民族文化广场，小城镇细小的微澜常常叠印着民族初步蜕变的某些身影与足迹，透露出巨大的社会变迁的信息。

作为连接城、乡社会的咽喉要道，20 世纪上半叶的中国小城镇既是现代文明与传统文化对话的窗口，又是这场异质文明冲撞的交火地带。前者对后者的浸淫，后者对前者的回应与阻击，以及两者交融与冲撞所带来的文化心理和社会风气的变迁，使小城镇成为浓缩两种异质形态的文化符号，显示出古老的宗法社会在异质文明初步波及中的特殊状态。可以说，在整个中国近现代历史上，小城镇是介于传统与现代之间的二元混合体。只有研究小城镇才能看清中国由传统向现代转型的轨迹。迄今为止，近现代小城镇的研究明

① 赵秀玲等：《中国乡村城市化概论》，河南大学出版社 1997 年版，第 48 页。

显局限于经济领域，相对忽视了它独特的文化价值和意义。而弥补这一遗憾的是文学。小城镇小说聚焦现代物质工业文明下的小城镇社会人生，刻画出了一幅幅生动的小城镇画卷，生动地再现了“中国宗法农业社会顽固不愿退出历史，缓慢解体的超慢镜头”①，展示了近现代乡土中国在异质文明冲击下的特殊状态，形象地演绎了宗法社会的初步蜕变史，为我们触摸那个遥远的社会人生提供了十分珍贵的艺术资料，具有独特的历史文化价值。

第一节 “破”：外来文明的传播与接受

从历史发展的长时段来看，20 世纪是中国社会急剧转型的时代。处于这一历史进程的民国时期，是其中的一个重要时段，“社会结构和民众社会生活方式由传统向现代的日趋转化”是其显著标识。② 按照社会学理论，社会结构包括社会形态结构、社会群体结构等不同层面。就其内涵而言，社会形态结构又可分为政治结构、经济结构和思想文化结构等方面。社会群体则包括家庭、宗族、民族、社区、阶级、阶层、政党、团体等。社会形态结构是社会结构的主体结构，社会性质、社会面貌主要由社会形态结构所决定。社会群体结构是社会结构的基本要素。在社会转型过程中，社会形态结构与群体结构的变化是相辅相成的。社会形态结构的变革直接带动群体自身结构的变化或社会群体间的流动，群体结构的变化也往往是影响社会政治、经济和思想文化结构的重要因素。五四运动前后，随着西方现代科学技术、理性文明的进一步传播，现代化进程业已成为民族发展的内在要求。与此同时，资本主义盘剥势力不断加大。两者分别以意识形态的渗透和经济结构的演变促使工业文明持续而缓慢地向前推进。现代文明的因子以各种形式渗透到小城镇，与传统文化会通融合，不同程度地影响了小城镇的社会面

① 吴福辉：《乡镇小说·序》，上海文艺出版社 1992 年版，第 3 页。

② 朱汉国：《民国时期中国社会转型的态势及其特征》，《史学月刊》2003 年第 11 期。

貌。相对于依然古朴、沉寂的乡村，小城镇进入了种种艰难的蜕变之中。通过大量形象、生动的历史画面，小城镇小说真实地再现了19世纪末20世纪初小城镇政治、经济和思想文化结构在外来文明冲击下的种种变革。

继洋务运动以后，维新派尤其是以孙中山为代表的革命派，开启了中国传统政体的革新。受新的国家政治观念的影响，基层政治体制的变革成为近现代以来政体变革的中心问题之一。“新”的政权推翻了封建的官僚体制，党部和“委员”代替了“知县”与衙门。各地军阀政府和北京政府都试图加强地方权力控制，把传统的地方控制权——非正式权力——纳入一体化行政系统内，使基层权力脱离自治系统，成为半官方的基层行政单位，并日趋走向行政化。作为县域制内的政权中心，面对全面的压力和全新的挑战，小城镇在不断更迭的政制变革中被迫接受调整。无论是方罗兰工作、生活的中南小城(茅盾《动摇》)，还是蒋冰如致力于教育改良的江南小镇(《倪焕之》)，由都市席卷而来的“大革命”浪潮撞击并改变旧的政体形式，导致政权的更替与变革。即使在穷乡僻壤的川西北，县、乡级议员选举，以及官员的种种考核，也正紧锣密鼓地进行(沙汀《生日》、《龚老法团》)。基层社会权力体制变革之频繁，正如胡国光所言：“省当局是一年一换，县当局是平均半年一换。”科举制度的废除与西式学堂的设置，使得整个中国的文化、教育体制变革，已在从上而下的大一统的整体改革中基本完成。教育变革的呼声经由丁雨生、蒋冰如、倪焕之等人的努力震撼着小城小镇。作为基层社会文化教育中心，新式学校如雨后春笋般地出现在小城小镇。初小之外，有高等小学、中学，甚至简易师范。“呼兰河城”出现了专门养蚕的职业学校(《呼兰河传》)。在酷似“中世纪的封建堡垒”的四川县城，维新派的军阀留下了“冷清得像一座古庙”的图书馆，“骄傲地踞蹲”在数十级台阶之上(何其芳《县城风光》)。

随着工业文明影响的不断深化，现代都市文明与原始农业文明在小城镇这一城乡边缘不断碰撞，资本主义经济在宗法体制内萌芽，传统的自然经济从斑驳陆离逐步走向解体。随着现代交通和邮局的出现，简陋工业的下乡和农业技术的引进，现代教育和传播的初创，民主革命思潮和乡村各种改良运动的推行，以及走出土地的农民与城市的初步接触，自宋元以来因封建社会内部经济因素萌生的传统市镇与殖民地经济悄悄融合，出现了现代性缓慢而微弱的增长，其经济形态深深地打上了现代工业文明的烙印。20 世纪 20 年代后期至三四十年代，许钦文、王鲁彦、茅盾、施蛰存等作家分别以各自的故乡为蓝本，形象地描写了 20 世纪初期中国沿海城镇动荡不安、分崩离析的经济面貌。在强劲的现代都市文明的不断侵蚀下，商品—市场经济体系冲击自然经济体系，传统的经济结构、生产关系、生产方式发生变化，资本主义生产方式在我国沿海某些地区已经出现了萌芽并有缓慢发展。机械化工业的出现和资产阶级的萌芽导致新型的劳资纠纷(茅盾《动摇》)。外来工业文明和商业资本惊扰小城镇以农耕文明为基础的商业成规，伊新叔等依靠小本小利和人情、信用维持的传统商人，受到铁一般的价值规律和自由竞争的打击(王鲁彦《桥上》)。传统手工业在机器工业的冲击下走向没落。江南小城镇已经出现了“小火轮”、轮船公司和丝绸厂(茅盾《霜叶红似二月花》、《动摇》)。在王鲁彦以“桥”、“碶”命名的江南水镇，轧米船——外来工业文明进入乡土社会的象征物，巨兽般地穿行在“小脚姑娘似的”柴船、“呆笨老太婆似的”冬瓜船和“风流少年似的”小划船之间，吐着一团团令人憋气和眩晕的黑烟，夺走了手工砻米的生意(王鲁彦《桥上》)。

社会形态结构的变革直接带动社会群体结构的变化。19 世纪末 20 世纪初，随着小城镇政治、经济和文化结构的变化，士、农、工、商等社会群体也发生了明显的变化。由于新知识群体的结合，都市和乡镇表现出“双向互动”的特点。新学和趋新势力形成了以上海、天津、广州等大都市为轴心，向周围地区扩散的辐射网。许多成立于上海及各个省的市民团体，向周围府县和乡镇扩展，这种扩展又大大增加了趋新势力的能量，“新”已发展成为一种要求进步的力量。伴随着这些文明的交融和社会蜕变的是新旧社会力量的交替。许钦文、王任叔、茅盾等作家的小城镇作品充分发挥小说的叙事功能，生动地展示了 20 世纪初期小城镇社会群体结构的变更。

其一是社会群体间的流动和各种新兴社会阶层的萌芽。19世纪末20世纪初，各社会阶层、团体之间出现明显的流动现象，出现了以往未见的两种走向。一是部分传统的富有阶级，如士绅、官僚、地主开始投资于工商业，成为新兴工商资本家。随着整个经济结构和面貌的更新，机械化工厂出现在沿海小城小镇，唐子嘉、王伯申等一批新兴资产阶级出现在古老的小城小镇，成为小城镇商人的一种。二是知识分子向平民阶层的流动。随着新式学校的开办，大量平民进入学校接受现代文明教育，出现了贺文龙、油三妹、魏连殳等成千上万接受过新式教育的平民知识分子；教育模式的转变和教师职业的兴盛，使得大部分知识分子走上了职业化的道路，身份和地位向平民阶层靠拢。

其二是社会群体自身结构的变化。“民国时期，无论是家庭、宗族等原有社会群体，还是商会、工会、农会等新兴的社会群体，其自身结构都发生了不同于传统社会的变化。”① 在作家笔下，这一结构变化的中心是士绅阶层的分化与没落。千百年来占据乡土基层社会的一代特权阶级，逐步退出了基层社会的政治、文化中心，向不同社会层面分化。大量的士绅在时代的浪潮中或迁往都市，成为“都市寓公”，或走上经商之途，或以各种方式公开介入地方政权，绅官也因此成为小城镇社会中一种普遍的小官僚形象之一。“白酱丹”等各种劣绅、烂绅充斥小城小镇。相对而言，传统儒绅的身份和地位不断受到挑战，逐渐淡出历史舞台。与此同时，知识分子和地方官僚、商人群体结构发生明显的变化。受过新式教育的小知识分子正逐步取代孔乙己似的传统读书人，成为小城镇知识分子的主体。其中，既包括凡生（许钦文《凡生》）、博物先生（许钦文《博物先生》）式的半新半旧的小知识分子，也包括以陶岚、油三妹为代表的新女性。知识分子开始摆脱传统观念的束缚，经商者有之（许钦文《回家》），涉身袍哥等地方团体者亦有之（沙汀《淘金记》）。同样，地方官僚和商人的身份之驳杂也是前所未有。在地

① 朱汉国：《民国时期中国社会转型的态势及其特征》，《史学月刊》2003年第11期。

方小官僚中，既包括“模范县长”一类追逐名利的知识分子(沙汀《模范县长》)，也有胡国光、李缙绅等摆脱传统“绅权”束缚，公开追求政权的士绅。在四川等防御区域，还包括大量的军人和各种名目的地方势力。商人群体则在传统小商人之外，出现了绅商、机器工业主等新式商人，其中既包括传统意义上的士绅、地主，也有新式的官僚和知识分子。

社会形态结构的变革引发群体结构的变化，社会群体的调整与变化也直接带动社会关系的重组，引起社会结构，尤其是基层社会权力结构的变化。“绅商”的出现打破了中国传统社会“士农工商”的严格界限。对现代工业文明的积极回应，使“绅商”迅速成为一种新兴而具有支配力的商业群体，并逐步发展为一种与赵守义等传统豪绅相抗衡的新的社会力量。作为一个新兴的商业特权阶层，其影响力也远远超过了商业范畴，左右并支配地方政治、经济和文化。无论是商业规模、经济实力，还是社会地位和影响力，唐子嘉、王伯申等都已经超过了一般意义上的传统型城镇商人，成为影响整个市镇经济的龙头。短短十年间，王伯申便因此而从一个“上不得台面”的普通人，一跃而成县里“数一数二的缙绅”。冯文（王任叔《乡长先生》)以破落户的身份荣升为乡长，为了顺利完成抽丁任务，不得不俯首帖耳地去听取“裕生号”老板大生先生的主意。与此同时，自上而下的政权压倒了沿袭数千年的封建绅权和族权，并取代传统的“双轨制”，成为基层社会的政治权力中心。以县长为中心的新式政府代替传统的知县衙门，新式的乡长、镇长代替了联保主任，党务“委员”代替了先前的“大人老爷”，新兴地方官僚的地位不断上升，逐步成为小城镇政权的中心力量。《族长底悲哀》(王任叔)、《动摇》(茅盾)、《小城纪事》(叶圣陶)等作品以乡长与族长、县党部委员与传统士绅地位权力的变更，充分表现了现代社会转型初期新旧统治势力的交替。洋学堂出身的乡长在县里立案，擅自将竹山划归乡公所，剥夺了一族乡民掘笋的权利。族长的儿子挖了几根竹笋，也要被捕送县，族长太公只好向后生小辈的乡长跪伏求饶了（王任叔《族长底悲哀》)。在“大革命”运动中，以方罗兰为代表的新政官员已取代传统士绅，成为地方社会的实权者(《动摇》)。此外，袍哥、教会、商会等地方团体的势力也随着时代的变化而起伏跌宕。《死水微澜》(李劼人)、《淘金记》(沙汀)分别以顾天成、罗得生、何寡妇、龙哥等人身份与地位的改变，揭示中国近现代社会袍哥与教民、绅权与袍哥势力的交替沉浮。罗得生(绰号“罗歪嘴”)本是回天镇袍哥大爷的大管事，强悍豪爽，勾通官府，包揽官司，横霸一方。受爪牙们的怂恿，罗得生将身携重金到省城捐官的粮绅顾天成诱骗到赌场，剥光了他的一千多两银子后，以拳脚将他驱逐出去。顾天成气急成疾，被洋药救了性命，自此改奉洋教。义和团失败以后，八国联军攻占北京，教民势力迅速取代袍哥，顾天成诬陷罗歪嘴参与郫县打毁教堂的案子，罗歪嘴仓皇逃遁，其相好蔡大嫂不久也变成了顾三奶奶。何寡妇的祖父曾经是个经营烧房的商人，由于他的长兄忽然成为市镇有史以来的第一个举人，家族声势骤然膨胀，不仅生意扩大起来，甚至可以公开拒绝交纳赋税，并随意规定市上的粮食价格。“反正”之后，举人的声势被袍哥压倒，何家在北斗镇的地位也一落千丈，以致祖坟也面临被挖掘的危机。

民国时期，东西方文化激烈碰撞，民众的社会生活方式逐渐走向现代化，各个方面都普遍出现了“新”、“旧”并存的局面。“‘传统’与‘现代’两种生活方式并存”，是民国社会转型过程中的另一特征。随着西俗的流传，“中国城乡民众的衣、食、住、行等物质生活方式开始发生明显的变化”。① 外来物质已经进入小城镇人的日常生活，成为人们衣食住行的一部分。在偏远的四川小镇的市摊上，出现了洋灯、洋布、洋线、细洋葛巾和洋针（李劼人《死水微澜》）。20 世纪 20 年代左右的东北小城，有来自俄罗斯的糖果、饼干、面包、蛋糕、圣诞老人（骆宾基《混沌》），以及日本琴、风琴、手风琴和钢琴等新型乐器（萧红《小城三月》）。20 世纪 30 年代，纸烟、罐头、太阳镜和白金手表等“都市文明的奢侈品”也已经到了遥远的湘西（沈从文《长河》）。在东南沿海、沿江地

① 朱汉国：《民国时期中国社会转型的态势及其特征》，《史学月刊》2003 年第 11 期。

区，电灯、洋火、洋米、洋油，甚至洋楼等，已由都市大量地传入小城小镇，悄然走进了寻常人家（茅盾《霜叶红似二月花》）。与此同时，火车、汽车、轮船等现代交通工具，电话、电报等通信设施，从南到北、由沿海到内陆地区，密布在各地的小城镇，日益加强都市与乡村的联系。现代第一大新型传播媒体——报纸，已深入县城、市镇，成为联系城乡的重要手段之一。民国以后的十年间，连“吕家坪”这个僻远的湘西水码头也一直传阅着上海的《申报》（沈从文《长河》）。新型的文艺刊物出现在古老的东南小镇（张天翼《畸人手记》）。据统计，1906 年的中原小城，商会建立图书馆，“藏书最多时有 10 万余册”①。从四川西北到江南水乡，即使是最小的乡镇也不多不少地设置了一家邮局（沙汀《某镇纪事》、师陀《果园城记》）。电影这一现代化的娱乐形式也走进了僻远的村镇（沙汀《和合乡的第一场电影》）。

物质生活方式的变化直接带动社会风气的转变。在茅盾、施蛰存等作家笔下处于动荡分解之中的江浙小城镇，现代文明已开始渗进普通人的日常生活，人们的生活方式和交往方式发生了较明显的变化。一般说来，文化有两重基本含义。其一指一个社群内的生活模式——有规则地一再发生的活动，以及物质布局和社会布局。在这个意义上，文化指的是可以观察到的现象的领域。其二指知识和信仰的有组织的系统，人们以此建构他们的经验和知觉，规约他们的行为，决定他们的选择，文化在这个意义上指的是观念的领域。② 衣、食、住、行等物质消费，是人们日常生活的基本内容，虽不直接影响社会内部的价值观念和制度，却有着渗透效应，往往同时改变社会的物质布局和精神面貌。《孔乙己》、《淘金记》等作品分别以孔乙己、何寡妇的命运折射时代的变迁与社会风气的流变。在鲁镇，孔乙己原是人人皆知的读书人，只是从来没有进过学，又不会营生，于是愈过愈穷，直到要讨饭了。对大多数人来

① 师陀：《里门拾记·序》，上海文化生活出版社 1937 年版，第 2 页。

② 参看 R. M. 基辛著，甘华鸣等译：《文化、社会、个人》，辽宁人民出版社 1988 年版。

说，“万般皆下品，唯有读书高”已不再是普遍的价值观。划分“咸亨酒店”主顾等级的标准，表面上是身份，实际上却是经济地位。“穿长衫的”因为“阔绰”，可以踱进屋里要酒要菜，“慢慢地坐喝”，做工的短衣帮则站在柜台外。孔乙己虽穿着长衫，但由于只是靠给人抄书换一碗饭吃，是一个“讨饭一样”的人，便也只能站在短衣帮中间。自从袍哥的势力压倒举人的遗威，不仅何家的地位一落千丈，对金钱的追逐也冲击人们孝敬祖先、讲求风水、畏惧鬼魂的传统意识。开掘坟岗以求金矿不仅成为外姓人的贪欲，连何人种这位何家唯一的传人也为之动容。经过一段时间的挣扎和抗争，何寡妇也终于允许儿子走进烟馆。她知道，作为举人的后代，这未免有失体面，但如今“体面已经属于另一类人，而且有了新的解释”。就拿她自己说，十多年前，她经常提到的，是那有着功名的叔父，现在，似乎那酒商才算得祖宗了。近代以来，资本主义经济的萌芽带来了社会风气的变化，影响了人们的价值观念，最明显的，莫过于传统“轻商”意识的逐步淡化与商人社会地位的逐步提高。许钦文《回家》、茅盾《霜叶红似二月花》集中展示了20世纪上半叶江南沿海小镇在现代物质技术冲击下社会风气与文化心理的变化。时隔数年，在那个因科举不第而在贫困和屈辱中死去的孔乙己的故乡，弃儒从商、外出经商供职的人物，在声势上已压倒了乡居的举人和秀才。在王伯申生活的小城，瑞姑太太一再感叹：“差不多的人家都讲究场面了。哪怕是个卖菜挑粪出身的，今天手头有了几个钱，死了爷娘，居然也学缙绅人家的排场。”“从前看身份，现在就看有没有钱了！”现代商业文化的冲击使得金钱逐步替代从前的“身份”，成为社会普遍的价值标准。

中国是一个以礼教立国的社会，礼俗之中积淀中国传统伦理文化特有的内涵，也是特定文化价值观的外化。在传统社会向现代社会的过渡时期，传统礼俗必然受到现代价值观的挑战和涤荡。在生活方式上，主要表现为社会关系、生活习惯、人生礼仪等方面的变化。其中，最具代表性的无外乎妇女、婚姻、家庭问题。瑞姑太太的感叹，既表现了传统缙绅家庭的失落和不满，也表现了新兴阶级的崛起、社会结构的变动以及伦理观念的变化。同时，小说通过大量家庭生活的描写，展示了自由平等、个性解放意识在这里的萌芽状态。神圣的父权开始受到挑战。王民治对父亲王伯申所包办的婚事进行“无声的反抗”；张恂如不满家庭包办婚姻，追求属于自己的爱情。新文化书刊在小城传播，为张恂如、王民治提供了理论武器和行动指南。此外，女子中学已经占据了一席之地（茅盾《霜叶红似二月花》），女子上学十分普遍。不仅在江南小城镇里的许静英、陶慕兰、金佩章有幸步入新式学校，接受新式教育，而且在保守的内地小镇，妇女的受教育权也开始得到社会的认可，妇女地位明显提高。显然，这一切的意义远远超过了女子上学本身，相对于当下的中国小城镇社会，它展示的是社会的进步与开放，且对开化风气起到了十分重要的作用。作家不仅敏锐地捕捉到了外来工业文明对传统宗法社会人生形态和价值观念的冲击，同时也通过对新伦理意识支配下的行为进行赞颂，探索新的伦理观。萧红的《小城三月》在批判封建婚姻制度罪恶的同时，昭示了伦理的觉醒和个性解放的呼声。翠姨虽幼年丧父，寄人篱下，却在亲戚家受到了民主思想的熏陶，呼吸到“堂兄”从哈尔滨携来的令人神往的男女平等的新气息，萌生自由恋爱和读书自立的思想。《爱》（周文）和《屋檐下》（王鲁彦）展现了新旧伦理观念的冲突。李焕章爱上了寡妇玉环，李母百般阻挠，由此形成种种冲突。作品剖析了宗法制伦理观念，却也写出了对这种观念的反叛力量。阿芝嫂按照阿芝的吩咐给婆婆买来鱼肉补养身体，婆婆却埋怨媳妇将“牙缝里省下”的家业“一天败光”。抱着对外来文明的幻想，阿芝嫂随同阿芝入城当女工，希望在十年二十年之后造一所木屋给婆婆看。作品在质疑、批判封建婚姻制度和传统生活方式的同时，昭示了乡土社会伦理的觉醒和个性解放的呼声。从中我们可以看出，封建的伦理道德观念已经受到底层社会的挑战与反抗。虽然抗争者们最终往往因种种因素归于失败，但伦理观念的变化毕竟在这里有所显现，人们的生活方式和文化心理正悄悄地发生变化。与此同时，施蛰存、茅盾等则注意发掘两种异质文明中极具生命力的健康因子，表现两者的契合与交融给社会风气和文化心理带来的流变与创新。《上元灯》（施蛰存）以一盏浸染着东方古老风俗色彩的雅致的仿古灯化解江南古城中自由恋爱与封建礼教之间的冲突，以古朴风习中别具一格的自由恋爱将“五四”时期自外涌入的个性解放思潮与高雅、宁静而富有人情味的东方文化融于一体，反映“五四”时期自外涌入的个性解放思潮对江南古城的波及，以及这一波及在古城的风俗文化中特殊的“消融”状态。茅盾在张婉卿的自尊、自强、自立与传统女性知书达理、负重前行的美德中，找到中西交融的切合点（《霜叶红似二月花》）。李劼人则在邓幺姑一变为蔡大嫂，再变为罗歪嘴子情妇，三变为顾三奶奶的人生三部曲中，将蔑视传统礼教规范束缚的个性意识，交融于民间原始的生命强力，透露出近代社会变迁的历史文化气息（《死水微澜》）。

“地方的进步”必然包含“人情的冲突和人与人关系的重造”。① 安土重迁是中国重要的文化心理。“父母在，不远行”是传统中国人数千年来所遵循的行为准则。然而，正如茅盾在《动摇》中感叹的那样：“在这巨变的世界，古老的花园已经关不住少年人的心了。”集聚都市的新式高等教育改变了传统居乡而学的教育方式，大批青年学子为求学而离开故乡，以不可抵挡之势，为封闭的小城镇社会打开了一道文明的缝隙。对于大多数滞留家乡的青年，走出祖辈寓居的故所，寻求别样的人生，成为他们的共同愿望。《霜叶红似二月花》、《困兽记》、《狩猎》（师陀）、《动摇》等小说，从不同的层面生动地表现了这一愿望对传统乡土社会风习的冲击。钱良才在一年之中，往外跑的日子远多于在家的时日。章桐、孟安卿等坚定地离开小城镇故乡，开始自己的大“狩猎”。由于种种羁绊而不得不滞留于小城的张恂如、陆慕云们，也因此陷入无尽的寂寞与悲哀之中。张恂如不再如他的父辈一样安于店铺田产的经营，摆脱既定的人生道路、追寻自己理想的人生是他的愿望。才女陆慕云是一个不出闺门的小姐，自幼丧母，在名士流的父亲的怀抱里长大，因受父亲旷达豪放性情的感染，也是个“胸怀扩大，又颇自负”的人，继承了父亲的家学，渴望去省城女校任职。然

① 沈从文：《长河・题记》，《沈从文小说选》，人民文学出版社 1982 年版，第 339 页。

而，“县城里的固塞鄙陋，老父的扶持须人，还有一部分简单的家务，使她不能不安于寂寞”。小说以此浓墨重彩地渲染了受外来思潮影响的青年一代羁绊于种种现实的寂寞、无奈，以及走出古老庭院和小城小镇的理想与渴望。同时以钱姑妈对钱良才无法掩饰的不满，以及张家老太太对张恂如的担忧和抱怨，揭示这一变化对安土重迁这一传统文化心理的强烈撞击，生动地描绘长期停滞、积习难返的老中国初期蜕变时的身影和足迹。

第二节　“破”而未“立”：转型初期的历史状态

从哲学的高度来说，任何一次社会转型都具有整体性与过渡性两大特征。在中国近现代社会转型过程中，不排除其中某个时候、某个阶段有某一层面或领域的突变，但总体而言是一个渐进渐变的过程。在这个新陈代谢的进程中，旧的东西尚未完全退出历史舞台，新的东西亦未完全为人们所接受，整个社会处于非此非彼、亦此亦彼的混沌朦胧状态。在20世纪上半叶现代文明初期撞击下的小城镇社会里，虽然各个层面日渐突破传统的束缚，但整体上呈现出“破”之初而未“立”的特殊的历史状态，一切传统的东西都呈现出陈腐、没落的气息，新的合理的秩序又尚未建立。在大多数现代小城镇小说中，所谓的“转型”或“蜕变”给这里带来的不是发展和希望，而是愁苦和迷茫。

衰败、没落是这一时期小城镇的整体形象。无论是果园城、呼兰小城，还是茅盾等笔下的江南小城、沙汀的四川乡镇，萧条、破败是它们共同的图景。最明显的首先是经济的普遍衰败。1947年，社会学家费孝通在大量调查研究的基础上指出，“经济瘫痪”已成为包括小城镇在内的乡土社会的普遍危机。① 就总体趋势而言，中国的现代化是一个逐步变农业国为工业国，变自然经济体系为商品—市场经济体系的历史进程。特殊的历史条件，使得中国的近

① 费孝通：《乡村·市镇·都会》，《费孝通选集》，天津人民出版社1988年版，第303页。

代—现代化进程从一开始就处在异常尖锐的商品—市场经济体系与传统自然经济体系的对峙中。在西方，先有资本的原始积累，然后才有产业革命。资本的原始积累和产业革命，又都与血腥的海外扩张和殖民掠夺紧紧结合在一起，因此大大减轻了自然经济体系的瓦解给人们带来的压力，大部分人在商品—市场经济的发展中成为受益者。中国的产业革命则完全不是建立在本国资本主义工业广泛发展的基础上，产业革命的萌芽和资本的原始积累几乎处于同一阶段。在中国，第一批使用机器的工厂是封建统治者直接从西方移植过来的，中国最初的资本是具有浓厚封建性的官僚资本。中国商品—市场经济体系最初也并不是中国农业社会、自然经济体系发展演变的自然结果，而是帝国主义列强借助炮舰与种种不平等条约骤然强加给中国的，从外来商品的倾销、资本的输入，到中国原材料、产品和劳力的输出，皆具有明显的掠夺性质。沉重的半殖民地枷锁使资本积累的全部负担落到了仍处在自然经济体系中的广大小生产者身上。广大的小生产者是这种不平等的殖民地半殖民地性质的商品—市场经济体系的直接受害者。他们非但没有从这种新的经济关系中得到利益，反而在所承受的旧的压迫与剥削之外，又加上了新的负荷与灾难。

20世纪上半叶，外来资本和机器大工业的冲击，加上连绵的战乱与政权的腐败，中国城乡经济普遍衰败。作为半封建半殖民地社会的初级市场和城乡经济网络中的重要一环——小城镇，承受着由都市金融危机和乡村破产转嫁过来的多重损失，经济几乎处于瘫痪状态。茅盾、何其芳、郁达夫等人纷纷撰文描写故乡小城小镇的破败。茅盾曾经为乌镇的凋敝和破败而扼腕叹息：

> 故乡！这是五六万人口的镇，繁华不下于一个中等的县城；这又是一个“历史”的镇，据《镇志》，则宋朝时“汉奸”秦桧的妻王氏是这镇的土著，镇中有某寺乃梁昭明太子萧统偶居读书的地点，镇东某处是清朝那位校刊《知不足斋丛书》的鲍廷博的故居。现在，这老镇颇形衰落了，农村经济破产的黑影沉重地压在这个镇的市廛。

…………

……一九三二年的中国乡镇无论如何不可与从前等量齐观了。农村经济的加速度崩溃，一定要在“剪发旗袍的女郎”之外使这市镇涂染了新的时代的记号。

而最最表面的现象是这市镇的“繁荣”竟意外地较前时差得多了。①

20世纪三四十年代，何其芳惊叹四川县城的市面竟失去了十几年前军阀统治下的“繁荣”。在他的笔下，故乡的小县城“愁眉苦脸”，19世纪末在外国人的要求下开辟的商埠，留下来的只是一座宣传欧洲王道的教堂，以及地图上一个红色的锚形符号。萧条的市面诉说着商业的“凋敝”，小市民们无不“带着愁苦的脸，悲伤的叹息”②。许钦文、王鲁彦、茅盾的故乡绍兴、镇海、乌镇等皆处于江浙沿海地带，与现代大都会上海近在咫尺。以各自的故乡为蓝本，他们的创作典型地再现了转型初期小城镇畸形的经济状态。《牛奶》、《桥上》（王鲁彦）以江南小城镇商人在机器工业影响下挣扎以至于最终“破产”的命运，表现了传统自然经济的凋敝和衰败。正直诚实的老佃户财生每年都把牛奶卖给城里的老主顾，风雨无阻。可是，自从城里成立了牛奶公司，主顾们全都改定了牛奶公司“用科学方法炼过的”、“维他命顶多”的“卫生”牛奶，认为乡下的牛奶全是豆浆，“吃了不补”。财生不得不把自己的牛奶贱价卖给牛奶公司，并亲眼看见他的牛奶被直接倒进公司的玻璃瓶内，贴上了“科学提炼卫生牛奶”的商标。伊新叔做了二十多年的南货买卖，门路颇多，生意也日益兴旺。但是，依靠雄厚的资本，并以洋机器武装起来的永泰商行，利用高效率和低价格，使他的货物滞销，最终蚀本贱卖。《林家铺子》、《多角关系》等作品以

① 茅盾：《故乡杂记》，《茅盾全集》第11卷，人民文学出版社1986年版，第89、113页。

② 何其芳：《县城风光》，《何其芳文集》第2卷，人民文学出版社1982年版，第84、86页。

1933年年初—1934年年底，外货倾销、白银外溢，民族工业大量倒闭、农村经济濒于破产为背景，抓住半封建半殖民地社会小市镇这一初级市场特征，生动地描绘出了一幅特定时期中国城乡经济的破败图。从这个意义上来说，现代文明带给小城镇的确实是危害大于所得，不仅真正意义上的经济发达和现代化的明显进程在这里尚了无踪影，传统的自然经济也面临着崩溃的命运。

基层社会新旧权力频繁交替，政制更迭，政局混乱。县长、区长、镇长、乡长、党部委员、保安队长、议员、巡官等各种名目的新官僚纷纷登上小城镇这一方小小的舞台；革命者、军阀、新士绅、传统豪绅等各种地方势力走马换灯一般，以至于省当局一年一换，县当局则“平均半年一换”（茅盾《动摇》）。革命者摇摆不定，蒋士镳、胡国光等“土豪劣绅”摇身一变成为“革命”的领导者，他们操纵舆论，左右各级各类“选举”。真正在政治、教育等方面有志于社会变革的黄和光、蒋冰如们受强权势力的打压，或成为他们的替死鬼，或被卑劣的手段挤出所谓的“竞选”。“革命”在很大程度上变成少数人争权夺利的工具，地方政权之腐败、权势者之残暴、基层行政之“僵化”，达到了极其罕见的程度。①

混乱的政治格局与萧条的经济相呼应，构成破败而又混乱的社会面貌。对于大多数知识分子而言，20世纪初期的小城镇既是一座经济意义上的废墟，又是一座人文意义上的废墟。文本中的小城镇社会，道德严重堕落，传统伦理纲常、习俗制度日益瓦解，人心不古，人欲横流，同军阀混战的政治格局相呼应，构成了罕见的混乱局面，出现普遍的价值失范现象。所谓价值失范，既是一种价值规范的崩溃、瓦解，也是一种重要的文化心理现象，一种人的道德根基被动摇，或被连根拔起的特殊心理状态。失范者不再有任何价值标准，对社会的一切规范都持不信任态度。尽管各种违背某些具体道德规范的个体或行为在任何社会和任何时代都屡见不鲜，普遍的价值失落却往往集中表现在文化转型这一特殊的历史时期。“任

① 费孝通：《乡土重建·基层行政的僵化》，《费孝通选集》，天津人民出版社1988年版，第380页。

何社会都不同程度地存在着价值失范现象，现代化的进程却使它成为一种普遍的社会文化现象，表现为传统的以及尚未确立的权威的现代价值秩序，一并失却对人的思想与行为的规范导引作用。”①现代化的历史进程给人类带来了空前的物质生活享受，展示了人类的理性力量与尊严，同时也把人类拖入了一个文化价值失范的生存境遇之中，给人类带来了剧烈的心灵阵痛。意义迷失、精神颓废、道德堕落日甚一日，虚无主义、享乐主义、拜金主义的迷雾四处弥漫，这一切构成了一幅与人类所创造的物质文明极不协调的精神画卷。技术文明的进步与道德价值的失落之间的这种二律悖反，不仅没有随着资本主义文明发展的成熟而得到缓解，反而愈加广泛而深刻地蔓延到社会文化的各个层面。由于与西方社会所处的发展时空背景上的差异，作为后发展国家的中国，其在现代化进程中的文化价值失范现象表现得更加复杂、尖锐。西方国家的文化价值失范现象经历了一个逐步深化、泛化的漫长的历史过程。中国作为后发展国家，其初期现代化历程带有明显的强制性。一直生存在传统文化价值秩序中的人们，几乎是一夜之间就被置身于现代文明与传统文化冲突的全新的文化背景之中，文化价值失范现象的突发性加剧了人们在这一现象面前惶惑不安的心理。西方国家出现的现代与传统文化价值的冲突，说到底都是本民族文化内部的冲突，其文化价值的现代性因素基本上形成于本民族的土壤。相对而言，中国所面对的文化冲突，不仅是现代与传统的冲突，还是外来文化与民族文化的冲突。外来文明因素的植入一直伴随着血与火的劫难，面对两种文明的冲突，更有一种剪不断、理还乱的复杂心理。历史理性使得大多数作家注意区分两种不同的价值失范现象。一种是与传统社会生活相适应，而与现代社会相对立的失范现象，表现为“对某一神圣事物的亵渎”，“对陈旧的、日渐衰亡的，但为习惯所崇奉的秩序的叛逆”。相对于腐朽、落后、狭隘的价值观念，这一现象无

① 何显明等：《漂泊的心灵：现代化进程中的文化价值失范现象》，方克立主编：《走向二十世纪的中国文化》，山西教育出版社 1999 年版，第 367、368 页。

疑具有思想解放意义。另一种性质的价值失范，是指人类最基本的、与现代社会生活秩序并无根本冲突的价值信条，以及现代化进程中逐渐建构起来的现代文化价值秩序，失却其规范作用。现代作家在肯定、赞扬前者的同时，对现代化进程中人类最基本的价值信仰的丧失提出了批判或质疑。

首先是普遍的道德沦丧与人性荒芜。《赌徒吉顺》（许杰）、《阿卓呆子》（王鲁彦）等作品通过对吉顺、阿卓等形象的塑造，考察20世纪上半叶小城镇畸形的文化形态，揭示迅速发展的物质文明对古老的乡土社会的侵扰与腐蚀。由于缺乏吸纳异质文化的健全心态，人们迷失在世俗化的恶习之中，以至于很快染上了都市的腐化观念，所谓的"名誉"全被金钱践踏在脚下，成为一批被物质欲支配的"危疑扰乱的"人物。勤劳节俭的吉顺步入"建筑有些仿效上海，带着八分乡村化的洋气"的县城之后，因抵御不了灯红酒绿的诱惑，染上了城市的腐化，赌博、酗酒、肆意挥霍，金钱成为他唯一信奉的上帝。他毫不掩饰自己的这种心理："对呀！人生行乐耳！有了钱就是幸福，有了钱就是名誉；物质的存在，是真实的存在，精神不过是变化无常、骗人愚人的幻影罢了。"最后竟发展到不惜以"典妻"去餍足自己的欲求。阿卓（《阿卓呆子》）生活在地滨东海的傅家镇，旧有的恶习和从滨海城市熏陶而来的贪欲，使他成为一只蛀虫，挟着巨资，携着佳人，带着好酒，遍游名山大川，20万遗产在他"坐吃山空"式的消费方式中烟消云散，终因挥霍无度住进破庙。《金小姐与雪姑娘》通过王雪姿沦落的故事告诉我们，外来的资本主义文明在打碎旧有的道德规范的同时，造成了贫穷少女的道德荒芜。《樊家铺》以线子嫂被迫杀母，揭示乡土社会的动乱所带来的人伦关系的大变，质疑由此而产生的道德沦丧与人性荒芜。

随之而来的是信仰的迷失。信仰是人们对于某种宗教、理论、主张、原则等发自内心深处的崇拜。它是思想体系中最深层次的理念，决定了人们的人生观、价值观与世界观，一旦形成就具有稳定性，非在特殊时期不会轻易改变。社会转型是整体的新旧交替，内容广泛，变革剧烈，影响深远，不可避免地冲击着人们固有的观念或信仰。19 世纪末 20 世纪初，文化价值失范在中国已构成严重的社会问题之一。伴随着现代化因素的逐步发展，传统的价值系统在工业化、都市化的过程中一步步丧失了它的吸引力。1922 年，胡适在《中国的文艺复兴运动》一文中写道：“反抗的呼声处处可闻，传统被抛弃一旁。权威已经动摇，古老的信仰遭到了损害……廉价的反偶像主义与盲目的崇新主义大量出现。这些都是无可避免的。”19 世纪末 20 世纪初期的小城小镇，若说古老的信仰已完全清除是不然的，但是对整个古老信仰的动摇与松弛则异常明显，只是仍看不到积极的信仰的涌现。转型初期的现代化进程在动摇传统价值秩序之时，尚未为人们提供一种令人信服的充分体现人性尊严和生命价值的价值信仰。古老文化中最基本的价值信仰，那种稳定性较强，与现代社会生活秩序并无根本冲突的价值信条开始失却其规范作用。原先被视为神圣的生活理想、人生准则和崇高的精神追求遭受到了前所未有的质疑与挑战。最明显的莫过于拜金主义、实用主义对人们思想的腐蚀与侵害。《桥上》、《黄金》等作品显示，拜金主义冲击传统以“诚信义”为代表的商业文化，金钱正日益成为人们唯一的价值标准，古老的人情人性逐渐淡化。面对遭受灭顶之灾的伊新叔、林老板和李惠康，从前敬重他们的信用、与他们长期保持各种生意往来的人们纷纷落井下石、谢幕拆台，或乘机挖货，或抽走款项。如史伯伯因为没有接到儿子寄回的钱，便遭人们的冷漠、奚落。大女儿由此悟透俗世炎凉：“你有钱了，他们都来了，对神似的恭敬你；你穷了，他们转过背去，冷笑你，诽谤你，尽力地欺侮你，没有一点人心。”（《黄金》）对于在文化价值秩序的建构与维护中承担着特殊职责的知识分子来说，转型初期“破”而未“立”的文化状态使他们失却了安身立命的精神依托，陷入了难以名状的心灵阵痛与精神焦虑之中。戊戌政变以来如白云苍狗般变幻莫测的世事，使得以陆三爹为代表的传统读书人深感“危邦不居”，旧有的思想信仰都“起了动摇，失了根据”，认为“当此人欲横流的时候，圣贤也不能预料将来会变出些什么东西。古人说的‘天道’、‘性理’，在目下看来，真成了一句空话罢”，感叹子辈的“荒谬混沌”，惋惜“老辈风流，不可再得”。面对混乱的社会局面和畸形、倒退的历史演进，新式知识分子也陷入同样的痛苦与迷茫中。在方太太眼中，“这世界虽然变得太快，太复杂，却也常常变出过去的老把戏，旧历史再上台来演一回。不过重复再演的，只是过去的坏事，不是好事”。“我不知道应该怎样做，才算是对的……这世界变得太快，太复杂，太矛盾，我真真的迷失在那里头了。”（《动摇》）

历史学家认为，不同文明形态更替期间会出现“灵魂的分裂”现象，这种灵魂的分裂实际上即是社会转型过程中产生的信仰危机。对于有着几千年传统文化的中国来说，社会转型在一定意义上意味着“文明的断裂”。原先被视为神圣的生活理想和人生准则遭受了前所未有的质疑与反叛，温馨的故园已被焚毁，维系着世代和谐与持久意义的生命纽带已经断裂。在此过程中，人们会产生不同程度的迷茫与困惑。在小城镇小说中，强烈的危机意识既来自知识分子，也渗透在普通人的生命感受之中。在原本民风古朴的湘西，新的普通教育不仅“造成一种无个性无特征带点世故与诈气的庸碌人生观”①，同时瓦解传统伦理纲常、习俗制度，导致人性的迷失与堕落。《新与旧》（沈从文）以湘西“最后”一个刽子手的命运，在新与旧形成的落差与断裂中，窥探文化与人性的黑洞。光绪年间，兵士兼刽子手杨金标作为当地最优秀的刽子手，经常被点去砍头，每次他用“独传拐子刀法”砍下犯人的头后，便逃到城隍庙中等待县太爷的象征性惩罚，通过人神共娱的仪式，人性在神性的庇护下得以净化。在这种仪式中，不仅有着权力的伪装，更重要的是对生命的尊重，对神的敬仰。四十下杀威棍，对于一个刽子手和当地市民都有十分重要的意义。由此，“统治者必使市民得一印象，即是官家服务的刽子手，杀人也有罪过，对死者负了点责任。然而这罪过却由神作证，用棍责可以禳除”。民国十八年（1929），时代发生剧变，“朝廷”改称“政府”，“当地统治者统治人民的方式更加残酷，这个小地方毙人时常是十个八个。因此一来，任你怎

① 沈从文：《湘西·沅水上游几个县份》，《沈从文文集》第9卷，花城出版社1984年版，第389页。

么英雄好汉，切胡瓜也没那么好本领干得下。被排的全用枪毙代替斩首”。杨金标变成了一个把守北城门、上闩下锁的老士兵。一日，当地军部忽然心血来潮，要他去砍两个犯人的头。“刑罚”结束后，杨金标按几十年前的传统规矩逃到城隍庙，等待“神人合作”的审判以求得心理平衡，不料却被当成见了鬼、撞了邪气的“疯子”，差点被乱枪打死。经历三十年的社会“进步”，人们已经淡忘了曾经被奉为神圣的仪式。“神”已经远离人类的生存空间，围观者与官府都不再需要神的庇护。没有了向神赎罪的“净化仪式”，死去的生命对杨金标而言成为一种无法忍受的心灵重负。神之死最终也就意味着人之死。在神已死去的时代，杨金标被人们视为疯子，杨金标眼中的世界也变得鬼影憧憧，最后惊恐而死。小说以此审视现代文明进入“湘西”特定文化区域后，湘西人所面临的信仰危机，记录了社会与人性堕落的历史轨迹。

经济的破败和普遍的价值失范使得特定时期的中国小城镇成为一座废墟。这座废墟的主体是以马、刘、胡（《果园城记》），张、黄、钱（《霜叶红似二月花》），陆（《动摇》）为代表的传统世家。作为封建社会的代表之一，这些显赫一时的世家在晚清以来的社会变迁中纷纷走向没落。经济的衰败、身份的没落、人丁的单薄，尤其是世家子弟普遍的颓废、堕落，使得它们无法挽回地走向毁灭。它们或者如陆家阶前横斜杂乱的书带草，“虽有活气，却毫无姿态了”；或者像胡家那撒满了蝙蝠粪的“布政第”，犹如死寂的古墓一般。师陀所塑造的“果园城”是“中国一切小城的代表”。① 这是一座“活在昨天”的、没落之中的宗法制小城。从精神文化角度而言，简直就是一座浸满毒素、不可救药的废墟。小说以世家子弟为旧家族的代表，通过他们的堕落展示封建世家及其代表的宗法社会的衰亡与没落。刘卓然（《果园城记·刘爷列传》），果园城里一位刘姓绅士家庭的后裔，从小在父母的溺爱下长大。他们不肯让他受一点委屈，守护着他“犹如守护自己的眼球”。小刘爷从小就学会了“见风变色”，懂得如何迎合父母，讨人喜欢，在

① 师陀：《果园城记·序》，上海出版公司1946年版，第1页。

人们的眼里，他聪明、伶俐、整洁，更重要的是，他有钱，父亲是一个刘爷，他“像一个王子似的在嫉妒、羡叹和娇宠中长大起来”。正是这些娇宠、羡叹造就了刘卓然性格中的种种致命的缺陷：他所谓的“聪明”、“伶俐”不过是狡猾、乖戾的代名词，更重要的是，他“缺少一个男子所少不了的德行——意志”。从果园城的小学到省城的中学，他和他周围的人用种种方法编织一个“好学生”的谎言，他是带夹带的老手，功课竟然不听也可以及格。在他的母亲幻想他考第三名的时候，他很少到教室，后来就根本不到教室。老刘爷夫妇死后，小刘爷继承了全部遗产，此外还正式接受了他父亲的尊号——“刘爷”，成了家中唯一的主人。父亲死后的第三天，小刘爷与一个在他看来“没有心的傻东西”结婚，婚后不到半年去了省城，买了一个带着“表哥”的女人，跟着他们“玩”上鸦片。21 岁，从前整洁、伶俐的小刘爷就“明显地枯萎”了。他敞着衣服，毛着头，曳着鞋，走起路来“像个老人”。小刘爷很快卖掉了所有的田产，在省城做了“巡阅使”，用各种谎言向每一个来自果园城的人乞讨。

马家的墙；
左家的房；
胡家的银子用斗量。

这是果园城里流传的一首歌谣。歌谣里唱的“胡家”就是胡凤梧家（《果园城记·三个小人物》）。胡凤梧的高祖做过布政使。到了他的父亲那一辈，用斗量的银子已几乎被“布政”游手好闲的子孙们用光。胡凤梧的父亲在烟榻上躺了一辈子，死后留给他们一小部分田地和一座又深又大、神秘而阴森的老布政第。胡凤梧从小便明了自己特殊的身份：威压了果园城两百年的布政第门楣的支持人兼财产继承人。他所受的“教育”便是培养好自己，以便将来“发扬祖先的声誉”，扩大老旧的门庭，并且高高在上，继续威压果园城的居民。念了整整十年小学之后，他不得不暂时放弃果园城“天王爷”的身份，16 岁那年被送到省城上了两年中学，花去了成堆的银子，在国民革命军北伐的脚步声中，回到果园城，成为果园城里的“巨绅”。为了提高自己的地位，扩大自己的势力，他打开久已封存的布政第大厅，吸纳“天下豪杰”，公开开起了“赌场”。先前布政爷曾接过圣旨、布政奶奶拜过封诰的大厅变得烟雾腾腾。胡凤梧掌管家政的第四年，胡家便被迫宣告破产，为了还债，他出卖了胡家包括布政第在内的所有物产，沦为人人侧目的闲汉。但他的堕落命运却并未因此结束。恰逢兵乱过后，土匪肆虐，他做了光棍，在肉票和匪徒之间做起了中间人，终因讹人钱财，死于匪徒的乱枪之下。世家子弟的沉沦与堕落演绎的正是世家的式微凋敝及其代表的封建宗法社会的衰亡与没落。

第三节 反思与局限

面对小城镇社会转型初期这种进退交替的复杂的历史现象，大多数作家表现出鲜明的现代理性意识，以双向、辩证的视角探讨其历史、文化根源，结合小城镇这一特定区域的社会属性和结构特征，揭示畸形、病态的现代物质文明和腐朽、没落的传统文化在小城镇初期蜕变中的消极作用或负面影响。在他们的笔下，“现代”物质文明的畸形、病态，与传统文化的腐朽、没落，同是导致20世纪上半叶这一特定历史时期中国乡土社会现代化畸形演进的重要因素。

现代化的历史进程给人类带来了空前的物质享受，展现了人类的理性力量与尊严，同时也给人类带来了剧烈的心灵阵痛。意义迷失、精神颓废、道德堕落日甚一日，虚无主义、享乐主义、拜金主义的迷雾四处弥漫，这一切构成了一幅与人类所创造的物质文明极不协调的精神画卷。20世纪上半叶，技术文明的进步与道德价值的失落之间的这种二律悖反不仅没有随着资本主义文明发展的成熟得到缓解，反而愈加广泛地蔓延到社会文化的各个层面。当中国尚处于经济很不发达的前现代社会而致力于现代化的呐喊时，现代作家已经深刻地认识到西方文化对中国社会造成的负面效应，明确地意识到现代性作为一把双刃剑的复杂内涵。在他们的笔下，现代文明对乡土中国的浸淫方式、小城镇特定的社会属性和结构特征、小城镇人面对外来文化的接受状态，使得这一问题更趋复杂、醒目。

20世纪上半叶，受多种因素的制约，西洋文化在以小城镇为代表的乡土基层社会“并没有全盘输入，只是输入了它的上层或表面的一层”。这所谓的“上层或表面的一层”，除了“部分思想、意识、生活方式”，便是“享受欲望”。① 具体的东西，不过是“点缀奢侈品的大量输入”，上等纸烟和各种罐头在各阶层间的广泛消费，以及“流行政治中的公文八股和交际世故”。② 自由民主、个性解放思想尚处于萌芽状态，遭受旧势力的强力打压，资本主义的享乐意识、商业文明的金钱价值观念却迅速蔓延。原本朴实的吉顺们变为一批被物质欲支配的“危疑扰乱”的人物；琳琅满目的现代“奢侈品”将刘卓然、胡凤梧、阿卓们“全副武装”，“贪欲”随之如火焰般生长，推动他们快速滑向堕落的深渊；金钱观念动摇传统的道德规范，打破古朴的民风习俗，将古老的“名誉”观和以“诚信义”为代表的传统价值观践踏在脚下，在改变如史伯伯、杨金标、陆三爹等传统小城镇人祖祖辈辈赖以生存的文化语境的同时，却又尚未建立新的更为合理的文明秩序。

现代工业文明和商品—市场经济体系在中国现代化进程中的作用是毋庸置疑的。然而，特殊的历史条件，使其一开始便处在与传统手工业和自然经济体系异常尖锐的对峙中。受区域经济结构和形式的影响，小城镇是传统手工业和自然经济的重要载体，作为半封建半殖民地社会的初级市场和城乡经济网络中的重要一环，同时承受着由都市金融危机和乡村破产转嫁过来的多重损失，自然成为这一特定历史进程的“重灾区”。沉重的半殖民地枷锁使资本积累的全部负担落到了仍处在自然经济体系中的广大小生产者的身上。以伊新叔、财生为代表的小生产者是这种不平等的经济体系的直接受

① 费孝通：《乡土重建·流落于东西文化之外的寄生阶层》，《费孝通选集》，天津人民出版社1988年版，第361页。

② 沈从文：《长河·题记》，《沈从文小说选》，人民文学出版社1982年版，第339页。

害者，他们非但没有从中获利，反而在所承受的旧的压迫与剥削之外又背负了新的负荷与灾难。李惠康、林老板等小城镇商人在外货倾销、外来资本竞争、机器工业影响下挣扎以至于最终“破产”的命运显示，西方机械化工业和商业文明在这一特定历史时期带给小城镇的，确实是危害大于所得。

20 世纪初期的中国小城镇社会，现代化进程还处在萌芽阶段，作家实际感受并予以批判的对象并非纯粹的现代文明，其中掺杂着大量的传统因素。面对这样的混合物，作家批判的力量更多的是落在腐化、没落的传统文化上。

在大多数作家的笔下，畸形的物质文明无疑有其致命的毒素，陈腐的宗法常态也未尝不是培植罪恶的温床，现代物质文明与腐朽庞大的封建文化在本质上具有某种同一性，二者的交融加速病入膏肓的宗法势力的腐化与没落。影响并决定小城镇“衰落”命运的直接因素是现代工业文明，内在的根源却在于已经熟透以至于腐烂到极致的传统文化。师陀、黎锦明、许杰等作家着力暴露封建文化的腐朽、堕落与现代物质文明中的享乐主义、拜金主义之间的深层联系，揭示“世风日下”、“人心不古”、“人欲横流”背后传统文化的根源。“祖传的豪奢”、酗酒的恶习早已浸入若幺宾们的骨髓，腐蚀人们的意志与活力，旧迷信与新贪欲的相互杂糅、渗透，将吉顺、阿卓所代表的老中国儿女引入歧途。由于缺乏吸纳异质文化的健全心态，刘卓然、胡凤梧等世家子弟也不可能真正接受现代文明中健康、有价值的元素。他们身上具有纨绔子弟挥霍、堕落的本性，有着很多的“恶”，这种“恶”与他们的身份一样，与生俱来。刘卓然生来就受到父辈勾心斗角阴影的影响；胡凤梧是那位善于计算的布政使以及那些善于挥霍的布政子孙的后裔，他承袭了“他的光荣和不光荣的列祖列宗的一切特点，虚妄、忌刻、骄傲、自大，衙门等于在他们的手里，他们乐得利用便利，无所不为。一句话说完，他承袭下凡我们能想到的破落主子的全部德行，而同时，他也承袭下祖宗们遗留的罪孽”（《果园城记》）。正是这种种“德行”与“罪孽”，使他们沉醉并迷失在畸形、病态的物质文明之中，快速滑向堕落的深渊。相对而言，茅盾、叶圣陶、沙汀的小城镇系列小说则聚焦于典章制度，围绕以小城镇为中心的基层社会的政体、教育等方面的变更，通过蒋士镳、赵伯韬、胡国光等形象的塑造，揭示了传统的等级观念、特权意识和官本位思想的巨大的腐蚀性和破坏力。

传统文化的陈腐、没落不仅加速其自身的没落，也使得20世纪初期的小城镇社会在时代的变更和外来物质文明的冲击下失去自我更新与蜕变的能力。在《中国：传统与变革》一书中，费正清等人指出，中国社会长期停滞不前以致普遍衰败的重要原因在于自身“明显的惰性”，对于外来挑战的“回应无力”。① 从这一角度来看，《酒徒》无疑是一部重要的作品。小说以若幺宾这一传统富商在小城初期蜕变中的颓败与没落，揭示了“祖传的习尚”与人物悲剧命运之间的必然联系。20年前，古城老街“非凡的热闹”，每到晚间便响起辚辚的车声、霍霍的马鸣声、异乡口音的争吵声、醉汉的呻吟声、拳击声、奔跑声和女人的尖叫声，真是“车水马龙，灯耀如昼”。若幺宾受“祖宗遗荫”，开了一家旅店，生意兴隆。因供应着无数活的财神，钱得来极易，日子也就过得异常豪奢，“永远把钱当成一杯酒”。火车的到来改变了小城的商业格局，昔日“那条黄金的小瀑布塞绝了来源”，汇聚七十二行的街，形同改道的河床，日益见得空阔。若幺宾的生意一落千丈，日子困窘不堪。昔日的奢华成了值得炫耀的记忆，唯有祖传的、“光荣”的酗酒习尚与若幺宾形影不离。走在集市上，商人的直觉也偶尔令永远是醉醺醺的若幺宾生出“碰碰运气”的想法，只是从来不会付诸行动。

19世纪末20世纪初，传统的封建宗法体制虽然遭受了前所未有的冲撞，但它的每一根触须仍根植于广大的小城镇和乡村。相对于正逐步进入现代化的大中都市，小城镇仍被笼罩在宗法体制之中，表现出超稳定的历史常态。大量作品显示，传统的崇古心理以及旧思想、旧势力的阻碍，是乡土中国初期蜕变格外艰难的另一重

① 费正清、赖肖尔等著，陈仲丹等译：《中国：传统与变革》，江苏人民出版社1992年版，第334页。

要原因。

崇古、拒变，甚至以变为不德，是中国传统文化的基本价值之一。对于传统的中国人，往往“新”即是“乱”，“变”则往往与“乱”同义。儒、道、释丝丝入扣的规范和教化，数千年的古国文明意识，使中国成为一个不折不扣的尊古、崇古的国度。用培根（Bacon）的话说，中国人是完完全全受古知识及知识之古者所支配的。他们对一切新的事物都缺少尝试的心意，对一切违反传统的事物更持怀疑和拒斥的态度。现代文明与中国传统文化本质上具有明显的异质性。两种文化的模式和形态截然不同，在价值标准、思维方式、行为方式、生活习俗等方面都存在重大的差异，主要观念则基本上相对立。深受封建伦理纲常熏陶的传统中国人，对西方文化的拒斥是很自然的。有别于一般知识分子的理性认识和情感上的迎拒，面对逐渐渗入的外来文明因子，小城镇人在排外、拒变中同时表现出由于认知不足所导致的盲目性。对于绝大多数人来说，生存发展的内在需求和新式教育是接受现代自由、民主、平等意识的基础。然而，近现代发生在中国的这一场“现代化”历程与西方的有着明显的不同。它不是在自己的文化母体内发育、脱胎而成的。外来工业文明最初与西方列强的鸦片、炮舰一起涌入中国，在很大程度上是入侵者的强制性输入和知识精英者的拿来行为。这一方面使得当时饱受列强欺凌的中国人对西方文化在民族感情和价值层面上处于抵制状态，使之缺乏广泛的民众基础，同时也使得人们，尤其是小城镇社会及其所代表的普通民众，短时期内失去了充分认知、了解这一外来文明的可能性。19 世纪末 20 世纪初，中国新式教育尚处于萌芽阶段，对于生活在小城镇及其周边的大多数人来说，接受现代文明教育的机会并不多，即使是那些有幸受过初等教育的人们，对于现代文明的了解也多半流于肤浅。如果说转型时期知识分子所面临的主要是“传统”与“现代”、“中”与“新”的冲突，那么，普通的小城镇人所面临的则是“新”与“旧”、“常”与“变”的对立。在这一特定时期的中国小城镇，外来工业文明与其说是知识分子眼中的西化与“现代化”，还不如说是与人们祖祖辈辈遵循的道德相悖的“新”与“乱”。无论是“师夷之长”，还是“中体西体”，都是他们所不知道的，也是不可能去了解或思虑的。数千年的文明教化使他们只知安常、尊古，常即是乐，变即是乱，是祸。认知的不足加剧了小城镇人对外来文明的疑虑和排斥。这种小农意识所特有的文化心理以集体无意识的方式表现出来，成为转型初期社会发展和变迁的重要障碍。在描写小城镇萧条、破败的同时，小说揭示了普通小城镇人保守、排外、拒新、惧变的狭隘心理，着力展示了人们对新兴事物的拒绝和排斥，强调这种“拒斥”态度的普遍性、盲目性。

《县城风光》（何其芳）描写了20世纪初发生在四川小山城的一场“维新”与反“维新”的运动。一个维新党的军阀，不仅拆城墙，修马路，建公园和图书馆，而且设置政治训练学校，对于从省外回来的大学生，“不管是不是真上过大学，只要穿着一身西服去见他，他便给一个秘书官衔”。与此相反的则是普通民众对“新事物”的排斥，甚至敌视。面对种种变故，无论是“穷人”，还是“富人”，都“蹙着眉头唉声叹气”，这不仅仅是因为“毒蟒一样”的马路吞噬了穷人的家，加重了他们的捐税，更重要的是，“他们还有一种心理上的负担，对于那修马路一类新设施的顽固的仇视”。因此，种种新政策不得不“难以彻底实行，昙花一现后便停止了”。军阀的“维新”尚且如此，一般“新事物”的命运更可想而知了。呼兰城十字街口洋医生的店铺前挂出了一块很大的广告招牌，上面画着有量米的斗那么大的一排牙齿。这一招牌使“洋医生”店铺与小城所有的店面，也与小城人的传统习惯迥然有别，广告上的牙齿不仅使小城人觉得“稀奇古怪”，在这小城里边“无乃太不相当”，而且“莫名其妙”得有些令人害怕。为牙痛所困扰的小城人因此宁愿含二两黄连也绝不愿试一试“洋法子”。无论是新式学堂还是洋学堂的学生，都无一例外地遭到人们的非议（萧红《呼兰河传》、《小城三月》）。即使在现代工商业相对发达的沿海城镇，人们也几乎是本能地排斥外来事物。传统的轻外而又自足的心理使他们对外来文明普遍采取排斥与拒绝的态度。洋油、公路在他们眼中成为异端，甚至遭到毁灭性的破坏（施蛰存《洋油》、《公路》）。

小城镇封闭的社会生活、数千年宗法文化专制的制约，使得墨守成规、拒新惧变已经成为人们文化心理的重要组成部分。人们不仅以此约束他人，也自觉地束缚自己。萧红的《小城三月》以20世纪初东北小城一个哀婉动人的爱情悲剧，揭示小城镇人面对外来文明的冲击所表现出的自食、自禁的文化心理。翠姨聪明柔婉，虽不识字，但会弹大正琴，会吹箫，爱上了“我”的堂哥哥，却隐忍不敢言明，以至泪尽而逝。与传统悲剧叙事不同的是，《小城三月》将这一貌似古老的爱情悲剧置放于20世纪初、一个现代文明已然如“小阳春”一般四处飘荡的小城，在现代文明的晨曦中揭示翠姨命运的可悲、可叹。小说开篇以强烈的象征和抒情意味展示阳春三月的到来：

> 三月的原野已经绿了……
>
> 河冰发了，冰块顶着冰块，苦闷地又奔放地向下流……
>
> 天气突然地热起来，说是“二八月，小阳春”……春天带着强烈的呼唤从这头走到那头……
>
> 小城里被杨花给装满了，在榆钱还没变黄之前，大街小巷到处飞着，像纷纷落下的雪块……
>
> 春来了，人人像久久等待着一个大暴动，今天夜里就要举行，人人带着犯罪的心情，想参加到解放的尝试……春吹到每个人的心坎，带着呼唤，带着蛊惑……

这里，阳春三月无疑是新文明、新时代的象征。人物生活的地方虽不过是一个小县城，却已经明显浸染了外来文明的气息。最典型的莫过于“洋学堂”的出现。小城虽然没有大学，新式小学却有好几个，另有一个男子中学，学生“一切洋化，穿着裤子，把裤腿卷起来一寸”，一张口，“格得毛宁”外国语，见了女人，不怕羞，与从前的书生有了很大的不同。许多的青年，包括“我”在内的女子，走出小城，进入都市高等学府。“我”家是小城里“最开通”的，父亲从前也加入过国民党，革过命，十分开明，所以整个家庭都“咸与维新起来”。逛公园，正月十五看花灯，打网球，都是不分男女，一齐出动。叔叔和哥哥分别是北京和哈尔滨的大学生，叔叔也常和女同学通信。受逐渐开明的社会和家庭风气的影响，性情娴静、沉稳而不趋时髦的翠姨，对新生事物也产生了种种朦胧的憧憬与向往，虽然已经受“父母之命、媒妁之言”定下婚约，却悄悄地爱上了“我”的在哈尔滨上大学的堂哥哥。然而，文明之“春”毕竟降临在一个封建专制思想笼罩的阴晦的古城，沿袭数千年的文化意识积淀在人们的意识深处，传统的礼教、“习规”依然束缚、约制人们的思想和行为，也仍然是大多数人评价、衡量一切事物的标准。在相信“好女不嫁二夫郎”的小城人的眼中，翠姨是出了嫁的寡妇的孩子，“命不好”，因此她只能配婚给一个乡下土财主的“鄙陋不文”的少爷。即使这样，最终决定翠姨命运的是人物自身对这一观念的认同。“她自觉地觉得自己的命运是不会好的”，她是“出了嫁的寡妇”的女儿，“她自己一天把这背了不知有多少遍”。一方面是对新事物、新生活的向往和追求，一方面是对传统陋规习俗的认同和强烈的宿命感，随着婚期越来越近，人物在痛苦的挣扎中不能自拔，抑郁而终。“要是翠姨一定不愿意出嫁，那也是可以的，假如他们当我说。”小说结尾，通过“我”母亲、翠姨姐姐的这一句话，强调人物悲剧的自我根源。悲剧主人公所处的，本是一个传统内在系统已经断裂了的社会，新旧相杂的社会意识、相对开放的文化气息和家庭氛围，本来已经赋予人物拥有自由婚姻的机会和条件，对陈规陋习的自觉认同与屈从使之陷入本可以避免的悲剧命运中。

相对而言，外来文明所遭受的最强大的阻力来自各种封建势力。19 世纪末 20 世纪初，封建强权势力仍是小城镇社会政治、经济、文化的既得利益者，无论在社会还是在制度层面，尚把持着统治权。外来文化的侵蚀、社会历史的演变，必然会对旧的势力构成挑战和威胁，他们的权力和地位不同程度地遭到了否定或质疑。为了维护自身的既得权益，他们反对任何形式的创新与变革。从内陆到沿海，从器物的吸收到典章、意识的变革，随着趋新势力的不断壮大，旧势力的阻击、反扑也愈演愈烈，表现出垂死者异常顽固的挣扎。

叶圣陶的《城中》、《倪焕之》，茅盾的《动摇》、《霜叶红似二月花》等作品，以五四新文化运动前后中国社会的历史变迁为背景，揭示了小城镇保守势力对外来文明及社会革新的强烈抵制和反抗。以赵守义为代表的“旧派”缙绅，依然掌控着小城的脉搏。他们娶小妾，玩女仆，贩鸦片，不但长期把持积善堂的存款，而且处心积虑地策划上告王伯申侵占学产公田，煽动农民砸小火轮，在造成人命案后又串通官府打赢官司，企图在经济上遏制乃至扼杀新兴民族工业，对五四新文化更是极尽造谣污蔑之能事。赵守义与寓居省城的前清举人孝廉公过往甚密，在他的周围，聚居着前清秀才胡月亭、监生鲍德新，后者是敦风化俗会会长，又是关夫子的寄名儿子。五四新文化运动由孝廉公从省里来信传来，赵守义痛斥：“近来有一个叫做什么陈毒蝎的，专一诽谤圣人，鼓吹邪说，竟比前清的康梁还要可恨可怕。”一时间引得鲍德新之流心神不宁，议起城中已悄然出现的“男女平等、婚姻自由”的言论，跳起来破口大骂“这简直——比禽兽都不如”，由此想到当街颜色“娇艳”的女裤，日日缩短的女学生的裙子，更是大义凛然：“这真是冶容诲淫，人心大坏。”进步青年丁雨生为改进古老乡镇的教育，邀集友人回乡办学。此事被教育局长所代表的旧派势力视为洪水猛兽，使出一切伎俩使他们的招生困难重重。土豪劣绅蒋士镳以卑劣手段操纵乡镇选举。他不但公然将所有未到场的人的名字都抄进自己的选票，而且以一顿两块钱的和菜为条件，让出入会场的轿夫为他投票。蒋冰如和倪焕之等人发起的教育改良措施刚刚实施，就遭到以蒋士镳为代表的旧势力的强烈抵制。蒋士镳不仅假造地契，声称学校开办农场所占之地原为自家所有，诬陷蒋冰如强占地皮，并借小镇人的迷信思想，大肆渲染开垦农场、挖掘坟墓对风水的影响，蛊惑小城镇人多方阻碍农场的兴办，恶意阻止小镇的教育变革。“大革命”运动中，蒋士镳利用青年“革命者”的盲目与幼稚，将“打倒土豪劣绅”的矛头指向蒋冰如，自己却从“革命”的对象一夜之间变成革命的“同志”和军师（《倪焕之》）。这里，外来文明的接受者和传播者所面临的，与其说是一场思想的论战，不如说是一种实力的角斗。这显然是一场力量悬殊的战斗。赵守义、蒋士镳之流处于明显的强势地位，他们是当下小城镇社会强权势力的代表。他们不仅拥有稳定的社会地位，其思想观念和行为方式对普通的小城镇人具有巨大的诱惑性和蛊惑性。在人们的眼中，他们是“赵剥皮”、“蒋老虎”，是强大而猖獗的旧势力的代表，是一个个为了达到自己的目的，不惜使用各种欺诈、胁迫手段的地头蛇。在“蒋老虎”的鼓动、胁迫、利诱下，全镇人关于农场破坏“风水”的种种谣言四起，对即将到来的教育改良十分恐慌。小说让我们看到，正是蒋士镳、赵守义等人对小镇人崇古心理和守旧思想的蛊惑与利用，包括教育、政体在内的小镇所有的变革都遭到恶意的抵制和不同程度的破坏。他们不仅是社会变革的对象，更是社会改良的主要障碍，是小镇革新的“大障碍”、“拦路虎”。

现代化要达到普遍、深入、有效，必须具备两个条件。一是富有弹性的社会系统，这一系统不仅要富有适应力，而且要较能收摄高度技术化的世界所必要的知识和技巧。① 因此，这样的社会必须不是一个封闭的社会。一个封闭的社会实际上是一个自我束缚的社会，传统风俗习惯的支配力太大，对创新具有极大的阻碍。二是有一群接受革新观念的倡导人物。这些人物从事创新，不是为了时髦，不是为了应急，而是真正渴望社会变革。19 世纪末 20 世纪初的中国小城镇社会，传统文化意识及其代表势力对现代文明的拒斥、阻击，已经在很大程度上阻碍了社会的创新与转型，新兴群体在思想意识和行为方式等方面的局限使得这一场异质文明对话显得格外艰难。

其一是部分革新者的投机性和盲目性。随着社会结构，尤其是政治结构的变革，小城镇出现了一大批“革命”者，虽不乏方罗兰式的真正以变革社会为使命的创新者，整体上却是鱼目混珠。其中既混杂大量类似胡国光（茅盾《动摇》）、陈莲轩（叶圣陶《小城纪事》）等革命的投机者，也有蒋华（叶圣陶《倪焕之》）、陆慕游（茅盾《动摇》）等盲从者。前者往往是社会变

① 参见金耀基：《从传统到现代》，中国人民大学出版社 1999 年版，第 173 页。

迁中的没落士绅，对他们来说，参加所谓的“革命”，目的不过是满足一己私利，缺乏推动时代进步的真正动力；后者多为初出茅庐的青年，并不了解“革命”的真义，或为了追求时尚，或只是因为重大的刺激来了，在表面“做些枝节的应付工作”。这一类人物带给社会的只能是一种似进实退的“伪”创新。无论是教育改革、议会的选举，还是大革命运动，都成为他们谋利、纵欲的新工具，或增加仕途资本的手段。

其二是新人物的价值困窘。正如茅盾所说：“我们中国的资产阶级有什么祖宗遗产呢！数千年来所积累的剩余劳动现存的形态是堤防、运河、万里长城，以及无数祠堂、庙宇。我们太贫乏了，不能与外国人比。”① 大量作品显示，在政治、经济、文化等各领域已跨入资产阶级行列的新兴社会群体，在思想意识方面仍然恪守旧的封建伦理道德；旧的思想观念夹杂在王伯申、陶慕侃、钱良才、方罗兰、张恂如、黄和光等“新”人物的意识深处。在江南小城，王伯申不仅拥有唯一的轮船公司，而且也是坐在西式洋楼里办公的第一人，俨然是新兴资产阶级的代表。然而，与封建保守势力代表赵守义一样，王伯申视新文化、新思想为洪水猛兽。他送儿子到日本留学，根本原因并不是让儿子接受现代文化教育，而是躲避国内流行的新文化。在他看来，“近来的学风越来越坏，什么家庭革命的胡说，也公然流行，贻误人家的子弟，再读下去，太没有意思了”。在儿子的婚姻大事上，王伯申专横独断，一意孤行，按“父为子纲”、“门当户对”等封建教条强迫儿子与冯家小姐联姻。同样，陶慕侃虽是芙蓉镇新式学校的创办人，是非观和价值观却停留在传统的思想意识上，思维方式随同小镇流俗。他阻止陶岚到校任教，认为“一队男教师里面夹着一位女教师，于外界底流言是不利的”。萧涧秋与陶岚的关系遭受校内校外的毁谤与嫉妒，陶慕侃“也不以他妹妹底行动为然，他听得陶岚在萧涧秋房内的笑声实在笑的太高了”。学校教员出现了党派之分，在教务或校务会上争执

① 茅盾：《我走过的道路》，《茅盾自传》，人民文学出版社 1984 年版，第 93、94 页。

起来，陶慕侃也认为是陶岚的行为所致。在他看来，“众口是可怕的，你应该尊重舆论一些”。对于萧涧秋帮助文嫂一事，他虽未直接表示反对，却附和众人说笑：“老弟，你有救世的心肠，你将来会变成一尊菩萨呢!”

行动上在向前挣扎，精神却滞留在传统的思想意识之中，这正是小城镇“新”式人物普遍面临的尴尬的文化处境。“旧思想”、“旧意识”使得这些新兴阶层成为社会转型初期典型的“新”旧人。这种“新”旧人的出现，是一个社会由“传统”走向“现代”的产物和重要标志。其数量的多少在很大程度上决定了社会的转型状态。与传统意义上的小城镇人所不同的是，他们已开始意识到一种迥异于传统的价值体系的存在。面临两种价值的“困窘”，对新与旧，既有所向往，又有所拒斥，一只脚踩在新的价值世界中，另一只脚还停留在旧的价值世界里，一面向过去回顾，一面向将来展望。就其价值体系而言，是新与旧的混合体。中国小城镇社会转型初期特殊的历史文化状态，使得这些创新者所面临的，不是一般意义上的“新”与“旧”的转换，而且是“中”与“西”的冲突；不仅与“传统人”的冲突，而且与“现代人”的冲突；不仅是与他人的冲突，而且是与自我的冲突。正因为这样，陶慕侃、王伯申的处境才会如此尴尬。一方面，变革社会的强烈愿望使他们成为保守势力的眼中钉，遭受几乎来自全社会的排斥或抗拒。另一方面，人物对旧思想、旧习俗的认同，又时常将自身置放于“新”事物的对立面，“在萌芽状态的新社会中难以找到自己应有的位置”。①

由此可见，站在器物、典章制度革新前沿的“新”人物，在思想意识层面却暴露出明显的局限性。小说以此揭示小城镇社会在转型过程中严重的文化“脱序”现象，及其在现代化进程中的危害性。器物技术、典章制度和思想意识是人类文化的三个层面。其中，器物技术是一种文明最外露的物质形态，典章、意识是一个民

① 参见杨懋春：《近代中国农村社会之演变》，台湾巨流图书公司 1980 年版，第 174、175 页。

族文化的内核。作为人类文化的三个层面，三者之间彼此影响，相互牵制。思想行为是一种文化的基本价值所在，唯有这一层次的变革才能从根本上保障其他两个层次的变革，促进社会的全面创新。器物技术和典章制度的影响力同样巨大而深刻。器物技术不仅是整个文化变革的物质基础，同时也往往渗透到其他两个层面，对传统的社会结构，尤其是经济制度和人情风貌的变革产生了意想不到的作用；制度的创新不仅为物质技术的变革提供制度保障，实际上也可以促进思想行为的变迁。因此，任何一种形式的脱序都会影响、制约其他层次的变革，对整个社会转型产生巨大的牵制作用。面对外来文明的冲击，中国的现代化进程大致分为“物质技术—典章制度—思想意识”三个步骤。一是以洋务运动为开端，对“船坚炮利”等物质、技术的学习与吸收；二是以“变法维新”为开端的典章制度层面的改变；三是以五四运动为开端的思想意识层面的变革。由于器物技术并不侵害中国文化的内部价值，所受的阻力最小，因此成为突破传统文化价值防线的先锋。从衣食住行等一般的物质生活用品以及公路、铁路、轮船、邮电、电话等交通、电信工具，到机器化大工业，技术、器具靠它的功利性传播，它的传入同时又加强了人们的功利意识。人们不是站在整体的、技术同某种文化母体相互关系的立场上来认识技术，而是站在功利的立场来了解、接纳器物与技术。如果说器物只是一种文化之“用”，典章制度层面则是一个文化之“体”。“用”只触及文化的表层，“体”却触及文化之内核。较之器物，典章制度对文化内部价值的影响越大，所遇的阻力也就越大。典章制度变革的根本目的在于改变传统的章制、圣典，常需诉诸“改革”、“革命”才能得以完成。自维新变法运动以来，典章制度的变革虽然已提上议事日程，但主要是来自政府的强制行为，实际情形是复杂的，效果是微弱的。由于思想观念层面牵涉到文化的信仰系统、价值系统和社会习俗等深层因素，其转变是最个人化、最深刻的，也是最缓慢、最艰难的。在中西文化的交流过程中，西方观念意识层面所遭到的抗拒最强，穿透力最弱。人类发展历史证明，文化脱序是异质文明交汇、撞击过程中的一种普遍现象。一方面，强势文化对弱势文化有着本能的进攻性和渗透性。另一方面，每一种文化都有自身的特点，形成一种相对稳定的形态。文化影响首先会在不同的层面、不同的局部产生作用，在原来的文化体系内部产生新的文化形态；原有的文化也会进行自我调整，出现变异体的文化形式，导致原文化体系内部机制的失调，形成多层脱序的文化状态。作为转型初期中国社会的一个缩影，明显的脱序状态使小城镇对现代文明的接受主要停留在器物技术等表层，典章制度和思想意识层面的变革十分有限。

其一，受典章制度和思想意识的制约，人们对器物技术的接受表现出极大的盲目性和片面性。20 世纪初，现代化进程已经将大多数中国人不同程度地拖入现代化进程。但是，这一进程带有明显的盲目性和被动性。传统思想意识依然牢牢地桎梏人们的精神世界，影响他们对外来器物和技术的接纳。沙汀的《和合乡的第一场电影》典型地再现了这一历史情景。打着“宣传现代文化、支持抗战”的旗号，现代文明代表之一的电影在一帮投机者的操纵下第一次走进了封闭、偏远的川西北乡镇。电影票卖得很顺利，放映场聚满了人。然而，人们“与其说看电影，不如说看热闹或制造热闹”来了。一连两个晚上，破烂的机器、蹩脚的放映技术，使得所谓的“电影”只露出了一两个片段便消失了。小镇人纷纷断言是“太子菩萨作怪”，因为从前“没有哪家戏班不烧一两饼纸钱”。影戏团既“不知规矩”，又不听人们的劝诫，一时间人们几乎有些群情激愤。第三天，团主在经济和舆论的双重压力下终于被人们推进了大殿，烧香敬神。虽然电影最终仍未成功上映，但这件事对小镇人的影响却“不算小”。这并非由于票价的损失，也并不是因为“没有开成眼界”，而是人们觉得太子菩萨“太灵验了”——在他们看来，敬菩萨本是一开始就不应疏忽的事情，“补起来是个疤呀”，生气的太子菩萨是不会“通融”的。小说以此表现宗法体制在面对现代文明的冲击时所具有的强大的抵制力和吸附力。这里，现代物质文明被扭曲并“化”入其保守、迷信的集体意识之中，最终成为散落在人们寂寞寡欢生活中的一点香料。

其二，旧意识形态与典章制度变革之间的明显错位。随着封建王朝的崩溃，以绅权自治为代表的基层政体结构已经土崩瓦解。无论是赵老太爷把“革命”后的阿Q称作“老Q”的尴尬，还是赵七爷听到皇帝不坐龙廷的消息后，悄悄地脱下那件宝蓝竹布长衫，把辫子盘在头顶的唯诺，无不显示士绅这一昔日特权阶层逐渐走向弱势的现实状况。然而，人们却自觉地与他们站在同一行列，做着旧意识形态的奴隶，成为劣绅依然作威作福、苟延残喘的现实基础之一。“大革命”是20世纪20年代在乡土基层社会影响极广的一次政体变革，该运动以小城镇为中心，从根本上触及到传统的宗法体制。由于这一运动是政府自上而下的一种强制行为，在民众，甚至变革者中缺乏必要的思想准备和行动基础，因此整个过程显得被动而混乱。《小城纪事》、《倪焕之》、《动摇》等作品以小城镇社会为背景，从不同的侧面反思该运动失败的社会文化根源，形象地再现了思想意识层面的保守、落后对典章制度的制约作用。由于缺乏必要的思想准备和行动基础，不仅普通的小城镇人对“革命”的宗旨不得要领，就是革命者本身也陷入迷茫与困惑之中。当“打倒土豪劣绅”的运动似汹涌的浪潮从上海席卷过来时，老谋深算的蒋士镳很快从蒋华等人的身上看到这群年轻的“革命者”的盲目与幼稚，他利用小镇“革命”本身的混乱，将一场声势浩大的革命运动变成打倒蒋冰如，并以此“杀一儆百”的工具。《动摇》关注的不仅仅是大革命本身，“革命”中的小镇人的思想状态，尤其是以方罗兰为代表的各类“革命”者的迷茫、困惑是小说的叙事中心之一。方罗兰是中南某三等县城的党部委员，小城革命的领导者之一，虽然置身于小城变革的浪尖之上，却被眼前变幻不定的世界迷惑，缺乏坚定的信念和目标。在他看来，这世界变得太快，“它不耐烦等你，你还没找出，还没认明，它又上前去了一大段了”。意识的迷茫决定人物行为的摇摆性。方罗兰“遇事迟疑，举措不定”，对胡国光的投机行为束手无策，甚至在胡国光呼应夏应寅叛变以及在城中暴动之时，还连称“惟有宽大中和，才能消弭那可怕的仇杀”，最后弃城出逃，惶惶然如丧家之犬。所谓的革命因此在很大程度上沦为劣绅投机政治的工具。

在历史的发展中，常常会出现这样的情况：两极相逢，并不一定马上就你吃掉我，或者我吃掉你，而是在相当长一段时间中，相反者相成，彼此为用。鲁迅在批判中国传统文化时沉痛地指出，凡属新的东西在中国都不会有好的命运，或者是被排拒于外，或者是被改造得面目全非。这种情况出现的原因之一是中国近代化、现代化的不发展与封建文化、封建势力的强大。新的意识过于脆弱，不足以击破盘根错节的封建统治；旧意识、旧势力也正是利用了新意识的幼稚与弱小，才能在新的历史运动中继续起作用。由于变革者以及被变革者思想意识层面的严重滞后，典章制度的变革明显依附或受制于传统的思想意识，甚至与传统的封建体制表现出惊人的一致性，成为其改头换面的另一种形式。从新式学校中我们所看到的往往并不是文明的兴盛，而是它所遭受的排斥与冷落。由于人们对这一新事物的普遍排斥、抵制，新式学校在许多小城小镇更多的只是一种表象的存在。在四川某镇，新式小学的学生寥寥无几，每到督学检查的日子，主办者不得不到私塾去“借”学生（沙汀《某镇纪事》）。在萧红的东北小城中，所谓的“农业学校”与“高等小学”虽然名目各不相同，“实际是没有什么分别的”，只不过那叫农业学校的，到了秋天把蚕用油炒起来吃，让教员们大吃几顿罢了（《呼兰河传》）。陈三大王与“疯子举人”的那场较量并不是真正意义上的现代政体变革，只是地方强权势力之间的另一场权与利的争斗。也正因为这样，蒋士镳得以利用自己在小镇的权势成功地左右本乡初选，黄和光则几乎被同样卑劣的手段挤出了议员竞选。所谓的政体变革，实际上不仅没有改变封建专制，反而成了旧势力争权夺利的工具。

20世纪40年代初，茅盾的《霜叶红似二月花》以20世纪初的江南小镇为背景，将上述两个层面同时摄入叙事的焦点中，生动地展示了中国社会转型初期这一特殊的历史文化状态。由于轮船开班，上海市面上一种新巧的东西才出来一个礼拜，就出现在江南小城，各种“新货”因此从都市源源不断地运入小城，振兴了小城的市面。洋灯、洋布、洋纱窗帘等各种各样的“外国货”已不知不觉地进入了原本森严的高门大户，成为一种“时髦”，点缀人们的生活。为了扩大轮船公司的经营，王伯申提出创办“贫民习艺所”，以此为由，逼迫赵守义交出长期把持的积善堂存款。然而，正如朱行健所说：“从戊戌算来，也有二十年了，我们学人家的声光化电，多少还有点样子，唯独学到典章政法，却完全不成个气候。”轮船公司属于器物技术，即朱行健所说的“声光化电”，尽管受到各种客观条件的限制，但王伯申之流的人物到底能办。兴办“习艺所”则触及传统的典章制度，本不可能“得心应手”，由于直接危及封建代表势力的切身利益，必然遭到强大的阻力。围绕轮船公司的经营和“习艺所”的创办，小说集中展示了小城镇转型初期严重的文化脱序状态。在这个表面上变革如春潮涌动的小城，封建势力及其所代表的封建思想意识依然是阴霾四合。无论是借助现代工业文明挑战传统章制圣典、在商场上叱咤风云的王伯申，还是那些使着洋灯、穿着洋布的张婉卿们，都依然沉醉于传统生活之中，思想观念依然停留在传统文化之中。王伯申做的是轮船生意，却在那幢小城中鲜见的小洋楼里充当封建的君主，满脑子封建意识，痛斥新式学堂，包办儿女婚姻。与王伯申一样，张婉卿也是现代物质文明的受益者，洋布、洋鞋、洋灯已成为她日常生活中的一部分。无论是衣着打扮，还是理家守业的方式，张婉卿当属小城中的“时髦”女性。然而，外表的“时髦”包裹的却是一颗传统女性忍辱负重的心。围绕张婉卿的家庭和情感生活，小说从不同的角度以生动委婉的笔调，表现了这一“半新型”女性的传统意识。无论是她和性无能丈夫在一起的贤淑温柔，还是为了有个后代到大庙求子，乃至设宴抱养“螟蛉”的绝望挣扎，无不表现人物从一而终、无后为大的道德意识与思维模式。能够洞见中国社会转型之弊的朱行健自己又是一个例子。他整天搬弄着量雨计、显微镜之类的东西，却将一个原准备纳为赘婿的朱竞新收为义子，糊里糊涂地放在家里，任凭对方纠缠自己的女儿却不自知，以致女儿暗地里抱怨“这位连苍蝇眼睛里的奥秘都要看一看的父亲，却永远不想朝女儿的心里望一眼”。旧思想、旧势力的阻碍不仅使“习艺所”成为泡影，器物技术与思想意识、典章制度脱序，最终也迫使王伯申的轮船公司陷入种种困境。思想意识的局限性使得王伯申的资本积累带有封建地主特有的血腥，视轮船对农田的冲毁于不顾。为了继续把持积善堂的存款，赵守义一面反告王伯申公司占用学田，一面勾结地主，挑动农民砸轮船。钱良才、朱行健以向官府递“公呈”这一传统方式试图转用公款，疏通河道，加高河堤，结果只能是四处碰壁。小说以此表现了转型初期文化脱序现象的普遍性，及其对中国现代化进程的影响与制约。

从洋务运动到维新派和革命派的失败再到“五四”前夕，民族的批判理性在历史的惨痛教训中趋向成熟。无论是对民族文化的反思，还是对外来文明的认识，一代知识分子不仅超越了技术工艺更新和政治制度变革的局限，着手于思想观念层面的更新，而且意识到技术、制度、观念三者的相互依赖和牵制作用，及其在中国现代历史演进和社会变迁中的重要性。现代小城镇小说形象地再现了中国近现代社会对外来文化吸收和接纳的割裂状态，及其对现代化进程的制约和阻碍。这说明在陈腐的封建体制中，以传统观念对西方技术文化作机械式的切割，只能是如王伯申的轮船公司一样艰难地徘徊在歧路或怪圈之中；离开观念和思想的更新作制度的变革，也只能是形式的改变。名字改变了，实质还是一样，换汤不换药。一切正像婉小姐那双“不上不下，半新不旧”的小脚，鞋是托人从上海带来的，然而，即使是上海最短的样式，对她来说还是既长又宽，填进了那么多棉花，还是要瘪下去，显出它的“本相”来。

传统文化和现代文明的双向反思赋予大多数小城镇小说以深沉的历史意识和鲜明的理性批判品格。遗憾的是，面对这种复杂的文化状态，部分作家缺乏必要的历史理性精神，以价值取向代替对事实的判断，以单一的道德标准衡量社会历史的发展与进步。部分作品不仅流露出因传统文化日趋崩溃而生的没落感伤情怀，对于道德沦丧、价值失范等现象，还表现出过度的忧虑和恐慌。中国向西方学习的时代，正是世界资本主义从自由资本主义向垄断资本主义转变的时代，资本主义所固有的矛盾已经暴露得相当清楚，西方已经出现了各式各样的批判资本主义的思潮。技术理性和人本精神将工业文明的正面和负面效应同时展示给后发国家，造成了极大的价值冲突与混乱。西方工业文明传入中国之时泥沙俱下的输入方式，更使人们清晰地意识到它的危害。中国的资本原始积累和产业革命与广大小生产者的切身利益产生激烈的冲突，部分小生产者以及小生产者出身的知识分子对此也产生了非常顽固的逆反心理。人们对于资本主义的发生和发展，进而对于商品—市场经济的发展和扩大，以及现代城市的兴起，都抱着极端怀疑与不信任的态度。反之则是对传统的自然经济体系、传统的农业社会及乡土文明的分外留恋。他们因此赞美传统伦理道德和古老的诗礼传统，为其没落感叹、哀伤，质疑甚至诅咒现代都市文明，并以此作为衡量社会常与变、进与退的标准。

自辛亥革命前后到20世纪30年代，为了从根本上改良社会风气，加快、加大变革的力度，政府自上而下多次推行一系列改良社会风俗的法令，出现了一场声势浩大的“新生活运动”。该运动从大都市蔓延到全国各中小城市，甚至波及一部分村镇，内容广泛，从日常的衣食住行，到人们的行为习惯和方式、思维结果和价值取向。虽然在具体的执行过程中存在种种弊端，但这一运动在整体上对于改良社会风貌、推动思想意识层面的革新起到了积极作用。废名、沈从文的作品皆从不同的角度表现了“新社会运动”对小城小镇的冲击。在他们的笔下，由于这一运动对古风习俗的巨大冲击，因此遭到人们普遍的排斥与抵制。《河上柳》借古风人物之口，称之为“反变”。《长河》全篇笼罩在即将到来的“新生活运动”的阴影之中，并以满满这一具有代表性的古风人物表达对该运动的疑惧与不满，表现了“新生活运动”在小镇引起的恐慌。叙述者对古风人物的同情，尤其是对古朴人情风貌的淡化表现出的与人物几乎同样的焦虑意识，对“常”中之“变”的疑虑和不安，使作品对这一运动流露出明显的否定或批判态度。

在部分作品中，古朴宁静、优美自然的人情人性消失殆尽，昔日的温馨早已不再。现代都市文明以无孔不入的强大侵蚀力破坏乡土原始文明，古老而优美的传统生活也因此日益远离我们，人类正一步步走向堕落与毁灭。《渔人何长庆》（施蛰存）以少女菊贞的私奔描写现代都市对古镇纯真男女的引诱，对古朴民风的侵蚀。

《上海来的客人》描写上海的“花花公子”对内地淳朴少女在感情和肉体上的欺骗，畸形的现代都市文明成为“诱惑人的恶魔”，遍布世界，“使人不能防备”。相对师陀等人的作品，这些小说将一切罪恶与堕落归根于外来文明，忽视人物自身品格及其生存的文化环境中的复杂因素，缺乏双向、辩证的审美观照。沈从文的部分湘西小说表现出较明显的“泛道德主义”倾向。所谓“泛道德主义”，是指人们观察问题、分析问题时，偏向只进行道德伦理的判断而缺少冷静的探讨。泛道德主义倾向的产生有其特殊的历史文化根源。中国传统文化本质上属于道德文化，外来意识在伦理道德方面先天不足、后天失调，也在一定程度上使得泛道德主义倾向成为可能。《长河》所表现的20世纪三四十年代初期，“现代”两字已到了湘西小城，可是具体的东西，不过是奢侈品的大量输入，上等纸烟和各种罐头，在各阶层间作广泛的消费。抽象的东西，竟只有流行政治中的公文八股和交际世故。古朴、自然的民情民性在“现代”文明的冲击下迅速瓦解，农村社会所保有那点儿正直朴素人情美，“几乎快要消失无余”，代替而来的却是近20年实际社会培养成功的一种“唯实唯利庸俗人生观”。敬鬼神畏天命的迷信固然已经被常识所摧毁，然而做人时的义利取舍、是非辨别也随同泯没了。所谓的历史“进步”在道德上的合法性是颇受质疑的。作者因此感叹“前一代固有的优点，尤其是长辈中妇女，祖母或老姑母行勤俭治生忠厚待人处，以及在素朴自然景物下衬托简单信仰蕴蓄了多少抒情诗气氛，这些东西又如何被外来洋布煤油逐渐破坏”，并由此得出变化中的“堕落趋势”这一历史性的结论。①

历史理性提醒我们树立一种代价意识。对于现代化进程中的文化价值失范现象，必须坚持价值尺度与历史尺度相统一的原则。恩格斯谈到文明发展时指出：“数千年的文明制度建立，是以原始平

① 沈从文：《长河·题记》，《沈从文小说选》，人民文学出版社1982年版，第339页。

等的丧失和淳朴道德的失落为代价的。”① 现代化是一个古典意义的悲剧，它带来的每一种利益都要求人类付出一定的代价。从理想层面来说，现代化是人类文明发展的进步历程。但就实际层面而言，它又绝非进步、幸福等字样所能概括得了的。它蕴含着人类为之付出的各种沉重代价，包括文化价值失范。因现代化进程付出的代价过于沉重，而否认这一变迁的进步意义，视之为文明的没落，是不科学的态度。现代文明在人类历史，甚至人文发展中的诸多价值和意义，是传统农业文化所无法替代的。审视 20 世纪上半叶处在现代化发展初期的小城镇，应当防范的是以道德尺度代替历史眼光，否则可能被种种道德理想主义和浪漫主义束缚发展的手脚，永远徘徊在这个转型期。黑格尔说过：“在无数个人和许多民族这种不断的交替中所首先发生的那种昙花一现的范畴——那种普遍的思想，便是一般的变迁。从这种变迁的消极方面来观察，使我们好似徘徊瞻眺过去的光荣——古国的废墟，一个旅客游过了迩太基、帕尔迈剌、百泄波里，或者罗马的古迹，谁不低徊缅想于国运和人事的无常？谁不黯然感伤已经逝去了的活泼丰富的生命？——这一番伤心不是为了个人的得失和一己事业的无定，而是一种无我境界的哀愁，为了一番辉煌灿烂、高度文化的民族生活的式微零落。”黑格尔尚且如此，面对面目全非的湘西边城，敏感的中国人看到支离破碎的传统农业社会，又怎能不黯然感伤？然而，黑格尔在上述那段话后紧接着写道：“但是和这种变迁连带发生的第二种考虑便是，变迁虽然在一方面引起了解体，同时却含有一种新生命的诞生——因为死亡固然是生命的结局，生命也就是死亡的后果。”② 人类社会正是在这种不断的否定与更迭中延伸自己的历史，开辟自己的未来。现代化是一个多侧面多层次的自足的体系，它的构成要素的每一次伸展，它的存在空间的每一次开拓，都是对传统农业社

① 恩格斯：《马克思恩格斯全集》第 3 卷，人民出版社 1960 年版，第 179 页。

② 黑格尔著，王造时译：《历史哲学》，上海书店出版社 2001 年版，第 114 页。

会的突破和否定。① 中国要实现现代化就必须彻底、全面、深刻地颠覆传统农业社会，这是实现现代化必须支付的成本。企图不付出代价而实现现代化只能是一厢情愿。

① 吴投文：《论沈从文的生命价值观》，《湖南科技大学学报》2004 年第 1 期。

第二章　公共空间与小城镇市井人生批判

19世纪末20世纪初，小城镇存在各种具有独特生活气息和文化色彩的公共空间。首先是茶馆、酒肆。从一等县城，到大集市、小市镇，以及各种规模的乡镇，茶馆、酒肆是最重要的公共场所，其数量和规模直接折射出城镇的大小与繁荣。街道是茶馆、酒肆之外重要的社会空间。无论多么简陋的小城小镇，都拥有“乡村都市”的功能。与都市一样，街道永远是它们的“动脉”，是公众聚会、休闲、娱乐的重要场所之一。正是街道的大小，街道两旁店铺的盛衰，以及街道上流动人群的多少，决定了小城镇与都市的差异。如果说茶馆是一扇窗口，街道则是一道流动的风景线，各自以不同的方式彰显小城镇的物质生活和精神面貌。此外，在许多古老的小城小镇，寺庙、祠堂等地也是难得的文化广场。人们在这里祭祀、礼佛，以公众参与的方式展示丰富多彩的民间文化。从《孔乙己》、《药》、《长明灯》、《明天》、《在酒楼上》、《负伤者》、《倪焕之》，到《动摇》、《霜叶红似二月花》、《清明时节》、《死水微澜》、《暴风雨前》、《故乡》、《诗人》、《淘金记》、《还乡记》、《某镇纪事》、《在其香居茶馆里》、《公道》、《丁跛公》、《防空》，茶馆等公共空间不仅是小城镇人重要的日常生活和娱乐场所，也是他们交流情感、讨论问题、交换利益的公共平台。聚焦于这些公共空间，小说从不同的角度、不同的层面，描写了小城镇及其代表的传统中国的社会人生面貌，显示了旧中国儿女的生存本相。

第一节　“茶馆”人生

正如杨义所说，“旧中国作为宗法制社会流行的是酒店茶馆文化”。① 在传统的小城小镇，茶馆、酒肆、街巷构成了一类特定的公共活动空间。这种“茶馆”类空间不仅构成小城镇“最基本的物化人文景观”，成为“社区政治的焦点和闲暇生活的热点”②，而且是人们日常生活的重要场所，在某种意义上可谓是缩小了的市井。

饮茶是国人的传统习俗。茶馆业起于宋明，清代则发展成综合性的茶馆文化，③ 茶馆的普及可以用“无茶馆不成市”来形容。茶馆一般名为茶肆、茶社、茶楼、茶坊等，大致可以分成荤茶肆、素茶肆和书茶肆三类。其中，最多的是荤茶肆，既卖茶水，又卖点心菜肴。茶馆因此多兼具酒馆的功能，人们通常将茶馆与酒肆相提并称。相对都市和乡村，独特的居民结构使得中国传统的小城镇呈现出明显的消费性。除了少数出身低微、自食其力的商贩、工匠和艺人，传统小城镇的居民身份主要分为两类：一类大多出身地主、官僚或世家，主要靠祖产生活，另一类多是前者的帮闲和食客，即所谓的无业游民。两者皆属饱食终日，有“许多闲钱”又有许多时间的“闲人”。传统小城镇特殊的居民结构和消费性质使得茶馆、酒肆格外兴盛。20 世纪 30 年代，郁达夫曾经这样描述自己的故乡小城：

> 虽则是一个行政中心的县城，可是人家不满三千，商店不过百数；一般居民，全不晓得做什么手工业，或其他新式的生产事业，所靠以度日的，有几家自然是祖遗的一点田产，有几

① 杨义：《中国现代文学流派》，人民出版社 1998 年版，第 71 页。

② 朱小田：《近代江南茶馆与乡村社会运作》，《社会学研究》1997 年第 5 期。

③ 苏有权、袁德：《清代茶馆文化》，《东方艺术》1995 年第 5 期。

> 家则专以小房子出租，在吃两元三元一月的租金；而大多数的百姓，却还是既无恒产，又无恒业，没有目的，没有计划，只同蟑螂似地在那里出生，死亡，繁殖下去。（郁达夫《我的梦，我的青春！——自传之二》）

这些人生活悠游，无所事事。茶馆、酒肆是他们打发光阴，聊以度日的场所：

> 这些蟑螂的密集之区，总不外乎两处地方：一处是三个铜子一碗的茶店，一处是六个铜子一碗的小酒馆。他们在那里从早晨坐起，一直可以坐到晚上上排门的时候；讨论柴米油盐的价格，传布东邻西舍的新闻，为了一点不相干的细事，譬如说罢……互相论辩；弄到后来，也许相打起来，打得头破血流，还不能够解决。（郁达夫《我的梦，我的青春！——自传之二》）

因此，在这个人家不满三千、商店不过百数的小县城，茶馆、酒馆“竟也有五六十家之多”。从一等县城，到大集市、小市镇，以及各种规模的乡镇，茶馆的数量和规模直接折射出城镇的大小与繁荣。茶馆、酒馆是人们日常生活中不可缺少的活动场所，可谓“没有茶馆便没有生活”。这点道理在四川小镇子上“尤其见得正确无误”（沙汀《模范县长》）。即使是只有两家面食店、三家“店面破旧得像用猪圈楼板装修”的客栈和一家“较为像样的”官店的小镇，却通常有着六七家茶馆（《某镇纪事》）。仅小小的北斗镇就拥有八九个茶铺，赶场天更是多达十几个（《淘金记》）。

20世纪30年代，秋文曾在《坐茶馆》一文中指出：“哪个较大的城市与集镇上没有这样中国特有的俱乐部？……联想到他们的游惰生活，上茶馆居其一。”对于传统中国人的“游惰”习性与日常化的“茶馆人生”之间的密切联系，秋文可谓是一言中的。反思、批判老中国儿女的精神“惰性”是“五四”以来中国新文学重要的创作主旨之一。在现代作家的笔下，茶馆、酒肆正是小城镇及其所代表的中国传统宗法市井人生的一面镜子。这面镜子照见的是小城镇人散漫、循环的人生图景和宗法体制下老中国儿女被动、消极、单调、无聊的生命状态。

对于大多数传统小城镇人而言，进茶馆不仅是一天生活的开始，也是一天乃至一生活动安排的中心，是人生最重要、最"精彩"的内容。有的甚至打十六七岁——嗓子刚变粗的时候起，就天天来泡一壶龙井，吃这么一块烧饼，"一直到现在五六十的年纪没间断过"。吃着家里的现成饭，每天到这镇上的大街来坐坐茶馆，"成了他们做人的目的"①。茶馆里不仅有满足不同人口味的各种吃食，甚至有脸盆和面巾，有足够人乐不思归的赌局和牌桌。许多人除了睡觉，一天的日子，甚至是一生中绝大部分日子就在这里打发了。茶馆是他们共同的"家"。他们吃在这里，玩在这里，工作在这里，休息也在这里。茶馆生活几乎成了人们日常生活的全部。施蛰存、沙汀等作家的众多作品如流水账一般地记录了小城镇人的茶馆人生。《诗人》（施蛰存）以"松苑"茶居为我们提供了见识小城人物、了解"茶馆人生"的"最好的机会"。矗立于市桥旁的茶居，虽则是小楼一角，布置得却很精致，座位舒适，茶叶也讲究，自然情形也就十分热闹：

> 大概每晨在九点钟以前，聚集在这小楼中的都是些公共机关中的办事人和中小学校的教师。他们一起身就踱到这里来，泡一壶茶，点一支烟，于是和邻座的朋友（好在都是认识的）谈起海天来。有几个甚至到这茶居里来洗脸。谈了一会儿，才觉得尚未吃过点心，于是润绰些地叫一碗面来吃了，省俭些的便吃两个小烧饼。吃罢再谈，看看挨到九点钟光景，便把茶壶盖一翻转（这表示吩咐堂倌保留他这壶茶，等下午再来喝），纷纷地散了。但这决不是说这茶楼的早市已经终了，因为这时另有一批老主顾来喝茶了。那都是本城的富翁和绅士。他们没

① 张天翼：《清明时节》，《中国新文学大系（1927—1937）》（小说集5），上海文艺出版社1984年版，第548页。

> 有拘束了身体的职业，早上尽可睡到日上三竿，起身后再料理一些家事，在家里摆一刻架子，然后捧了个水烟筒，年轻些的便带了一罐美丽牌香烟，踱到这茶楼上来。他们也像前一班茶客似的互相高谈阔论着（当然所谈的话题是大不相同的），直到他们的二爷或丫环来请吃午饭，才又纷纷地散了。下午一点钟到四点钟，是这茶楼的生意清淡的时候，四点钟后，早上的第一班老客人又轰集着了。他们走围棋，弄丝竹，甚至向隔河的小酒店叫酒菜来吃，声音嘈杂得完全成为一个俱乐部了。这样直到天色昏暝，堂倌来扫地的时候才歇。
>
> 在这两班茶客中，你可以见到我们的老名士，三十年以上的小学教员，拖着辫子的老经学家，合邑闻名的孝子，四十年前曾经使人望而生畏的恶讼师，以及小学教育专家，琵琶国手等等五光十色的人物。

每日活跃在这个江南小城的茶居里的，既有公共机关中的办事人和中小学校的教师，也有本城的富翁和绅士。在川西北小镇，不仅有着上等职业和没有所谓职业的“杂色人等”，每天“第一个精彩节目”是上茶馆，一般人也是一早起床，“各人都按照老规矩”，一路扣着纽扣上茶馆。一路惦记着从昨晚到今早镇上有什么“新闻”可充谈资，大到县政要事，小到床笫隐私，“都是刻板生活中极好的‘调料’”；吃过早饭，再上茶馆，闲谈更加热闹，赌局已经摆开，茶客们开始赌牌或是在旁观战；到了晚上，小城仅有的一点娱乐活动——“打围鼓”或“讲圣喻”也在茶馆里进行，尽管讲来唱去就那些内容，茶客们依然听而不厌（《某镇纪事》）。

茶馆、酒肆如此，街道、胡同等其他公共空间也大体如此。在传统的小城小镇，街巷某种程度上正是茶馆、酒肆空间的延伸。在“百顺街”，每到黄昏时分，棺材铺掌柜、修蹄匠、医院院长等小镇核心人物便齐聚在茶馆门前的瘸腿桌边：

> 街上是静穆的，偶尔一个人经过，或者一条狗竟翘起后足，撒尿在桌腿上，全不会惊扰他们，甚而顽童们在脊梁上涂

> 上王八也不察觉。有时修蹄匠唱一支小曲，但不上三句，连他也觉得不如打喷嚏来得受用，于是咳嗽着停止了。院长捉住一匹苍蝇，拔去腿，又蘸了茶来，把翅膀弄湿，用一根毛做鞭，驱那东西学鬼画符，嘴里还发出唷唷声。四个人头抵头围住观赏，看到妙处，便破颜一笑。晚空明朗，街寂如谷，百顺街可敬的先生们如此逍遥到起更，肚子端的饿了，大家方才散去。（芦焚《百顺街》）

相对茶馆、酒肆，街巷是一种更为开放、相对流动的公共活动空间。对于大多数没有庭院的普通小民，街道也是他们的院落，是女人工作、闲谈，孩子玩耍、嬉闹的主要场所，也因此成为“茶馆”人生的放大镜：

> 在任何一条街岸上你总能看见狗正卧着打鼾，它们是决不会叫唤的，即使用脚去踢也不；你总能看见猪横过大路，即使在衙门前面也决不会例外，它们低着头，哼哼唧唧地吟哦着，悠然摇动尾巴。在每一家人家门口——此外你还看见——坐着女人，头发用刨花水抿得光光亮亮，梳成圆髻。她们正亲密地同自己的邻人谈话，一个夏天又一个夏天，一年接着一年，永没有谈完过。（《果园城记·果园城》）
>
> 时光是无声的，但是每一个小城里的日子都有一种规律。在大门外面的巷子里，一个卖梨的吆喝着走过去了，一个卖熟枣或熟藕的接着也走过去了，最后是一个卖煤油的，一个卖杂货的沉重的敲着木鱼。（《果园城记·桃红》）
>
> 我们可以指出它每天照例要发生的事情，并且可以更清楚的，可以像星期菜单似的给小学教师安排一个节目……到了下午，你知道每个小城到下午都有这种现象，全城，连主要的大街都显出疲倦。（《果园城记·颜料盒》）
>
> （着重号为笔者所加，下同）

传统宗法社会的经济、文化体制，传统小城镇以消费而非生产为主的市井人生，使得这里的生活表现出特有的闲适。然而，貌似宁静、悠然的生活图景下显示出的是一种极度散漫、单调的生活图景。在现代作家的笔下，“茶馆”人生就是了无生趣的“无聊”人生。在这里，人们喝茶、饮酒、聊天、赌博，本身其实并无意义，不过是为了度过寂寥而漫长的日子。茶客们的茶馆生涯是如此的固持难变，“不但客人喜欢的牌类不一样，经常去的茶馆不一样，就是座位也很少改变”。这其中固然与身份地位有关，也是闲散和怠惰所致。这种生活“自古也就这样”，因为它永无止境地“重复”和“循环”而呈现出可怕的沉滞状态。为了表现这种单调、循环的人生形式，小说叙事大多没有具体的时间刻度，呈现出较明显的空间化倾向。与时间形式的小说始终不能摆脱空间的束缚一样，空间形式的小说也不能完全摆脱时间的束缚。不同的是，前者总是突出时间因素，无意或有意地忽视、削弱空间的影响，而后者总是强调空间因素，有意打乱甚至粉碎时间的桎梏。小说大多没有具体的时间刻度或线性的时间流动，而通过“每天”、“每次”、“照例”、“任何”、“每一个”、“永远”等词语的反复应用来对公共空间中的公众生活作综合性的描述，突现小城镇生活的单调与沉滞。上述郁达夫关于故乡小城“茶馆人生”的描写是一种典型的概述。施蛰存关于“松苑”茶居的介绍，虽然从早上九点不到持续到黄昏，但文本呈现的并不是一般意义上的历时性状态，而是以“大概”、“每晨”等词语将历时性的事件变成共时性的形态，强调该类生活的循环往复，僵化轮回。这种叙述方式在沙汀、师陀、萧红的创作中表现得尤为突出。正如雷比肯所说的那样，没有时间刻度的叙事方式使我们习惯性地想起那些“季节的循环”。① 时序的循环冲淡了时间的连续性，使小城镇生活呈现出静止状态，一切的色彩与声响因此都变得空洞而了无意趣了。

“人要是生活在小城里，一种自然而然的规则，一种散漫的单

---

① 埃里克·S. 雷比肯：《空间形式与情节》，约瑟夫·弗兰克等著，秦林芳编译：《现代小说中的空间形式》，北京大学出版社 1991 年版，第 121 页。

调生活能使人慢慢地变得懒散，人也渐渐习惯了成规。”① 日复一日、年复一年，千篇一律、单调循环的茶馆人生形式，像鸦片烟瘾一样“慢慢酸化着一个人的生命和精力”②。数千年文化专制主义的重压，加上这种程式化的公共生存模式，形成小城镇人严重的精神“惰性”。从人类社会的发展史来看，群体生活是人类健康生活的重要组成部分，是人类生存的一种需要。它往往以某些公共空间为依托，这样能够增加人与人之间的凝聚力，有效调节人的精神和情感状态，锻炼人们的团结协作能力，在人们的精神生活中有着重要的作用。茶馆等大量公共场所和设施的建立，给小城镇人提供了丰富的活动空间，吸引人们从个体走向群体的公共生活，群体生活成为老中国儿女日常生活方式的主体形式。然而，公共领域里日常生活的泛滥，使得这种群体生活发展成为一种普遍的、固定的生存方式。大致相同的活动空间、高度统一的文化环境，使得人们的生活方式和文化性格表现出惊人的一致性。封建宗法社会数千年的文化专制主义不仅为它提供了特定的价值观念，将这一群体意识定位在封建等级与礼教，更使之成为一种强制的思维方式和行为准则。群体意识、群体价值观念自然也成为支配人们思想的重要标准和砝码。活跃在小城镇公共空间中的人们很少以个体的生命形式出现在作品中，大多无头脸，无贵贱，无法指称，也无需指称，只是一个面目模糊的群体中的一员。无论是华老栓茶馆里的驼背五少爷、花白胡子，吉光屯茶馆中的鲇鱼须、郭老娃，咸亨酒店中的短衣帮，还是聚集街头观看阿 Q 游街、咀嚼祥林嫂故事的看客，大多没有名字，通常只有一个简单的称谓。不论这些人物以何依据、以何事由聚在一起，总带有群体的模糊性和协调性，这构成了小城镇茶馆人生中最基本而又模糊不定的背景。

---

① 师陀：《果园城记·葛天民》，《芦焚短篇小说选集》，江西人民出版社 1983 年版，第 437 页。

② 沙汀：《喝早茶的人》，《沙汀文集》第 6 卷，上海文艺出版社 1991 年版，第 361 页。

外在形象的混沌模糊，正是人们个性意识苍白空虚的表现。茶馆类空间中的每一个人物皆毫无个性可言，个体与群体保持高度的一致，以至于我们很难把某一个体单独抽出来，指出他与其隶属的群体之间的差异。他们是些合则有用、分则无益的人物，没有自我意识，没有行动目标，缺乏个性自觉。事实上，也只有当他们作为一个模糊混沌的群体出现的时候，才具有存在的意义。一旦分散为独立的个体，生存的价值便丧失殆尽，成为一具具行尸走肉。他们也许身份、职业、年龄、性别、文化层次各不相同，但生存状态和文化心理却是惊人的相似。无个性就是他们的个性，无思想就是他们的思想，无意识就是他们的意识，无目的就是他们的目的。在作者笔下，他们与其说是作品中的人物形象，不如说是封建文化的代码和传统文化模式的象征。在现代个性意识的烛照下，传统的群体生存方式使得小城镇茶馆人生在“单调”、“沉滞”之外，套上了各种沉重的精神枷锁。在众多的作品中，它们是许许多多的“规矩”，因为这些“规矩”代表群体的思想和利益，也因为它们“从来如此”，成为人们应该遵循，也必须遵循的行为准则。人们虽然从私宅里的个人生活走向公共空间，但活动范围依然十分有限，基本上静止在某一封闭的空间里，行为和意识空间相当狭小。无论是华老栓茶馆还是咸亨酒店的老少看客，无不被粘贴在小小的茶馆、酒肆中，文化心理与狭小的活动空间保持着高度的一致，因循守旧，故步自封。“从来如此”是他们所信奉的圭臬。任何异于“从来如此”的行为，都会被他们视为异端，不能相容。夏瑜、魏连殳等新派知识分子自不必待言，就是属于他们体系内部的孔乙己、祥林嫂等，因为违反了“从来如此”的行为方式，也不能见容于看客们的世界中。

不合理的生活方式造出病态的灵魂。茶馆、酒肆在无聊中消耗着小城人的生命与光阴。群居终日，无所用心，言不及义，得过且过，养成了极散漫的性情和极懒散的作风。一个还能做一点事的人，只要在茶馆坐上这么十天半个月，“精力就颓唐了，神思就昏浊了”；尤其难堪的是，“思想走上了另外一条路，讪笑，漫骂，否定一切，批驳一切，自己却不负一点责任，说出话来自成一种所谓‘茶馆风格’”①。在这个“死气沉沉而又交头接耳”② 的空间，“聊”是人们最重要的行为方式。这种言语方式乍一听十分热闹，实际上却不过是“嗡嗡嗡”的一片，众生喧哗但难闻独吼。茶馆就像是一种“无物之阵”，又仿佛游戏场。“当言语者进入游戏场，无论说什么都与自己无关了，听众、看客可以把你的思想任意化为游戏”，最后只剩下一片“哈哈哈”，“只剩下喜剧，而没有悲剧和正剧，因为悲剧和正剧都被看客转化为一种最低劣的喜剧”。③ 表面貌似“倾心”的交谈，实质上却“不必辨个是非，不必要什么答案，无结果就是他们的结果”。“讪笑，诽谤，滑稽，疏远，是这里的空气的性质。”④ 言语者将自己淹没在一片言语的汪洋之中，不需要发表自己的观点，更无需对自己的言语负责。无论是华老栓茶馆里为夏瑜之死喋喋不休的花白胡子、驼背五少爷（鲁迅《药》），端坐在“随缘居”中心茶桌，为罗二爷和谢老师的争斗兴奋不已的区董（张天翼《清明时节》），还是围观方治国和邢幺吵吵之战的各色茶客（沙汀《在其香居茶馆里》），所有的事情对于他们而言都不过是茶余饭后的谈资笑料。夏瑜为谁而死，罗二爷和谢老师、方治国和邢幺吵吵谁对谁错，都不是他们所关心的，言语的喧哗不过是内心寂寞与现实纷争的宣泄。对他们来说，既然被杀，就必是他坏的证据，“不坏又何至于被枪毙呢”？既然有纷争就必然有不是之处，对任何事情都表现出一种超然态度，只看热闹，不管是非曲直，言不由衷，人云亦云，久而久之就形成了马马虎虎、模模糊糊的性格，不思进取，游手好闲，碌碌无为，说话、办事都表现出一种特殊的“茶馆风格”。

呼兰小城东二大街上的大泥坑就是这种“游惰”生命状态的

---

① 叶圣陶：《倪焕之》，《中国新文学大系（1927—1937）》（小说集5），上海文艺出版社1984年版，第52页。

② 鲁迅：《柔石作〈二月〉小引》，《鲁迅全集》第4卷，人民文学出版社1981年版，第149页。

③ 钱理群：《话说周氏兄弟·论演戏》，山东画报出版社1999年版。

④ 叶圣陶：《隔膜》，《叶圣陶小说精品》，中国文联出版社2000年版，第269页。

一面镜子。小城的两条所谓的“大街”都是“灰秃秃的，若有马车走过，则烟尘滚滚，下了雨满地是泥”。“大泥坑”横在街心，足足有五六尺深，“不下雨那泥好像粥一样，下了雨，这泥坑就变成河了”。作者用数千字描写了大泥坑给人们所造成的种种“便利”与不便。天旱的时候，它就像“炼胶的大锅似的，黑糊糊的，油亮亮的”，不仅污染环境，严重阻碍过往行人的车辆，也淹死过鸡、鸭、猪、狗，甚至小孩，无数车、马、行人挣扎在这里。水大时间，不但阻隔了车马，而且阻隔了行人。老头走在泥坑子的沿上，两条腿打战；小孩子站在泥坑子的沿上吓得狼哭鬼叫。除了个别身体强壮、“精神饱满”的人宣称“一辈子不走几回险路那不算英雄”之外，大多数人被吓得“脸色发白”。那些雨天里的过路者，也偶有一两个在经历惊心动魄的“奋斗”与“挣扎”之后，心有余悸地冒出治理的念头，却不是“栽树”就是“拆墙”，甚至连这些也没有人施行。若说用土把泥坑填平的，“一个也没有”(萧红《呼兰河传》)。大泥坑仿佛是灾难丛生的生活的象征体，却以一种自然、合理的姿态长期呈现在呼兰城。人们感受不到自身的惰性及由此而来的生命力的衰竭，反而为此沉浸在少有的兴奋中。作者以大量的笔墨，细致描述了大泥坑周围的人们的“精神盛举”。首先，它给生活单调寂寞的呼兰城人带来了少有的热闹和乐趣。车翻到里面去了，马倒在那里怎么也爬不起来，看热闹的喝着倒彩，救车马的人摆足了架势，沉着应战，一时间热闹非凡，人们兴奋地谈论开去，话题是“越说越远”。此外，大泥坑还给小城人带来了吃死鸡死猪死马的物质利益，甚至明知是瘟猪肉，也因此有了可吃的理由。在作者的笔下，大泥坑是一面难得的镜子，水涨水落之间，折射出小城人的惰性与自欺。

在大多数作家笔下，这种无目的、无是非的惰性人生成为小城镇社会变革和发展进步的巨大阻力。围绕某江南小镇坎坷曲折的教育改革，叶圣陶的《倪焕之》一方面以知识分子金树伯人生态度的变化，表现“茶馆”人生对人的精神的蚕食，对人的理想、判断力和意志力的消磨，同时以蒋冰如对“茶馆生活”的自觉抗拒，集中表现作者对这一人生形式鲜明的批判态度。金树伯本是倪焕之的中学同学，学生时代也不乏理想和追求。然而，四五年的小镇生活，尤其是每天“早上起来就出去吃茶，午饭时才回”的茶馆生活，已将他改变成一个地地道道的小镇人，老练、精明、世俗，不管“闲事”，玩世不恭。因此，蒋冰如“最恨那些茶馆，以为茶馆是游手好闲的养成所”。一想到放弃教育改革，他最先想到并禁不住不寒而栗的，除了“管理那些琐琐屑屑的田务店务”，就是整日坐在茶馆——那“游手好闲者的养成所里”，那日子在不甘碌碌无为的他看来，“真无异于狱囚的生活”。

作为中国传统社会人生的缩影，“茶馆”人生既是普通小城镇人日常生命最直观、最具有特色的形态表征，也是传统文化的一面“镜子”。对于一个民族而言，要实现文化的转型和人自身的现代化，“必须经历日常生活世界的批判重建的过程，使人由自在自发的存在状态向自由自觉的存在状态跃升”①。这是日常生活批判的宗旨，也是小城镇小说审视“茶馆”人生的意义所在。行进在现代化进程中的作家，透过重重黑幔，将现代理性之光射进这旧中国社会的一隅，照出它灰暗、阴冷的面影。陈腐的社会形态与黯淡的人生图景寄予着一代知识分子对老中国社会人生最深切的爱和痛。

第二节　公共领域的萌芽与异化

对于普通的小城镇人而言，茶馆、酒肆等场所不仅是重要的日常生活空间，同时也是讨论问题、交流感情的公共领域。相对私人领域，公共领域是一种既非个人又非官方，供不同身份的人展现自我、讨论问题、发表意见、相互交流与协作的特殊场所。② 小城镇独特的区域特征和社会属性，晚清以来基层社会的发展变化，决定了中国近现代以小城镇为代表的基层社会公共领域形成的可能性。

---

① 衣俊卿：《现代化与日常生活批判·自序》，黑龙江教育出版社 1994 年版，第 44 页。

② 王笛：《晚清长江上游地区公共领域的发展》，《历史研究》1996 年第 1 期。

小城镇不仅是乡土基层社会的政治、经济和文化中心，是连接城乡及周边地区的桥梁与纽带，也是近现代城乡商品流通的中转站，是诸多往来商人和官员休息、娱乐、洽谈的地方。茶馆、酒肆因此成为小城镇必要的消费娱乐设施。对于那些饱食终日、无所事事的小城镇居民来说，“上茶馆”既是他们在百无聊赖的生活中打发光阴、聊以度日的一种方式，也是他们展示自我、谋求生存和发展的重要手段之一。在传统的小城小镇，公共生活较一般生活形态显得更为重要，也更加迫切。汉娜·阿伦特把人的活动分为三种：劳动、工作和行动。其中，行动是唯一无需物的中介而直接在人与人之间进行的活动，是人类最富自我意识的活动。行动突现人的多样性，意味着在人类“多样性”的条件下，通过他人的在场揭示“我是谁”。一个人是“谁”，只能依靠自我的言说和行动，在主体间的交互关系中，通过他人的看和听得到承认。他人的在场不仅是自我存在的条件，而且验证了我们关于世界的实在知识。公共领域是行动实现的场所和条件。只有在行动赖以确立和保持的公共领域中，人类才保有可见世界的真实感。人们可以不工作而照样活着，但失去了言说和行动的条件——公共领域——就不再是人。① 正是公共领域把我们带向世界和与我们共同拥有世界的他人。相反，如果我们不同其他人接触，封闭于个人特殊的感觉世界之中而没有共同感觉（common sense），我们就不仅失去了对共同世界的经验，甚至不能相信自己的直接经验。大量的寄生者可以不工作而照样活着，却必须依靠公共空间，通过与他人的持续对话和行动，确立个人认同和自我存在。从这个意义上说，公共领域在小城镇的出现也就成为必然。

公共领域的出现也是晚清以来地方自治的客观需求使然。与以往相比，晚清时期的乡土社会已经发生了相当明显的变化。清政府自上而下地推行地方自治，将一部分管理控制权限下移至民间。1906 年，朝廷正式宣布仿行宪政，随后拟定九年“预备立宪”期

① 汉娜·阿伦特著，林骧华译：《极权主义的起源》，三联书店 2008 年版，第 428 页。

间应办事项，将地方自治列为其中的一项主要内容。1909年年初，《城镇乡地方自治章程》奏准颁行。根据该章程的规定，凡城镇各设议事会、董事会，乡设议事会，负责办理自治事宜。按照西方国家立法和执法两权分立的原则，议事会的职责与权限类似于立法机构，它拥有制定自治法规的权力；董事会则是具体的办事机构，并规定议事会和董事会互相监督。该章程对地方自治的内容也作了规定，其内容虽无行政立法权和监督行政权，但仍比较广泛，包括地方文教和卫生管理权、农工商务管理权、民政管理权、市政管理权和公益事业的管理权。清政府并未停留于口头上标榜地方自治，而是制定了具体实施步骤，饬令成立新的具有近代特征的民间自治机构，同时还辅之以其他有效措施。士绅则从过去受制于基层官府控制，逐渐转变为基层社会控制系统中真正的主体力量，由控制对象演变为控制主体，成为地方自治的主力军，推动地方自治。地方自治在短时间内即由先前试行于少数地区，迅速扩展至全国各地，很快在国内形成了一股地方自治的热潮。乡土基层社会因此在中央集权体制下拥有一定的自治权力，在一定程度上脱离了国家政权的直接控制，各种具有一定独立性的社会活动空间应运而生。由于许多地方纠纷的审理权并不操之于地方官府衙门之手，而是由绅士及其他特权者掌握，这样就需要一些公共领域来处理公共事务。几乎与之同时期兴盛、繁荣的茶馆等公共领域与这一社会现象有着十分重要的联系。它们的作用是相互的，茶馆等公共场所为地方自治提供了重要空间；地方自治对公共领域的出现也起到了推波助澜的作用。

与此同时，随着社会结构的变化，人们的思想意识发生了明显的变化，出现了具有一定主体意识的公众群体。以王伯申（茅盾《霜叶红似二月花》）和蔡兴和（艾芜《故乡》）等为代表的“绅商”群体，蒋冰如（叶圣陶《倪焕之》）和钱良才（茅盾《霜叶红似二月花》）等为代表的“新士绅”，倪焕之（叶圣陶《倪焕之》）和丁雨生（叶圣陶《城中》）等为代表的平民知识分子，在一定程度上推动了小城镇社会具有现代意识的新型市民阶层的萌生，为公共领域的产生和发展提供了重要的思想基础。

公共领域存在的基础是利益和沟通。只要能够在利益的基础上沟通并达成一致，解决问题，它就有可能孕育、存在并发展。① 研究证明，中国早在清前期社会重建的过程中就已初步产生了公共领域。19 世纪末 20 世纪初，随着中国社会的发展变化，以长江上游为代表的诸多地区发生了重大的历史性变动，公共领域获得了重要发展。② 茶馆吸引着官绅富商、文人墨客、师爷伙计、佃农工匠、泼皮无赖，成为三教九流各色人等的集散地，形成了一个城乡共有的公众体系。在小城镇，与现代社会的俱乐部、咖啡馆和沙龙一样，茶馆等公共空间具有一定的开放性、世俗性和相对自由性，拥有休闲、交易、聚会、信息传递和是非理论等多种公共性社会功能③，这在客观上为公众讨论公共问题，自由交往提供了公共平台④。

公共领域是小城镇人确立身份、寻求沟通、彰显价值的重要空间。人必须生活在公共空间中，通过与他人的交流与对话，展示并证明个体的存在与价值。茶馆、酒肆等场所将民众拽到家庭圈子以外展开活动，它在给人们一个消磨闲暇时光的公共生活环境的同时，也为他们提供与相识或不相识的人交往的自由空间，使之由“私自”的人成长为公众。在这些公共空间里，作家可以获得灵感，商人可以做成生意，学生可以学到书本上没有的东西，帮会成员可以约见同党，苦力可以找到雇主，小贩得以维持生计。普通的小城镇人，无论有无职业或产业，总能在这里拥有自己的一席之地。即使卑微如孔乙己、祥林嫂者也试图在这里寻求与他人的对话和交流。与所有的茶楼、酒肆一样，咸亨酒店是一个提供消遣、娱乐与交流、对话的公共场所，也是彰显身份和价值的场所。孔乙己

---

① 余仰涛：《思想关系学》，武汉测绘科技大学出版社 2000 年版。

② 王笛：《晚清长江上游地区公共领域的发展》，《历史研究》1996 年第 1 期。

③ 朱小田：《近代江南茶馆与乡村社会运作》，《社会学研究》1997 年第 5 期。

④ 王笛：《晚清长江上游地区公共领域的发展》，《历史研究》1996 年第 1 期。

借助“酒”参与其中，在众人面前“排”出九文大钱，并且比别人多要了一碗酒和一碟茴香豆，以此显示自己的“阔绰”，谋求平等的沟通和交往，并试图在与酒店小伙计和邻居孩子的交流中寻找精神慰藉。生活的窘迫，已然使孔乙己失去了“踱”进柜台后“慢慢坐喝”的资格，不得不与短衣帮站在一起，但他对人说话，总是“满口之乎者也”，且始终不肯脱下自己的长袍，成为站着喝酒而穿长衫的“唯一”的人。“之乎者也”和长袍是他“读书人”身份的象征。正因为现实的尴尬，他更需要从言语和衣着上保留自己的身份，而这也是他唯一能做到的。所以，尽管长衫已经是“又脏又破”，说出的话也总“教人半懂不懂的”，却不肯有所改变。另外，由于无法从失去幼子的痛苦和悲伤中解脱出来，孤苦无依的祥林嫂彷徨在街头寻找倾诉的对象，逢人便讲阿毛被狼吃的故事，期望得到人们的同情和安慰。在茶馆中，“茶客们各人有各人一定的位置，人们像守着自己的祖产似的”(张天翼《清明时节》)。人们所守护的，与其说是自己在茶馆中的位置，不如说是在小城小镇的身份和地位。普通人如此，特权者更是如此。晚清以来，随着农业商品化程度的提高，小城镇的数量和规模虽然明显扩大，但权力的分配永远只能限定在少数人的手中，“他们大家都想当正主儿，不愿甘居人下”（沙汀《某镇纪事》）。茶馆等公共场所自然成为他们展示自己权势和威望的重要空间。在北斗镇，几个乡绅、恶霸、帮会头目和基层政权当权者形成两派势力，为争夺一块金矿而展开激烈的争斗。各派的聚居点分别是小镇的茶馆“畅和轩”和“涌泉居”。龙哥的特殊身份使“畅和轩”理所当然地成为全镇的中心。林幺长子虽然曾经是有名的哥老会的首领，然而，如今的“在野”身份却使得他的“涌泉居”不得不处于下风。同样，方治国与邢幺吵吵之间的擂台搭在茶馆，好戏却在新任县长与传统缙绅之间上演，茶馆上演的一场口舌之争不过是权势和地位的另一种形式的较量（沙汀《在其香居茶馆》）。赵守义和王伯申虽然并不直接在“雅集园”茶楼露面，但其双方的门人与帮客却一开始便在这里搭上擂台（茅盾《霜叶红似二月花》）。

茶馆、酒肆历来就有“聚众厮混、玄谈清议”的功能。茶馆、酒肆里招徕了五湖四海的茶客，自然也汇集了四面八方、各行各业的信息，诸如官场倾轧、商界秘闻、无赖横行、棋牌赌局、人伦纲常、闺阁房事之类，应有尽有，往来茶客各取所需，极尽谈兴。在《动摇》、《霜叶红似二月花》、《倪焕之》、《淘金记》、《某镇纪事》等作品中，茶馆、酒肆承担着类似现代报刊媒体的传播功能，也自然成为舆论的制造中心。无论是江南小镇上的世家子弟张恂如，还是川西北小镇的普通小民，要想了解世态、获取最新消息，最快捷的方法莫过于去趟“雅集园”(茅盾《霜叶红似二月花》)或“畅和轩”(沙汀《淘金记》)。中南某县城，“清风阁”是全城的“消息总汇”之地，是县党部之外各派人士讨论问题、发表意见的一个公共场所。胡国光作为“老牌绅士”，在那里拉选票。其他“士绅”在那里对县党部公开表示抗议，组织斗殴。各种思想舆论由此向全城发散（茅盾《动摇》)。同样，“如意”茶馆是蒋冰如教育改良“风波”的中心。围绕教育改良的可行性，尤其是拟建农场地皮的归属问题，小镇人在这里展开激烈论战。蒋老虎首先在“如意”茶馆有意宣称：“蒋冰如干事太荒唐了。地皮又不在他那学校里；也不问清楚，就动手开垦，预备做什么农场。”以此引发关于农场归属问题的争论，继而利用小镇人的封建迷信观念，在公共场所散布各种耸人听闻的谣言，就“坟场”大做文章，引起全镇哗然(叶圣陶《倪焕之》)。值得注意的是，这种舆论不是通过官方的、建制的意识形态机关来阐释的，而主要是在政治结构之外的渠道发展起来的、非正式的，却代表大多数人的思想意识，为人们普遍认同。

晚清以来，随着地方自治的发展，茶馆、酒肆逐步成为官方衙门之外处理公共事务的重要场所，人们在这里评是非、理曲直，解决公众纠纷。有些茶馆俨然就是一个“民事法庭”。在有些市镇，乡董的法庭甚至就“设在茶肆里”①。在人涌如潮的“随缘居”，有属于小镇区董的专座。那张褪了漆的茶桌就是他们办公事的地方，他们在那里“帮人写写状子，也给人问问是非”(张天翼《清明

① 胡川如：《各地农民状况调查》，《东方杂志》2004 年第 16 期。

时节》)。最典型的例子莫过于“吃讲茶”。旧时城乡发生纠纷，当事人双方习于相约至茶馆吃茶理论，由地方头面人物主持，众人边品茗边听诉，边判断是非曲直，最后形成公论，由错方付茶钱，俗称“吃讲茶”。四川、江浙等地皆有此俗。《在其香居茶馆里》、《公道》(沙汀)等作品对此有精彩的表述。受新任县长政令的威慑，联保主任方治国按政令行事，将邢幺吵吵已缓役四次的儿子派了兵役，邢幺吵吵请陈新老爷在其香居茶馆里“吃讲茶”(《在其香居茶馆里》)；经纪人猪牙子为了留住寡媳打理家务，与亲家朱大娘发生争执，请乡长到茶馆主持“公道”(《公道》)。每一次，众人都将茶馆围得水泄不通，人们不仅全程见证了“吃讲茶”的过程，对其结果也认同无疑。

公共领域的发展、演变、构成、特点等都是伴随人类历史的演进及与之相应的人类生活模式的转变而变化的。19世纪末20世纪初，小城镇特殊的政治、经济和文化结构，使得小城镇公共空间的主体是具小农意识的市井群体而非现代意义的市民。① 封建宗法专制主义文化、小城镇“官绅世界”的权力意识，以及传统市井社会人与人之间的冷漠与麻木，20世纪初小城镇特殊的政治、经济和文化结构，使得这一特定时期的小城镇公共领域实际上被压缩、异化，很大程度上失去了它应有的社会功效。聚焦于茶馆等公共领域，小城镇小说以现实公共生活中存在的各种悖论，揭示小城镇社会人生的真实面貌。

与现代意义的公共领域相对而言，小城镇的公共空间精神指向较弱，人们对茶肆的选择、对不同茶肆的态度，以及在茶肆中的言行举止，均带有明显的功利性。“喊茶钱”是这里最常见的现象之一。《在其香居茶馆里》中，陈新老爷的身影一出现，茶馆里顿时一片混乱。小说不无夸张地写道：

> 茶堂里响着一片零乱的呼唤声。有照旧坐在座位上向堂倌

① 袁银传：《小农意识与中国现代化》，武汉出版社2000年版，第19页。

叫喊的，有站起来叫喊的，有的一面挥着钞票一面叫喊，但是都把声音提得很高很高，深恐新老爷听不见。

其间一个茶客，甚至于怒气冲冲地吼道：

“不准乱收钱啦！嗨！这个龟儿子听到没有？……”

于是立刻跑去塞一张钞票在堂倌手里。①

在这里，人们要谈生意，交换意见，探听各种各样的新闻，不仅消磨自己的人生，也在这里“经营自己的人生”。茶客们的谈话表面上是无目的的、淡而无味的、繁琐的，实际上“他们正要凭借它来经营自己的精神生活，并找出现实的利益来”（沙汀《淘金记》）。北斗镇人对“畅和轩”和“涌泉居”的态度算得上是一个典型的例证。由于龙哥等当权人物的聚集，“畅和轩”是全市镇人“用尊敬和仇恨混杂着的感情集中注意力的地方”。有许多人，是宁可在话语上吃亏，金钱上吃亏，到那里周旋的。因为倘使能够入流，便可能从别的地方捞回他们的利益。至少另外一些无穷无尽、莫名其妙的亏损，可以借此“减少”些。在“涌泉居”，大多数的茶客却正是为了林幺长子若干大胆锋利的谈吐来的，因为他们在这镇上的地位是屈辱、无望的，但是野心却又没有“死尽”，他们要借他来“发泄自己的怨气”。

对于普通民众而言，各种公共生活领域既是开放的，又是封闭的。就茶肆而言，似乎是任何人都可以进出，并无严格的条件限制，实际上开放程度存在明显的差异。这里弥漫着鲜明的等级观念和“中心”意识，有等级之别，也有明显的中心与边缘之分。不仅什么样的人进什么样的茶馆是固定不变的，就是什么样的人坐在什么样的位置，都是“毫无参差”。时间一到，人们“就像一座座对号入座的剧院一样，个人都到自己熟识的地方喝茶去了”。茶客们各人有各人一定的位置，哪些人跟哪些人凑成一桌，也仿佛天生这样，“谁也不敢换动一下”（张天翼《清明时节》）。在人涌如潮的“随缘居”，靠窗的那一桌是整个茶店的“重心”。那里的座

① 沙汀：《在其香居茶馆里》，《抗战文艺》1940 年第 6 卷第 2~4 期。

位属于小镇的区董，“他们都喝过墨水，帮人写写状子，也给人问问是非。那张褪了漆的茶桌成了他们办公事的地方：要跟他们谈打官司的买卖，要问他们借钱，都得恭恭敬敬挨那窗子边去”（张天翼《清明时节》）。在咸亨酒店，当街一个曲尺形的大柜台更是将酒店分为两个截然不同的世界。柜台外是站着喝酒的短衣帮，穿长衫的则“踱”到里面，“慢慢地坐喝”。穿长衫的往往有身份，有地位，有钱有势，所以一个“样子太傻”的伙计是侍候不了长衫主顾的，酒店对他们热情周到，唯恐照顾不周；对“短衣帮”却暗中往酒里掺水，能骗就骗（鲁迅《孔乙己》）。《还乡记》中，乡长为徐荣成和冯大生调解纠纷，只因为冯大生拉了一把椅子坐了下去，街上围观的光棍们便对他大呼小叫，不由分说撤去他的座位，仿佛冯大生做出了无法无天的举动一样。

茶馆与茶馆、酒店与酒店之间的经营也并非是无序的。根据主顾身份的不同，茶馆、酒店之间的“地位”存在明显的差异。每个茶馆都“各有自己一定的主顾”。在沙汀笔下的四川乡镇，尽管茶馆多达十个以上，最热闹的却一定是官店附设的茶馆。那里是“所谓正人君子的巢穴”，茶客全是“上色人”，“没眉没眼的角色一向少来”，泥水匠之类的人物则几乎不会露面，他们只配在那些“店面破旧得像用猪圈楼板装修”的、没有牌号的半边茶铺里出入（沙汀《某镇纪事》、《丁跛公》）。你在“古泉亭”碰不见麻子斗行，“正如你在官店里碰不见泥水匠老王一样”。在北斗镇，“畅和轩”是龙哥一般当权者的活动圈子，装潢布置也比一般的茶馆考究，有专供客人打牌、靠灯的雅座，全镇唯一的川戏清唱也经常在这里举行。“涌泉居”则是在野派林幺长子的活动中心，虽然表面上也受到一帮人的关注，但其影响力却远不及“畅和轩”（沙汀《淘金记》）。

与此相关的是，公共事务的处理难以体现真正的“民间”性与公正性。对于一般民众而言，茶馆、酒肆无法成为真正意义上讲公理、评是非的“公共空间”。作为民间调解纠纷的习俗，“吃讲茶”等活动固然避开衙门公堂来解决民事纠纷，但由于这一活动的重要角色——调解纠纷的评判者无一例外是地方权势，甚至就是衣着便服的政府衙门的官吏，因此这里实际上与衙门的公堂一样，所谓的“公道”多在权势者的利益和好恶之间，难以体现真正的“民间”性与公正性。猪牙子与亲家朱大娘发生激烈的争执，情急之下，经纪人口不择言地说出，“管他是什么人说的，我总之是管不了”，“一个靠猪吃饭的家伙”竟然敢当着众人跟一乡之长大唱反调，实在是“太可恶”了，乡长“认真地”发火了，原本不知如何处理的事情突然变得十分简单，觉得尊严受到挑衅的乡长不由分说地判定朱大娘胜利。由此可见，“吃讲茶”维护的不过是乡长自己的威严。权势者的利益和喜恶就是所谓的“公道”。他们的到来与其说是调节、劝解公众的纠纷，不如说是维护特权者的利益，展示权力世界的“规矩”与“秩序”。在其香居茶馆的那一场“吃讲茶”的“是非”评判中，由于邢幺吵吵的大哥是全县“极有威望”的缙绅，舅子是财务委员、“县政上的活动分子”，“吃讲茶”的重点是如何敦促方治国纠正自己所犯的错。不仅邢幺吵吵对方治国的指责是那样理直气壮，在陈新老爷和其他普通茶客看来，方治国之“错”也是毋庸置疑的。正是这些使得方治国俨然是一个不得已而做错了事的罪人，虽然表面上不断为自己辩解，却知道自己是“亏理”的，步步退让，穷于应付。

茶馆里的舆论运作也并不总是嘈杂无序的。公共舆论在相当程度上受各种因素的影响和干预，与封建思想和权力意识呈现出合作与协调，而非对立和对抗的倾向。几千年封建专制主义使等级观念和权力意识以无意识形态弥漫于公共空间，统治阶级的意识形态占据霸权地位，公共空间里的舆论因此并非真正意义上的自由言说，而是与封建思想和统治阶级的意识形态保持高度的一致。《药》选择茶馆作为故事生成的地点，以公众对夏瑜“认识”的形成，形象地演绎了公共舆论的产生与扭曲的过程。后半夜，华老栓在街头从潮水一般的“看客”群中买回了淋着夏瑜热血的馒头，满怀“收获许多幸福”的希望回到茶馆，让华小栓吃下。紧接着，康大叔、花白胡子、驼背五少爷等茶客云集茶馆，从给华小栓治病的“人血馒头”说到夏瑜之死，从夏瑜之死谈到他的“革命者”身份，以及他被夏三爷告密入狱后劝牢头造反、挨打一事。对于夏瑜挨打之后还要说“可怜可怜”，人们起先颇难理解，刽子手康大叔的引导使眼光“板滞”的人们逐渐“明白”过来。花白胡子最先恍然大悟——“疯话，简直是发了疯了”，接着20多岁的人“也”恍然大悟——“发了疯了”，原本迟钝的驼背五少爷也终于点着头应和——“疯了”。从花白胡子到驼背五少爷，三种言说层层递进，语法上渐趋简短，意义上渐趋明确。人们组成一个不自觉的群体，在或气愤、或惊诧、或冷漠的话语中，不自觉地挪用统治阶级的话语系统，最后竟用一个最简单的词——“疯子”，吞噬了一个革命者的价值与意义。“疯子”是茶馆话语对夏瑜的最后解读，“疯子”也只能是人们对夏瑜悲剧的解读。小说以特有的“茶馆”腔展开叙事，展示茶客们在康大叔的引导下一步步得出结论的过程，强调康大叔及其所代表的封建统治阶级价值观念和意识形态在公众舆论形成过程中的引导作用。

与此同时，公共舆论受到各种地方势力的严格控制，为各种地方势力所左右。言说者的身份地位直接影响公共舆论的导向。官僚、士绅和其他地方势力活跃于茶馆、酒肆中，或各自为政，或几位一体，或相互勾结，织成复杂的社会之网，“颐指气使”，“以权代法”，有的还设有专座，久而久之，他们便成了其间的“意见领袖”，形成独特的“茶馆政治”。① 在“随缘居”，靠窗的那一桌是公共舆论形成的中心，区董们引导舆论的方向，对舆论的形成具有决定作用。其他人的言谈只不过是这些人的复述（《清明时节》）。为了共同对付“疯子”，“吉光屯”里各式各样的人聚集在茶馆中，其中，既有卫道士阔亭、方头和灰五婶，也有鲁钝而吝啬的三角脸，以及老得连话都说不清楚、冥顽不化的郭老娃，然而真正引导舆论并决定“疯子”命运的是乡绅四爷（鲁迅《长明灯》）。同样，蒋冰如的教育改良遭遇的所有阻碍几乎都来自于蒋老虎等人在茶馆中所散布的言论。蒋老虎首先在“如意”茶馆里有意宣说：“蒋冰如干事太荒唐了。地皮又不在他那学校里；也不问清楚，就

① 朱小田：《近代江南茶馆与乡村社会运作》，《社会学研究》1997年第5期。

动手开垦，预备做什么农场。”以此引发关于农场归属问题的争论，继而利用小镇人的封建迷信观念在公共场所散布各种耸人听闻的谣言，就“坟场”大做文章，引起全镇哗然，许多人相信灾难即将降临，很多家长对学校误会重重，失去信心（叶圣陶《倪焕之》）。在《动摇》中，“清风阁”茶馆是小城人物和事件发生的重要场地。它不仅是一般的“消息总汇”之地，相对于县党部，它也是传统旧势力的聚集地、保守者和反革命者的阵营，是旧绅士施展权威和势力、讨论问题、发表意见的一个据点，是他们抗拒社会变革、阻碍社会发展进步的“堡垒”性的社会空间。胡国光作为“老牌绅士”，在那里拉拢小商人的选票。其他“土豪劣绅”在那里公开表示抗议，组织斗殴。小城革命因此不仅遭受保守者的种种有组织的抵抗，同时面临思想舆论的混乱带来的无形而巨大的压力。

官、绅等权势者之外，公众是建构公共生活的重要组成部分。19 世纪末 20 世纪初，小城镇特殊的政治、经济和文化结构，使得小城镇公共空间的主体是具有小农意识的市井群体而非现代意义上的市民。在茶馆、酒肆中，公众的身份囊括商贩、走卒、工匠、艺人以及种种无业游民，① 若仅就数量而言，它们应当是公共空间的主体。然而，数千年的宗法专制主义，使得等级观念和权力意识作为一种集体无意识弥漫在公共空间中，对权力的趋附与追逐成为人们共同的文化心理。权力已不幸成为这个世界的中心意识。仰视浮者升者，俯视沉者降者，成为一种普遍的民风民习。任何与之相异的言行，都被视为一种异端，不能相容，且面临被排挤、清算的危险。公众成为宗法社会舆论的自觉制造者和传播者，是封建思想的盲目维护者和最佳体现者。正因为如此，茶馆、酒肆里的每个人都有意、无意地寻求一种与他人的和谐与统一。一旦出现任何与之相左的行为或言说，都必然遭到公众的一致反击或嘲笑，成为人们奚落、排斥，甚至斗争的对象。孔乙己的命运即是如此。正是传统的

① 袁银传：《小农意识与中国现代化》，武汉出版社 2000 年版，第 19 页。

社会规范和行为准则，使得他的衣着显得不伦不类，满口“之乎者也”，在公众的眼中显得迂腐可笑；人们也因此对他的善良品行视而不见，而是以科举价值观念和“成则为王，败则为寇”的思维模式，无情地奚落、嘲笑始终未能进学的孔乙己。孔乙己、祥林嫂等不必待言，就是属于封建统治阶级体系内部的方治国（《在其香居茶馆》）等，因为违反了“从来如此”的行为方式，也不能见容于公众。受新任县长政令的威慑，方治国唯一一次按政令行事，不仅受到当事人邢幺吵吵的公然挑衅与威胁，同时也遭到“全镇市民的围攻”和地方舆论的质疑，几乎处于被倾轧的处境。“凡是按规矩行事的，就是平常人，重要人物都是站在一切规矩之外的。”这是所有“官绅世界”的规矩，也是其公共舆论的基础。

雅斯贝尔斯在《存在与超越》里指出：“我们的体内有这样一种东西，它不向往理性，而向往神秘的事物……不向往无偏见的谨慎的视听，而向往向黑暗投降……不向往具有选择自己的历史性的自由，而向往盲目服从于独断的势力。这是人性中普遍的东西，它制约着人的存在和发展，仿佛是一种心理惯性，使人沉溺其中而不能自拔。”20世纪初的中国小城镇，封建专制主义文化和宗法社会人生的价值取向使这一等级化、势利化的心理显得尤为突出。等级观念和权力意识禁锢人们的思想意识，控制公众舆论，迫使人们在一定程度上放弃了言说的权力和自由，成为一群随声附和的“庸众”。从不同的茶馆到不同的茶座，人们“自动”地各就各位，从来不敢越雷池半步。猪牙子明知乡长的所谓“公断”并不公道，但隐忍不敢言明。在百顺街，王爷提着他的“名片”马鞭横冲直撞，行人见了就赶紧回避，免得“名片”误投在身上（师陀《百顺街》）。《果园城记·魁爷》通过对集市街头绅民关系的描写，为我们描述了这样一幅图画：

> 你曾看见或想到小县城的这种场面吗？这时候正是集市，街上挤满了走着的和站着的各种城里人和乡下人，街边上和柜台里面正坐着铺子里的掌柜，手里永远捧着水烟袋。
>
> “魁爷早啊？”

> 这边一个甜蜜蜜的笑脸。
>
> “魁爷好啊?”
>
> 那边又是同样的笑脸。
>
> 在魁爷经过的路上，几乎所有的人都恭敬地站开，并且向他鞠躬。他自己含笑点头。他走到果园城的街上，说实话，就好比走进和谐的大家庭了。
>
> ……只要魁爷愿意去看看的地方，任何人家都欢迎，完全像走进子女们家里，要多方便有多方便。他们——我是说果园城的喜欢饶舌的女人，到了下午，便会坐在大门前跟邻居说：“魁爷今天到我们家里来，他甚么地方都要看。”他们像被宠坏的孩子，认为是无上的光荣。

平淡如常的画面加上极平淡的叙述，让我们仿佛回到黑暗的中世纪。数千年的封建专制早已使人们失去了心灵自由和人格尊严。他们不是被动而是自觉地认同等级观念和权力意识，在公共生活中表现为公众对自我价值和人格的放弃。作者正是以这幅传统中国小城镇社会最普通、最常见的图画，揭示公众对权力的彻底屈从。公共空间因此被压缩、扭曲，呈现出势利化的生活图景，所谓的“公共言说”在这里基本上不可能。

聚焦于公共空间里的“庸众”舆论，《清明时节》着力再现了等级观念和权力意识影响下公共生活的普遍沉沦。某镇头号士绅罗二爷在棋盘角请人看了一个旺穴。由于谢老师的祖坟恰好挡住了那条“龙脉”，罗二爷提出让谢家迁坟，谢老师为此要价五百，罗二爷不同意，且扬言在棋盘角打个篱笆将谢家的祖坟圈到里面。消息传到“随缘居”，茶客们马上振奋起来。由于涉及本镇首要人物的重要利益，人们的议论显得谨慎而又格外迫切。普通茶客密切注意中心茶桌的动静，中心茶桌几位先生拿出一副认真劲儿来谈着，批评两家都有不对的地方，态度之诚恳“像谈到自己兄弟的错处似的”。在他们看来，纠纷发生的责任在谢家，罗二爷要谢家迁坟、圈地，都是“怪不得”的。理由很明确：“好好一块地，中间倒堆着外姓人家的祖坟，讨厌不讨厌，是吧?”更重要的是，“罗二爷在地方上从来没碰见过不顺手的事，这回当然得使性子”。罗二爷的身份、权势、跋扈和霸道，在人们的眼中成了“到底是了不起”的证明。值得注意的是，罗二爷的对手谢老师在本镇原也并非等闲之辈，他进过学，从前还在省城的一个阔人家里教过书，因此一直被大家称作“谢老师”。谢老师每年有八十担租谷，还送儿子到县城里进中学，在地方上也算“有点声望”，在“随缘居”的中心茶桌占有一席之地。然而，谢老师的地位和声望到底没法与罗二爷相比，罗二爷既然不给一点面子，人们自然也不能拿他当回事。数千年的宗法专制主义使得等级观念和权力意识作为一种集体无意识弥漫在公共领域中，茶馆这一公共领域的世俗性也因此受到明显的制约。

对话和交流是公共生活的重要价值所在。然而，如此等级森严、势利的环境，必然滋生人对自身生存状态的麻木和对弱势群体的冷漠。对大多数普通的小城镇人来说，公共空间里的生活没有平等，也缺乏最基本的理解、同情与关爱，人与人之间的关系冷漠而生硬。人们浮游在公共空间的表面，无法进入空间结构的内部，不能袒露自己，不能与周围人进行正常的语言交流。公共领域被切割、压缩、扭曲。

审视小城镇的公共空间，展现在我们面前的每一个体生命几乎都被排斥在现实的空间结构之外。无论是咸亨酒店、华老栓茶馆，还是街头巷尾、祠堂上下，弥漫在小城镇公共空间中的是人们普遍的精神“病苦”，即人与人之间的冷漠与隔绝。人与人之间缺乏同情和理解，人们普遍轻贱、欺凌弱者，以嘲笑他人的弱点和不幸来愉悦自己。刚开始，那些没有亲耳听过阿毛故事的人们特意赶来叫祥林嫂陈述一遍，时间久了，就连念佛的老太太们也讨厌她。人们先是出于好奇，然后是躲开，继而玩弄、嘲笑，直到祥林嫂缄口不言，又无情地揭开她的“寡妇改嫁”的伤口，作为嘲弄和讥讽她的谈资笑料（《祝福》）。在晚饭后的祠堂里，连长咆哮着毒打太太，而后将她钉进一口木棺材。破落家族中的男男女女在祠堂里彻夜守候，一边探头探脑地窥看，一边信口闲谈，嘲笑这个女人是“贱皮子”，吃穿不愁，“拿着福享不来”（沙汀《在祠堂中》）。

祠堂本是族人祭祀祖先或先贤的庙堂，历来被奉为神圣之地。然而，祠堂的子孙却在这里津津乐道地观赏一幕灭绝人性的惨剧，甚至“在传统道德中找出理由，印证一个追求爱情的女人的惨死是罪有应得”①。在咸亨酒店，令人感到尴尬与痛苦的不仅是等级观念树起的种种有形无形的“高墙”，还有普通人与人之间的冷漠与隔阂。伙计舀酒时要向酒里羼水，而短衣帮要“亲眼看着黄酒从坛子里舀出，看过壶子底里有水没有，又亲看将壶子放在热水里，然后放心”。掌柜是一副凶脸孔，主顾也没有好声气，人们处于相互防范，甚至对立和敌视的空间里，人与人之间没有信任、关爱、同情心，“各有一道高墙，将各个分离，使大家的心无从相印”。孔乙己无法与一般的顾客沟通，只有寄希望于孩子，试图在与酒店小伙计和邻居孩子的交流中寻找精神慰藉。然而孔乙己的每一次努力，总是以被嘲笑和遭冷遇为结局。

弥漫在公共生活中的普遍的冷漠与麻木，阻断人与人之间的对话与交流，也加剧了个体生命的价值危机。无论孔乙己在主观上做出什么样的努力，都只能是一种言行上的冒险，达不到对话的目的，更无法印证自我存在的价值和意义。在这里，孔乙己唯一的价值在于他的到来使那些生活在无聊世界中的人们获得“快活”，而这种“快活”却建立在自己的不幸和痛苦之中。伴随着粉板上“还欠十九个钱”记号的抹去，孔乙己最终从咸亨酒店彻底地消失了。正如李长之、王富仁所言，孔乙己是“在讽刺和哄笑里的受了损伤的人物”②，作品“让人感到冷的不是或主要不是丁举人对孔乙己的殴打，而是咸亨酒店一应人众对孔乙己的冷漠和无情”③。孔乙己的悲剧不仅仅是他被丁举人打折了腿，不仅仅是他用手走路，甚至不仅仅是他孤独地死去，而主要是他生活在一个无爱的、

① 杨义：《中国现代小说史》第 2 卷，人民文学出版社 2001 年版，第 456 页。

② 李长之：《鲁迅批判》，《李长之批评文集》，珠海出版社 1999 年版，第 48 页。

③ 王富仁：《中国反封建思想革命的一面镜子》，北京师范大学出版社 1986 年版，第 217 页。

不被理解的环境中，被取笑，被戏弄。① 当一个人无法与他人进行正常的沟通交流且在被取笑的尴尬中度过一生，生命的价值已被彻底消解，生存的意义也就变得苍白无力了。② 被剥夺了在一个共同世界的表现以及这个共同世界产生作用的行动，这个个体就失去了全部意义。从某种意义上说，孔乙己的真正对立面是咸亨酒店里的“公众”。给孔乙己这个在死亡边缘徘徊的人以最后致命一击的，也正是这些“公众”。公众的步步紧逼——说穿他的隐情，揭戳他的“伤疤”，让他不断地陷入难以摆脱的尴尬与困窘，失去他所最看重的尊严，失去做人的资格，最后陷入死境。通过孔乙己具体生存环境的描写，小说深刻地揭示了公共生活的尴尬与失败对孔乙己的致命打击，以人物的命运遭际及其与咸亨酒店的特殊关系，形象地演绎了“人在空间外”这一哲学命题。③

哈贝马斯在研究公共领域中人与人的理性沟通时，提出了“理想沟通情境”理论。哈贝马斯认为，在“理想沟通情景”中，有三个有效宣称规范着语句的使用或人的语言行为，这些有效宣称可以理解为一些必要的、使言语者得以与他者沟通的条件。第一个是“真理宣称”。言语者所使用的句子能够真实地反映外在世界的事实。第二个是“正当宣称”。言语者要遵守支配着人与人沟通的社会规范。最后一个是“真诚宣称”。语言应真诚地表达言语者的内心想法和感受。④ 由此可见，言语者对客体与主体的认知、语言的真假、语言的形式和社会性在人际交往中具有重要作用。对存在于自身的未完成性和片面性的确认，是人与人对话的重要前提条件

---

① 汉娜·阿伦特著，林骧华译：《极权主义的起源》，台湾时报文化出版企业有限公司 1995 年版，第 425 页。

② 周海波、苗欣雨：《鲁镇的生存哲学——重读〈孔乙己〉》，《山东社会科学》2003 年第 1 期。

③ 郑萍、张靖：《〈孔乙己〉叙述的空间形式》，《鲁迅研究月刊》2001 年第 5 期。

④ 哈贝马斯：《沟通行动理论》，谢中立主编：《西方社会学名著提要》，江西人民出版社 1998 年版，第 552 页。

之一。① 然而，数千年封建专制思想的毒害使得身处公共空间中寻求理解与关爱的孔乙己们，既难以清晰地认识自己，也不能真实地袒露自己。公众的冷漠、麻木，使孔乙己不但得不到理解、同情与关爱，反而成为他人娱乐的对象。人物自身的愚昧、无知与不觉悟，也不同程度地阻碍了自己与他者的正常沟通与交流，加剧了他在公共空间中的失语程度。

无论是对于自身，还是他者的现状，孔乙己显然处于“迷”的状态之中。封建专制主义文化和科举制度使他只知读书而不屑于谋生。科场的惨败并没有迫使他寻找营生的办法。“读书人”的清高与现实处境的窘迫在人物身上形成巨大的反差。孔乙己既无法完全认清自己的现实处境，视封建规范为神圣，做了封建文化和科举制度的牺牲品而不自知，也无法在现实空间中找到真正属于自己的位置；不明白自己悲剧根源之所在，自然也无法寻求与他人沟通、交流的途径和方法，只能被抛掷于现实的空间之外。孔乙己与小伙计“我”交流的失败经过是小说重点描写的场面之一。小说从“我”的心理感受出发，详细描写了“我”拒绝孔乙己的心理过程，从一个特殊的角度，暴露孔乙己在公共空间中的失语程度，以及造成这一状态的自我因素：

> 孔乙己自己知道不能和他们谈天，便只好向孩子说话。有一回对我说道，“你读过书么？”我略略点一点头。他说，“读过书，……我便考你一考。茴香豆的茴字，怎样写的？”我想，讨饭一样的人，也配考我么？便回过脸去，不再理会。孔乙己等了许久，很恳切的说道，“不能写罢？……我教给你，记着！这些字应该记着。将来做掌柜的时候，写账要用。”我暗想我和掌柜的等级还很远呢，而且我们掌柜也从不将茴香豆上账；又好笑，又不耐烦，懒懒的答他道，“谁要你教，不是草头底下一个来回的回字么？”孔乙己显出极高兴的样子，将

① 张开焱：《开放人格——巴赫金》，长江文艺出版社 2000 年版，第 120 页。

> 两个指头的长指甲敲着柜台，点头说，“对呀对呀！……回字有四样写法，你知道么？”我愈不耐烦，努着嘴走远。孔乙己刚用指甲蘸了酒，想在柜台上写字，见我毫不热心，便又叹一口气，显出极惋惜的样子。

为了摆脱自己的尴尬与孤独的处境，孔乙己试图与小伙计交流，但他却首先提出以茴香豆的“茴”字“考”对方，以将来“做掌柜”时“记账要用”做诱饵吸引对方，遭到小伙计的不屑之后，又试图以“回”字的四种写法将谈话继续下去，真可谓用心良苦。然而谈话还是难以为继。原因之一在于孔乙己的言、行、心理与小伙计及其所处的现实社会之间的巨大差距，以及孔乙己自身对这一差距认识的不足。孔乙己既不完全明白自己的身份与处境，似乎也并不清楚“我”的境况。一个“考”字，首先在心理上引起“我”的反感，而他也似乎根本不知道茴香豆在酒店的价值。至于“回”字的四种写法，对于在古书中长大的孔乙己来说是重要的，对于作为小伙计的“我”却显然没有任何意义，也完全超出了“我”的兴趣。“我”的态度因此从“不理会”、“不耐烦”，发展到“愈不耐烦”，以至“努着嘴走远”。孔乙己的“诚恳”、“极惋惜”的态度，与“我”的不屑与鄙视形成巨大的反差，而这一反差在文本的叙事中却显示出某种“合理性”。小说以此揭示人与人之间普遍麻木与冷漠的同时，从一个特定的角度暴露人物自身的愚黯与不觉悟。

此外，孔乙己的话语表现出明显的非真实性。真实性要求说话内容与客观事实相一致，直接决定句子的“有效性”，是说话者与他者沟通的重要条件。在咸亨酒店，不仅是众人的语言失真，很多时候是“凭空污人清白”，孔乙己的话也缺乏真实性。偷了人家的书，孔乙己却不敢正视自己的偷窃行为，只是一味为自己狡辩，说什么“窃书不能算偷……窃书！……读书人的事，能算偷么？”被人打断了腿，也说是“跌断”的。当别人说他连半个秀才也没有捞到时，他用同样叫人听不懂的话开脱，否认事实的真相，众人正好运用他欲盖弥彰的心理嘲笑他。鲁迅曾用“陷入瞒和骗的大泽中”① 形容中国人在几千年的封建社会里的存在状态。这种“瞒和骗”不仅将人们拖入精神“惰性”中不能自拔，也无形中将他们排斥在公共空间之外，使之陷入孤独的人生境地。愚昧、无知、自欺、自瞒，是人物不能与周围人构成正常的语言交流、无法进入公共空间结构内部的重要因素之一。孔乙己苦苦地寻求与他人的沟通与交流，却被众人，也被自己排除在公共交往的范围之外，理性沟通的空间被压缩殆尽。②

① 鲁迅：《坟·论睁了眼看》，《鲁迅全集》第1卷，人民文学出版社1981年版，第244页。

② 贺明华：《公共领域中的艰难对话——重读鲁迅小说〈孔乙己〉》，《海南师范学院学报》2004年第1期。

第三章　小城镇人物（上）

小城镇独特的社会功能和区域—文化形态，赋予小城镇人相对独特的人生形式和命运遭际，使之出现了与都市和乡村不尽相同的人物类型。

第一节　绅　士

绅士是中国传统社会一个特殊的群体，在“士农工商”这一社会结构中居“四民之首”。“绅士为四民之首，为乡民所仰望”①，形象地说明了绅士阶层独特的社会地位。传统的“绅士”有着明确的界定，即获取功名而又没有官衔的举贡生员。近现代社会以来，随着中国社会的转型，传统绅士阶层逐渐走向分化、没落，“绅士”的概念逐步失去了原来的严格界定，呈现出明显的泛化趋势。至20世纪30年代以后，“绅士”已经“失去了19世纪和更早以前的精确含义”，一般指那些“拥有较高社会地位和富有”的家族成员。② 即使如此，“绅士”与“地主”仍然是两个不同的概念。绅士的地位由来只有部分是田产和财富，而另一部分则是身份和社会地位，包括他们的世袭出身、科举功名（近现代则包括新学所得的学位），尤其是在衙门或官场的政治能力。20世纪40年代，社会学家费孝通曾对“中国社会中的绅士”这一阶层作过明确的

---

① 吕实强：《中国官绅反教的原因：1860—1874》，台湾“中央研究院”近代史研究所1985年版，第165页。

② 吉尔伯特·罗兹曼主编，陶骅译：《中国文化的现代化》，上海人民出版社1989年版，第121页。

界定，即“有社会地位，可以出入衙门，直接和有权修改命令的官员协商”。他们是“中国专制政治下的特权人物”，“是退休的官僚或是官僚的亲亲戚戚”。“他们在野，可是朝内有人。他们没有政权，可是有势力。”“他们在农业经济中是不必体力劳动的既得利益者，他们是不劳而获的人。”① 这一界定显然与20世纪上半叶中国地方社会的基本情况相符。

传统基层社会在很大程度上是一个绅士的“自治社会”。绅士是地方权力的实际代表，具有十分重要的社会意义。“在以‘士农工商’简单分工为基础的农耕社会里，技术知识及其进步是微不足道的。社会秩序的维系和延续依赖于‘伦理知识’。‘劳心者治人，劳力者治于人’的社会价值观，决定了惟有文化占有者的绅士才拥有卫护传统社会纲常伦纪的职责。”② 绅士的特权地位常常以各种外显的礼仪而区别于平民。封建王朝也从法典上保障绅士特殊的社会地位。他们不仅享有赋税和徭役的优免权，在法律方面也享有特别保障权。统治者所期待的绅士的角色，是既不干预公事、把持官府，又“上可以济国家法令之所不及，下可以辅官长思虑之所不周”③。张集馨《道咸宦海见闻录》记载：“其绅士居乡者，必当维护风化，其耄老望重者，亦当感劝闾阎，果能家喻户晓，礼让风行，自然百事吉祥，年丰人寿矣。”实际上，绅士作为一个居于地方领袖地位和享有特权的社会集团，在维系正常的官、绅、民的三种力量中，已逐步突破法定的限制，扮演的角色比所规定的更重要也更为多样。各种地方公共事务几乎均由绅士把持，即使官府办理地方事务，也只能借助绅士的力量。“凡地方公事，大都由绅士处理……绅士之可否，即为地方事业之兴废。”④ 绅士阶层在清朝已发展为基层社会控制系统中最重要的集团力量，不仅干预公

① 吴晗、费孝通：《皇权与绅权》，费孝通编选：《费孝通选集》，天津人民出版社1988年版，第137页。

② 王先明：《中国近代社会文化史论》，人民出版社2000年版，第21页。

③ 《绅衿论》，《申报》同治壬申五月一日。

④ 《浙江潮》1903年第2期，第8页。

事，甚至发展为同封建官府相抵牾的势力。治官之官多，而治民之官少，是中国封建政权结构的主要特征。除州县为“亲民”之官外，各级衙门和官员的主要职责是“治官”而非“治民”。封建等级制度和清朝官吏制度（如回避制）又在一定程度上弱化了地方官——知县直接面民治事的功能，强化了绅士阶层对基层社会的控制功能。以至于官与民疏，士与民近；民之信官，不若信士。只有借助绅士阶层这一非正式的权力力量，皇权的统治才能延伸到社会底层。封建政权的运作效率在一定程度上取决于地方官与绅士的有效配合。尤其在晚清，由于中央集权弱化，各级官府行政权威锐减，绅士几乎控制了地方政务，封建政权在基层社区的实施过程中被绅士所分割，致使“官不过为绅监印而已”①，形成了无法可依却为社会所认可的“绅权”。辛亥革命后，尤其是第一次世界大战后，传统绅士阶层急剧衰退，社会精英集团已让位于新兴工商阶层、知识分子和新式军人阶层。不过，绅士阶层的消亡和新兴社会力量的时代交替，以及由此引动的社会权力结构的变化，却主要发生在近代化程度较高的城市社区。在辽阔的基层社会，社会变迁速度的迟缓和社会结构分化的不足，仍未动摇绅士阶层居于统治地位的基本状况。民国时期，政局混乱，政制更迭，基层社会权力体制日趋行政化。各地军阀政府和北京政府都试图加强地方权力控制，把传统的地方控制权——非正式权力——纳入一体化的行政系统内，使基层权力脱离自治系统，成为半官方的基层行政单位。但绅士的地位在中国农村已经根深蒂固，结果“实则旧有人等，改换名称，并无实质是变革”。地方主要的行政事务，大抵仍由绅士主持。②

小城镇作为传统基层社会的政治、经济和文化中心，是绅士阶层的主要寓居地。相对大中城市，这里地方小，却具备较完备的消

① 李輈：《牧沔纪略》卷下。转引自武汉大学历史系中国近代史教研室编：《辛亥革命在湖北史料选辑》，湖北人民出版社 1981 年版。

② 沈松桥：《从自治到保甲：近代河南地方基层政治的演变，1908—1935》，台湾《近代史研究所集刊》1989 年第 18 期。

费娱乐设施。城墙和近官所得的庇护，以及脱离佃户而又近于田产、群居一处的便利，使绅士普遍将小城镇作为安全寓居的首选之地。鸦片战争以后，绅士阶层进入动荡分化时期，原居乡村的部分绅士在战乱与灾荒的逼迫下，也纷纷向大小城镇迁徙。19 世纪末 20 世纪初，随着科举制度的废除和城市近现代文化教育事业的发展，部分绅士逐渐向大中城市流动，大多数年老的缙绅和中下层绅士则盘踞在小城镇。晚清至民国初年，小城镇数量急剧增长，规模不断扩大，究其原因，一方面固然是经济发展，另一方面则与绅士阶层的汇聚有着很大的关系，经济的发展在某种程度上也正是他们的投资和消费所致。在衙门、官邸和庙宇之外，小城镇中最引人注目的即是他们的高墙大院。这里，掌权的是他们，开铺子的也多半是他们。

自新文学发轫之初，绅士便是现代小城镇小说的一个重要的人物类型。小城镇小说侧重以小城镇这一方寸之地为背景，正面描写了他们的政治立场、经济地位和文化心理，在揭示其横行无忌、巧取豪夺的罪行的同时，着力展示了他们在权势和名利之间的钩心斗角，及其生活的腐化堕落；以普遍的人情、人性视角，审视他们的喜怒哀乐、生老病死。由于时代语境的转换、作家审美观念和文化价值立场的不同，以及绅士阶层自身的不断分化，该人物在不同时期、不同作家的文学创作中呈现复杂而丰富的艺术风貌。

一

“五四”反封建的时代话语，使绅士首先作为封建专制主义文化的代表出现在新文学的人物画廊，遭到以鲁迅为代表的“五四”作家的强烈批判。20 世纪初，五四新文化运动掀起了反封建的狂飙巨浪，封建专制下的“纲常伦纪”成为众矢之的，诸多封建权威被推上了历史的审判台。众多以青年人的婚恋生活为题材的都市小说，选择了父亲形象向以“父权”为中心的封建礼教宣战，通过父与子的冲突，突现“父亲”这一封建专制形象的专横、虚伪、冷酷，以此为突破口达到对封建专制思想的批判。由于“父权”在传统伦理中的特殊地位，“专制型”父亲形象的反封建意义是不容置疑的，然而，青年婚恋题材的局限性，使得反父权甚至反家庭，似乎成了争取个性解放、反封建的唯一途径和方式，致使研究者感叹："五四思想家们从个性解放的角度出发，把父权在封建社会、制度中的地位过于夸大"，"父亲成了父权甚至整个封建专制思想的象征，而忽略了其他封建权威的因素及其对父权的影响和联系"。① 这一评判无疑是敏锐而中肯的。正如单纯的个性解放无法完成反封建的任务，父亲形象的批判也难以达到社会解放的目的。数千年的封建专制体制其实是一张巨大而缜密的网，专制意识和封建权威根植在社会的每一个层面、每一个角落。家庭不过是组成社会这个大机体的细胞之一，父权也不过是封建专制触角所及的神经末梢。在"皇权"和"父权"之外，"绅权"是封建专制的一个十分重要的代表。相对父与子，绅与民有一种更为深广的物质和精神的联系。小城镇小说中绅士形象的出现，在某种程度上突破了父亲形象批判的局限，将反封建的阵营从家庭拓展到更广泛的基层社会，反映了"五四"时期对封建专制主义认识的深度和广度。

鲁迅的《呐喊》、《彷徨》中的许多篇目讲述的是一个名为"鲁镇"或"S 城"的小城镇故事。在这个显然以作者故乡绍兴为背景所虚构的江南小城镇及其四周，聚居着一个特殊的群体。他们分别是举人老爷（《孔乙己》）、赵七爷（《风波》）、鲁四老爷（《祝福》）、七大人（《离婚》）等。这些人皆家资丰厚，有知识，有学问，甚至有科举功名。他们讲理学，骂新党，坐高堂，评是非，开口便谈古论今，引经据典，满口纲常伦理、仁义道德，是鲁镇人所敬畏的"老爷"。传统的社会学批评一般将这些"老爷"、"大人"笼统地归入"封建地主阶级"。然而细读作品，我们发现，作品所强调的与其说是人物的地主身份，不如说是他们作为绅士的特权。这不仅是因为作品演绎的不是一般意义上的地主与佃农、主顾与雇工之间剥削与被剥削的关系，更重要的是，作者将这些人物圈定在一个特殊的范围之内，即他们所拥有的知识或功名。以

① 贺仲明：《五四文学中的"父亲"形象探析》，《贵州社会科学》1995 年第 4 期。

《祝福》为例，鲁四老爷固然是祥林嫂的东家，也肯定与大多数小镇居民一样，是一个靠地租生活的地主，但这些显然都未能进入小说叙述的中心。这并非意味着小说忽略了这一内容而使人物的“地主”身份显得模糊不清，而恰恰是作者刻意的安排突现了他的“讲理学的老监生”身份。小说开篇将我们带入已显出“新年气象”的鲁镇和为“祝福”而忙碌的鲁家宅子之后，便不失时机地为人物画下了一个鲜明的轮廓：

> 他是我的本家，比我长一辈，应该称之曰“四叔”，是一个讲理学的老监生。他比先前并没有什么大改变，单是老了些，但也还未留胡子，一见面是寒暄，寒暄之后说我“胖了”，说我“胖了”之后即大骂其新党。但我知道，这并非借题在骂我：因为他所骂的还有康有为。但是，谈话是总不投机的了，于是不多久，我便一个人剩在书房里。
>
> …………
>
> ……我回到四叔的书房里时，瓦楞上已经雪白，房里也映得较光明，极分明的显出壁上挂着的朱拓的大“壽”字，陈抟老祖写的；一边的对联已经脱落，松松的卷了放在长桌上，一边的还在，道是“事理通达心气和平”。我又无聊赖的到窗下的案头去一翻，只见一堆似乎未必完全的《康熙字典》，一部《近思录集注》和一部《四书衬》。

同样，《风波》和《离婚》所强调的，是赵七爷的“三十里方圆以内唯一的出色人物兼学问家”和七大人“知书识礼”、“与知县大人换过帖”的特殊身份。可见，小说所重视的，是这些人物所拥有的知识或功名，以及由此获得的特殊的社会地位。这是一个与孔乙己、祥林嫂、七斤们截然不同的社会群体。其区别不仅仅在于前者往往是后者的主顾，前者生活的优裕与后者生活的困顿，而是他们地位的悬殊，尤其是前者对后者在精神上的绝对的优越感和权威性。两种人物分处于两个不同的阶层，构成等级鲜明的“鲁镇”社会。

与现代乡村小说中所塑造的地主形象不同的是，鲁四老爷们不仅是物质世界的掠夺者、占有者，也是纲常伦理的代表，不仅掌控祥林嫂们的物质生存境遇，更以绝对的权威钳制着他们的灵魂。无论是鲁四老爷，还是七大人、赵七爷，都是“千年古国居统治地位的社会意识的代表”①、“吃人”社会的执行者。所谓“事理通达”，昭示的正是人物对封建教条的膜拜与卫护，“心气和平”表露的则是绅士在权威意识笼罩下的平和与从容。因为他们，封建礼教在广大的乡土社会不再是一种抽象的存在。几千年来，正是他们挥动着教化的鞭子，将人们驱进狭窄、阴暗的角落，成为封建专制的奴隶。《祝福》将祥林嫂的悲剧直接纳入鲁四老爷的阴影之下。由于她的再醮重寡，鲁四斥其为“伤风败俗”的不祥之物，不许她染指祭祀大典，使她孤独脆弱的灵魂从此背负沉重的罪孽感，精神日趋委顿。柳妈在鲁家的身份虽同样是帮佣，却是鲁家的“善女人”，她对鬼神的虔信与鲁四老爷的“不净观”一脉相通，她对祥林嫂的歧视和嘲笑，正是鲁四老爷们“道德心性”等道统思想的世俗表现。祥林嫂用存积的最后一点工钱给土地庙捐了一条“给千人踏，万人跨”的门槛，以此“洗刷”自己的“罪孽”，却被鲁四夫妇宣告为无效。祥林嫂带着无以洗刷的罪名和极度的恐惧倒毙在风雪交加的街头，那正是鲁镇人的“祝福”之夜，又因此被鲁四老爷论定为“谬种”。对于祥林嫂而言，鲁四老爷就是那被作家挑在笔尖上的“食人者”，一个以封建伦理道德做遮羞布的“食人者”。

五四新文化启蒙主义和国民性话语，使得“绅—民”关系成为这一时期绅士形象的叙事中心。小说多从小民内心感受出发，充分展示绅士作为封建文化的占有者和封建意识的化身在小镇拥有的绝对的优越感和权威性，指出国民劣性的根源所在，即无知小民对有“学问”的老爷们及其所代表的封建专制主义和道德文化的迷信和顺从。在鲁镇，鲁四老爷们是小镇的主人，他们的一颦一笑、

① 杨义：《中国现代小说史》第 1 卷，人民文学出版社 1986 年版，第 177 页。

一举一动，甚至一举手一抬足，都牵动着周围人的神经，在小民身上即刻产生强烈的影响，指导并决定他们对人事的判断。《风波》是这样写赵七爷的出场的：

> 太阳收尽了他最末的光线了，水面暗暗地回复过凉气来；土场上一片碗筷声响，人人的脊梁上又都吐出汗粒。七斤嫂吃完三碗饭，偶然抬起头，心坎里便禁不住突突地发跳。伊透过乌柏叶，看见又矮又胖的赵七爷正从独木桥上走来，而且穿着宝蓝色竹布的长衫。

赵七爷一路走来，原本安详的土场突然变得紧张、不安。“坐着吃饭的人都站起身”，恭恭敬敬地请七爷用餐。在赵七爷的三言两语之下，一场风波迅速卷过原本宁静的黄昏，将七斤夫妇、八一嫂和其他几个与剪辫子有关的人推到惶恐不安之中。不乏“见识”的七斤和颇有些强悍的七斤嫂，原本也并非怯懦之辈，然而对“学问家”的迷信和畏惧从一开始就决定了冲突双方的优劣之势，一旦七爷搬出古书典故，则失去了任何抵抗的可能性。试看赵七爷如何轻易地击败七斤夫妇：

> 七斤和他的女人没有读过书，不很懂得这古典的奥妙，但觉得有学问的七爷这么说，事情自然非常重大，无可挽回，便仿佛受了死刑宣告似的，耳朵里嗡的一声，再也说不出一句话。
>
> ……
>
> 七斤嫂站起身，自言自语的说，“这怎么好呢？这样的一班老小，都靠他养活的人，……”
>
> 赵七爷摇头道，“那也没法。没有辫子，该当何罪，书上都一条一条明明白白写着的。不管他家里有些什么人”。
>
> 七斤嫂听到书上写着，可真是完全绝望了……

知书与识理、识理与权威之间的必然联系，在与知识无缘的小民心中是如此的不容置疑、天经地义，由此可见一斑。相对七斤夫妇，爱姑的处境原本要好得多，不必为衣食住行而忧虑，即使面临被丈夫抛弃的危险，也有人财两旺的娘家作为支撑，因此她在与夫家的那场马拉松似的纠纷中一直是理直气壮，然而，一旦面临“知书识礼”的七大人，却迅速而彻底地败下阵来。对于爱姑最后的“失败”，尤其是她前后的心理转变，历来有各种不同的解释，其中，不乏“突兀”之说。理解这一心理过程的关键在于绅士在乡土社会特殊的地位和意义。绅权的政治基础是封建的等级制度，其社会文化基础则是农耕社会里小农文化知识的匮乏。严格的封建等级制度和农耕社会的生存方式排斥一般小民受教育的权利，绅士成为唯一享有教育和文化特权的社会集团。“劳心者治人，劳力者治于人”的社会价值观，使文化占有者的绅士理所当然地成为纲常伦纪的教化者和维护者。在一个“礼法”社会中，只有“知书”才能“识礼”，也才配“识礼”。“对于大字不识的小民，文字是既具有神秘性也具有权威性的力量，它的实质表现就是绅士阶层的权势和地位。”① 爱姑尽管颇有些泼野与强悍，但一开始就感受到一种来自七大人的压力。在蔚老爷的厅堂上，一群少爷聚集在七大人的周围，“被威光压得像瘪臭虫”似的，对着七大人的每一句话和每一个动作，“毕恭毕敬”地低声附和。父兄的烦恼和退缩、客厅上少爷们的言行，都向她显示七大人非同寻常的“威力”。她先前的所谓“幻想”，也无非是对“知书识礼”者的迷信，以为“知书识礼的人是讲公道话的”，“知书识礼的人什么都知道”。这种迷信曾经支撑着她独自坚守逆境，反复申述自己的不幸，也正是这种信念使得七大人的一句“公婆说‘走’！就得走”，瞬间彻底地将她推入“惊疑和失望”之中，明白原来是“自己错了”。同样的话，在旁人说来，爱姑是可以质疑的，但出自七大人之口，却使她确信无疑。值得注意的是，爱姑接受了七大人的“调解”后与慰老爷告别时的言行：

① 王先明：《中国近代社会文化史论》，人民出版社 2000 年版，第 23 页。

“好！事情是圆功了。”慰老爷看见他们两面都显出告别的神气，便吐一口气，说。“那么，嗡，再没有什么别的了。恭喜大吉，总算解了一个结。你们要走了么？不要走，在我们家里喝了新年喜酒去：这是难得的。”

“我们不喝了。存着，明年再来喝罢。”爱姑说。

“谢谢慰老爷。我们不喝了。我们还有事情……”庄木三，“老畜生”和“小畜生”，都说着，恭恭敬敬地退出去。

“唔？怎么？不喝一点去么？”慰老爷还注视着走在最后的爱姑，说。

“是的，不喝了。谢谢慰老爷。”

这里，鲁迅强调了人物的顺从态度。所谓“顺从”，历来有两种不同的性质。一是对权力的强迫性的服从，一种是对权威的自愿性的服从。强制性压迫下的所谓的“服从”，实际上只是一种表面的“顺”，很容易随着权力的更替、消除而解除；权威的建立则涉及社会文化心理的普遍认同，其建立之初或许借助于一定的权力，但一旦为人们所认同，便成为一种普遍的文化心理。数千年的封建专制主义教化的结果是无数的“顺民”，不仅顺从至高无上的政治权力，而且顺从于包括绅权在内的种种无形而又无所不在的文化专制。《风波》、《离婚》皆以辛亥革命为背景，通过“绅—民”关系的描写，暴露一个严峻的历史事实：封建王朝虽然正一步步走向崩溃的边缘，但是在小城镇、在广大的乡土基层社会，封建专制主义仍然拥有广泛的社会基础。绅士阶层作为封建王朝统治的社会基础，以及传统纲常伦纪的维系者和封建专制文化的代表，依旧宛若幢幢阴影笼罩着中国乡土社会。辛亥革命并没有消除笼罩在鲁镇上空的封建魔影，赵七爷、七大人之流的绅士依然称霸乡里，他们的言行依然是裁定人们吉凶祸福的准则。在这些人物身上，鲁迅集中了他反封建礼教和文化专制主义的笔墨，生动地展示了封建的等级制度、伦理道德对民众精神桎梏之深，之烈。不打破绅士阶层所代表的封建专制主义，不突破他们套在国民精神上的重重枷锁，反封建的历史任务将不可能真正完成。

在中国传统文化中，绅士是富于道德和权威原型意味的形象。“绅士望重一乡，形端乃能表正。”① 对于“四民之首”的绅士，封建王朝不只是给予特权和地位，而且还从稳定社会秩序这一最高目标出发，提出必要的规范要求。然而，鲁四老爷、赵七爷、七大人却无不现出言语和动作方面的双重木讷，人物形象在某种程度上十分做作而可笑。鲁四老爷前后只有几句话，每句一般不超过三五个字，而且常常重复，前后矛盾。七大人的话同样少得古怪，只是忙于摩挲一块“屁塞”，仿佛有智力呆下之嫌。小说以此在揭示封建专制主义酷烈的同时，以一种近乎戏谑的笔调，暴露人物“威严”背后的道德低下和人格卑劣，否定、解构封建道德文化。与此同时，小说通过“绅—民”关系的微妙变化，预示绅士阶层在时代浪潮中的分化与蜕变。《风波》虽然并未直接点明七斤“酒后失言”的具体情形，但一介盲民竟敢骂“三十里方圆以内唯一的出色人物兼学问家”，七爷也竟一直隐忍而不发作，辛亥革命的浪潮可见确乎到了这里。赵七爷利用自己“学问家”的身份，借“辫子”风波威吓、慑服撑船人七斤及其家人，泄一言之愤，暴露的恰是人物的虚伪与怯弱。那件“轻易是不常穿”的宝蓝色竹布长衫抖搂出的正是人物内心的躁动与不安。时代的变化已使他们不得不使用各种伎俩，巧妙地施展自身的精神优势。风波过后，赵七爷重新盘起辫子，蛰伏起来。小说结尾借七斤嫂的一番话，意味深长地为赵七爷画下了一幅面影：

> 我想皇帝一定是不坐龙廷了。我今天走过赵七爷的店前，看见他又坐着念书了，辫子又盘在顶上了，也没有穿长衫。

这恰似一个历史的定格：随着封建王朝的倾覆，绅士老爷们不得不顺应时代的潮流，改变自己的姿态，收敛昔日的威风。这一切通过七斤嫂的转述完成，显示出浓郁的讽刺意味和淡淡的喜剧色彩。

---

① 宣统三年《湘藩案牍钞存》，第 52 页。

值得注意的是，由于人物自身叙事空间的狭窄，这一时期的绅士形象显得相对单薄。五四新文学的国民性中心话语，决定小说的叙述向小民精神状态倾斜。相对而言，绅士不过是封建专制主义的一面镜子，对其的正面描写稍嫌不够。

二

20年代末30年代初，随着政治体制的变革，一场声势浩大的清算土豪、打倒“劣绅”的社会运动在全国范围内展开。这一运动似一场前所未有的风暴，将“绅士”首次作为一个重要的社会问题突现在人们的面前。受20世纪30年代中国文学普遍政治化倾向的影响，绅士在以小城镇为中心的传统基层社会所享有的政治、赋税、诉讼等方面的特权受到前所未有的质疑和批判。小说在继承“五四”传统的同时，表现出鲜明的政治意识，多以文化反思和政权批判这一双重视角审视绅士阶层，对“绅权”及其所代表的封建专制主义展开全面批判。

绅士本是一种“近官而又非官”的特殊群体。中国传统政权结构分为中央集团和地方自治两层，“县域制”以内的地方社会的治理基本上由绅士与官僚共同完成，费孝通形象地称之为“双轨制”。① 对于广大的基层社会而言，绅士不仅是封建礼教文化的代表，更是政治权力的象征，许多地方的“讼棍”多系贡监文武生，常与县役声气相通，甚至“私设公堂和私藏刑具”，以至于“由绅士解决的争端大大多于知县处理的”。② 他们往往以在野的政治权力参与或干预地方政权，以社会权威而不是法定权力资格参与封建政权的运作，是官僚之外的地方权力的实际代表，是小城镇社会的“无形的主人”。叶圣陶、茅盾、师陀、艾芜、张天翼、端木蕻良等作家分别以“大革命”前后和抗日战争为背景，塑造了蒋士镳

① 吴晗、费孝通：《基层行政的僵化》，费孝通选编：《费孝通选集》，天津人民出版社1988年版，第125页。

② 张仲礼：《中国绅士》，上海社会科学出版社1991年版，第4、61页。

（《倪焕之》）、胡国光（《动摇》）、赵守义（《霜叶红似二月花》）、龙成恩（《故乡》）、罗二爷（《清明时节》）、李缙绅（《江南风景》）、陈莲轩（《小城纪事》）等一大批“土豪劣绅”的形象，揭示他们勾结权贵、霸占他人田地的丑恶行径，生动地描写了绅士在乡土社会政治、经济、文化等方面的特殊地位和权力。然而，作者所强调的，除了他们作为封建专制思想代表的身份及其对小民的精神威压，更重要的是他们作为剥削者和地方统治者的地位，以及他们利用权势对百姓在物质上的疯狂掠夺，和名利场上争名逐利、玩弄权术的种种劣行。他们或者绰号“老虎”，或者名曰“剥皮”。他们不仅把持地方的政治、经济和文化命脉，甚至在很大程度上剥夺了地方官的司法权，出入衙门，平籍门第，依持护符，包揽钱粮，起灭词讼，在普通民众的眼中无异于洪水猛兽。

“魁爷”形象（师陀《果园城记·城主》）的塑造集中地展示了现代作家对“绅权”及其所代表的封建专制主义的批判。魁爷，一个“在暗中统治果园城的巨绅”，果园城“无形的主人”。魁爷的一切，从他那座“高大并安鸱尾”的大门，大门外夹道而植的槐树，槐树下拴着的青骡，到高大、肃静的庭院，无不透着无上的威严。他的“大内”深处，是这个中世纪般的封建主子“专制中最专制”的地盘。这里是一切年满 12 岁的男人的“禁地”。他给四位太太每人准备了一把鞭子，当她们犯错误的时候，他把她们“剥得赤条条的”，吊起来抽打。魁爷的威望之高、势力之大，突出地表现在他对政治与诉讼权力的掌控。在果园城，魁爷一度雄居包括县官在内的所有地方势力之上。果园城的每任县官上任，第一件事就是去拜望魁爷。对县官“知道得不十分准确”的果园城人，一提起魁爷却说得头头是道。各种各样的地头蛇，包括二、三流绅士，地主，痞棍，无赖，都是他的“走狗”。所有打架、绑票、上吊、谋害、械斗，都是他们制造出来的，所有带着钱到城里找“法理”的人，又都由魁爷的“走狗”之一带到他的面前。因为“走狗”认识魁爷，魁爷认识官。他把这些“走狗”安插进各种机关，将很多“出仕”的机会让给他们，从上到下布置了一张神秘的权力之网，而这张网的中心，就是将根“深深伸进果园城的沃土里”的魁爷。魁爷因此能不受任何政治变动的影响，始终维持着超然地位，控制小城乃至整个县域内的司法领域。

中国近现代社会的转型决定了绅士这一封建特权阶层由盛而衰的命运。20世纪三四十年代，随着中国社会的不断蜕变和基层社会政权结构的进一步变革，绅士的分化与没落进程不断加剧。除了部分逃往都市和转向工商业的绅士，聚集在小城镇的大多数绅士面临来自政治、经济、文化等全方位的挑战。绅士的特权已逐步受到制约，传统的等级身份不再受到明确的保护。与此同时，城乡经济的普遍衰落将他们中的大多数推向破败的边缘，政权的更替更使他们面临釜底抽薪的危机，昔日的特权者陷入纷乱与挣扎之中。魁爷把果园城当作自己的“采邑”，支配了大约有十五年之久。农民起义和民国以来政权的更替，终于使他从权力的高峰跌落下来，被迫走下了历史的舞台。蒋士镳、胡国光等也无不在“大革命”的浪潮中面临被清算的命运。作为中国传统文化中具有原型意味的特权阶层，绅士的分化与没落受到作家的普遍关注，出现了“劣绅”、“烂绅”型的绅士形象。

“劣绅”这一概念出现的特殊的社会背景，赋予该形象独特的时代色彩和政治意味，即他们在现代社会变革和政体革命中的反动性和投机性。绅士作为没落中的封建文化的代表，在近现代历史沿革中必然表现其落后、保守的一面。尽管在都市和社会的上层机构中不乏头脑新颖、比较开明的上层绅士，有些甚至成为中央和省级改革的主要倡导者和负责人，但据有关资料表明，这类绅士不到全国人口的0.42%。① 中下层绅士，即大多数居住在小城镇的绅士，却成为地方变革的阻力和障碍。由于这些乡绅接受的主要是传统教育，更重要的是，地方变革直接危及他们的切身利益和权势，他们自然站在绅士的立场，一面与地方争权，一面以各自的权势试图阻

① 陈志让：《军绅政权——近代中国的军阀时期》，三联书店1980年版，第11页。

止、抵抗当地民众的变革。①

面对命运的巨变，蒋士镳、胡国光、陈莲轩们疯狂地挣扎着，试图扭转历史的狂澜。他们一方面以各自的权势阻止、抵抗当地民众的变革，一方面投机革命，成为地方新政权的主要争夺者，从革命的对象一跃而成革命的领导者。蒋士镳绰号“蒋老虎”。“蒋老虎”的含义是双重的。其一是就他对小镇百姓的剥削和压迫而言。其二则是就小镇的变革而言。蒋士镳不仅是横行乡里、巧取豪夺的土劣，更是小镇保守势力的代表，是倪焕之、蒋冰如等人在乡镇实施教育改革的拦路虎。在本乡初选中，他不但公然将所有未到场的人的名字都抄进自己的选票，而且以一顿两块钱的和菜为条件，让出入会场的轿夫为他投票。当“打倒土豪劣绅”的运动好似汹涌的浪潮从上海席卷过来，老谋深算的蒋士镳很快从蒋华等人身上看到这群年轻的“革命者”的盲目与幼稚，利用小镇“革命”本身的混乱，一夜之间从革命的对象变成革命的“同志”和军师，煽动情绪如火焰般喷射的群众，向蒋冰如发起进攻。一场声势浩大的革命运动在他的操纵下变成了打倒蒋冰如，并由此“杀一儆百”的工具。胡国光本是一个靠投机起家的三等绅士。辛亥那年，省里的新军起事，他剪去辫子，然后以一块“镀银的什么党的徽章”在县里开始充当绅士。他深知“没有绅就不成其为官”，因此，在“省当局是一年一换，县当局是平均半年一换”的当下，他一直牢牢地守着自己的绅士地位。他看准了这样的一个局面：既然还要县官，一定还是少不了他们这伙绅士，他的“铁饭碗”决不会被打破。然而，当“打倒土豪劣绅”的风声越来越强，尤其是当他发现新县官竟不睬他，而多年的老绅士反偷偷地跑了几个的时候，他有些心慌了，明白了从前行的是“大人老爷”，现在行的是“委员”，于是将“国辅”一名改为“国光”，动用一切手段，竞选商民协会的执行委员。他一方面通过世家子弟陆慕游多方结交本县的势力人物，另一方面以酬劳为诱饵向十几位小商人拉选票。终于借

① 陈志让：《军绅政权——近代中国的军阀时期》，三联书店 1980 年版，第 12 页。

店员风潮，从一个革命者眼中的“劣绅”一跃而成小城里“新发现的革命家”，便迅速地把持了县工会和农协，俨然是全县的“激烈派要人”。实际上他却戴着革命的面具，以解放婢妾为由，大搞营私舞弊的老把戏。

关于胡国光这一形象的塑造，茅盾曾经特意强调：“本来可以写一个比他更大更凶恶的投机派，但县城里只配胡国光那样的人。然而即使是那样小小的，却也残忍得可怕……所以《动摇》内只有一个胡国光，只这一个，我觉得也很够了。”① 20世纪初，滞留在小城镇的大多是年老的缙绅和中下层绅士。封建特权者的身份和传统思想意识的局限，决定了他们在社会变革中所扮演的角色，也决定了胡国光之流的历史命运。小说以此真实地再现了“大革命”前后小城镇社会特殊的政治面貌，从一个特定的角度揭示了中下层士绅在近现代社会转型中的没落与挣扎。

20世纪三四十年代，随着身份与特权的丧失，传统道德教义也逐渐失去了对绅士的约束，绅士阶层普遍走向道德沦丧。虽然在某种程度上他们依然是小城镇的“主人”，控制、把持着小城镇的兴衰，但凭借的已不再是知识学问和门第权势，而是腐烂的德行与可怕的“智慧”。与此同时，绅士群体结构发生了巨大变化，绅士队伍的整体素质明显下降。从19世纪中叶开始，富有的绅士和地主在战乱和灾荒的压迫下，纷纷向城市迁徙。20世纪初期，随着科举制度的灭亡和现代文化教育事业的兴起，集中于大城市的高等学校吸引了在社会变迁中走向分化的一批批绅士及其子弟，知识精英向城市流动，基层社会的绅士质量急剧“蜕化”，“豪强、恶霸、痞子一类边缘人物开始占据底层权力的中心”②。“绅士”这一身份随之失去了“知识—功名”这个特定的内涵，在某种程度上成为财富和权势的象征。以土匪、地痞出身，赚取了一定财富和获得

① 茅盾：《茅盾自传·大革命前后》，江苏文艺出版社1996年版，第194页。

② 许纪霖：《近代中国变迁中的社会群体》，《社会科学研究》1992年第3期。

了社会地位以后而以“正绅”自居的人颇多。上述现象反映在文学创作中则是大量“烂绅”形象的出现。

这里所谓的“烂绅”是指那些曾经享有绅士的特权，或仍然以“绅士”自居，实际上却失去了传统道德约束，或虚伪、堕落，或卑劣、无聊的人物。《四川绅士与湖南女伶》（蹇先艾）写偏远的四川小县城来了一个漂流卖艺的湖南戏班，年轻的女伶非常叫座，温文尔雅的年老绅士对她垂涎三尺，使得戏班受流言中伤，最后愤然出境。小说在表现艺人悲惨生活的同时，愤然撕下了披在绅士身上的那层道德皮囊，塑造了一个道貌岸然的堕落绅士形象。《初秋之夜》（蹇先艾）中，一位趋炎附势的清朝举人为巴结新任县长，丑态百出。屈尊为女中校长的“清朝举人”平日最讲究品行，“女子无才便是德”是他的办学宗旨，《女四书》是学校的修身教材。但是在参加劝学所所长宴请新县长的宴席时，这位举人与县长恭谦酬对，以至把痰吐到自己的裤腿上。宴席结束之后，又亲自将几饼上好的烟土送进刚刚出示过新县长禁烟告示的县署。《笑》在被侮辱者的三“笑”之中，揭示乡绅九爷的残忍丑恶、卑鄙无耻。发新嫂的丈夫因顶撞了九爷，被当作“土匪”而关进狱中。为了营救丈夫，发新嫂以肉体满足九爷的淫欲。但九爷不满意她那张苦脸，要她“笑一个”。第二天离去的时候，九爷挑了一块银元，要她“笑一个”才给她。发新嫂发现银元是假的，到茶馆请求九爷换一块，九爷要她在大庭广众之下再“笑一个”。显然，这些烂绅身上已经没有了鲁四老爷们“端正”的言行和“威严”的仪表，丧失了他们曾经有过的平和心态与从容气度，甚至完全失去了道德约束，陷入腐朽与堕落的深渊。

就“烂绅”形象而言，白酱丹（沙汀《淘金记》）无疑是中国现代小说史上的一个难得的典型形象。这是一个老谋深算、阴狠毒辣的没落绅士形象，曾是小镇的贵族大户，如今的身份是“粮绅兼大爷”。白酱丹本是旧时中医外科使用的一种丹药，用之得当，可治恶疮；用之不当，则扩大疮伤的范围，好肉也会溃烂，江湖医生常用来骗人钱财。小说用“白酱丹”这一绰号形象地表现了这一人物腐烂的德行。白酱丹在镇上的地位是“相当奇特的”，他的田产在二十年前已经完了，只有仗着两三个赏识他的大人物的提携以及那无穷无尽的五福会和田园会过日子，沦为少数权势者的门生和食客，生活零落而可笑。如果说身份和地位的丧失还带有种种人生无奈和时代悲哀的烙印，那么人物自身道德上的堕落和人格上的沦丧则显示出一代特权阶层在特定时代无可挽回的没落命运。正所谓“年轻的时候用遗传，现在用手段，以及装腔作势”。尽管看不起龙哥之流，白酱丹却千方百计地抱紧龙哥这条粗腿，充分施展他的“看准一个伤口，就能溃烂一片好肉”的“烂药”性能。他表面上与龙哥等人不同，举动“斯文迟缓”，神情“和蔼可亲”，而且“经常带点笑意”，实际上却比龙哥之流更加老谋深算，诡计多端，阴狠毒辣。正如北斗镇上的人们所传言的那样，他的口沫连鱼也毒得死。他的诡计之奸、手段之毒，常常使对手晕头转向，防不胜防。他经常替联保主任龙哥出谋划策，为种种吃人害人的事情想出堂皇的理由。龙哥视之为“智囊”和“神经”，是他“友而兼师的心腹”。围绕“筲箕背”金矿的开发，《淘金记》将这个没落绅士置放于地痞、恶棍、奸商的一场混战之中，彻底撕下了传统绅士所宣扬的道德教义、礼仪仁慈，揭示人物的阴险、狡猾与狠毒，以他那垂死者却依然能兴风作浪的挣扎充分暴露了一个腐化没落中的特权阶层可能释放的种种毒素。“筲箕背”本是何家的祖坟，传言那里盛产黄金。时值战乱时期，开采黄金有利可图，白酱丹乘何寡妇下乡收租之机，笼络懦弱无知的何人种，合伙开发“筲箕背”。何寡妇得知后断然拒绝，彭胖有意退出，白酱丹却极力劝阻，将雇工匠和买工具的人员滞留在那里，造成木已成舟的局面。以何人种曾经允诺合伙开发为由，逼何寡妇拖了人情，又赔偿了一千多元，才暂时平息了这场风波。又以“平民戒烟分所”所长的名义，向何寡妇母子勒索高额戒烟费，而后又鼓动龙哥运动官府，以“开发资源，抗战建国”的名号，组织“利国公司”，强行开采“筲箕背”。

相对鲁四老爷们，现世的黄金追逐已使白酱丹将祖先崇拜和鬼魂信仰远远地抛在后面，一方面不顾何家的反对，千方百计强行开发“筲箕背”坟岗；另一方面，对外甥丘娃先利用后遗弃，将同族之亲和血缘之情抛到脑后。生存的需要和重新飞黄腾达的梦想甚至使他全然不顾礼义廉耻，在金厂梁子上公开摆出光棍身份，大要流氓气息。与此同时，小说将笔锋伸向人物的内心深处，以普遍的人性视角，揭示没落者对改变现实困境、卷土重来的渴望。在外面趾高气扬的他回到一贫如洗的家，面对无米下锅、无力赡养妻儿的现实，只有联想到开发“筲箕背”和他正在谋划的“事业”，才能够从沮丧之中重新振作精神，甚至逐渐陷入某种激动的、发热的想象之中。看见自己的境况变好了，“他的女人不再藐视他，只是感到惭愧；但却十分满足，深幸自己嫁给了这样好一个丈夫！”小说以此揭示人物张牙舞爪行为背后深藏的自卑与无奈、恐慌与焦虑。白酱丹的成败折射出的正是绅士阶层在分化、没落中的挣扎与堕落。

三

在传统的中国社会，绅士是具有原型意味的人物之一，有着特殊的文化意义，小如修路、搭桥，大到办义学、通达民意等。在维护传统文化和基层社会秩序等方面，绅士阶层一直起着十分重要的作用。由于20世纪上半叶特殊的政治文化氛围和文学语境，大多数作品主要聚焦于绅士作为封建专制代表的负面意义，相对忽视了这一阶层特定的社会价值和积极的文化内涵。20世纪三四十年代，随着民族文化反思思潮的推动和演进，传统绅士在乡土基层社会的积极意义也受到了茅盾、端木蕻良、沈从文等作家的关注。小说多将他们作为传统文化的代表，或从其在分化与没落中的内心挣扎来探索民族的未来，或从他们身上发掘传统文化倚重道义、刚正不阿、激流勇进的精神风貌。

20世纪20年代末至30年代中期，陆三爹（茅盾《动摇》）、张八胡（陈铨《彷徨中的冷静》）等“隐居型”儒绅出现在绅士人物画廊。该类人物大多亲历了近现代社会变迁，是传统文化没落的见证人，对本阶层的分化与没落更是有切肤之痛，但多在社会的巨变中退居一旁，保持良好的操守。与一般的绅士形象所不同的是他们鲜明的文人气质。作者有意淡化了他们作为地方特权者的身份，突显绅士最初，也是最基本的文人身份。在他们身上，既没有鲁四老爷似的封建遗老的臭味，也没有魁爷似的权绅的阴影。他们是世家的继承人，从地方到各级官府、衙门，有着广泛的社交圈，自然也享有种种常人所没有的特权。但他们正直、坦荡，心系诗词书画，多具有名士风度。陆三爹出身世代簪缨的旧家，祖父是翰林出身，做过藩台，父亲也做过实缺府县，自己是一个词章名家。尽管他的门生不少，其中不乏政府要员，但他一生不慕名利，怡情诗词，从来没有出过县境。近十年来，连园门也很少出，几乎是忘了国事，也忘了家事，以诗词和一个“好女儿聊娱晚景”。不仅对儿子在外的种种劣迹充耳不闻，即使是最钟爱的女儿的婚事也因谨慎、开明搁置一旁，退避于时代浪潮之侧，面对历史的巨变哀叹不已。《彷徨中的冷静》以封建世家在险恶政治挤压下的分崩离析为背景，塑造了破落隐退的绅士张八胡这一形象。张八胡少年得志，志气凌云，中年之后经历了人世的变化与无常，遂看淡功名利禄，十几年来沉浸于诗酒这一超脱的境界，与女儿落霞相依为命，教女儿诗词文赋，聊以自娱。小说在描写这一人物的清高、自傲、消沉、颓废的同时，表现了他的正直与侠义。在酒楼上，张八胡制止本地最有名的刑名师爷陈跛三无端毒打堂倌，得罪了陈跛三爷，因此被污为革命党，横遭陷害，与女儿一同被下狱处死。作者显然将他们作为传统文化的一种象征，其命运的不济与传统文化的没落具有某种同步性。于动荡、多变的社会历史之中，小说着力表现了他们初步的民主意识，及其大江东去、无可奈何的没落情怀，同时，质疑人物面对世事变化无可奈何、消极逃避的态度，表现了作者对传统文化的复杂情感。

20 世纪 30 年代末 40 年代初，《霜叶红似二月花》、《江南风景》等作品以更加积极的态度审视传统儒绅，塑造了朱行健、钱俊人、伍老先生等相对积极的入世型儒绅形象，表现了人物倚重道义、刚正不阿、激流勇进的精神风貌，从中发掘了传统文化在民族危亡时期的生命力，弘扬了民族文化精神。

在江南小城，朱行健代表的是赵守义与王伯申之外的第三种力量。相对而言，朱行健虽然没有什么权势，但自“维新”以来，一直以“新派”自居，有较开明的思想，初步接受现代科学技术的影响，关注地方公益事宜和民族利益，提倡科学救国，对现代声光化电技术有着浓厚的兴趣。朱行健不仅整天忙着用“放火炮”作化学研究，自制“量雨计”，而且喜欢与新学出身的小辈交往，为人亲切和蔼，淡泊名利，“无论什么事，只要联到一个‘公’字，便要出头说话”。在赵、王双方的争斗中，他和钱良才联手，主张疏通河道，加高河堤，通过各种方式试图转用积善堂公款，强迫王伯申投资。水乡泽国嵩坝镇的伍老先生，是与镇长李缙绅这一恶霸劣绅相对应的传统儒绅形象。伍老先生是章太炎的高足，告老还乡后，整日搬文弄典，以庭院中的菊圃聊以自慰。战争的爆发粉碎了他的隐士梦。全家避难乡下，唯一的儿子中弹身亡。从此，他告别了愤世嫉俗的隐士生活，翻阅古籍中有关爆竹、火药的制造术，与鞭炮匠高升一起，用丝竹、绢绸和火药夜以继日地制造“飞灯”，以对付侵略者的飞机大炮。他神往于数千年前的飞车纸鸢，以五千年文化鼓励人们，激励他们“提高国民自信心，增强民族自信力，使泱泱乎华胄，重现于天下”。在他看来，“中国是全民抗战，既然是全民，自己身为小民之一，也应包括在内……我能做点子什么，我就做去，成功失败，在所不计也”。

时代的变迁决定了传统儒绅在小镇社会的尴尬与无力。通过朱行健、伍老先生形象的塑造，小说客观地表现了传统儒绅命运的可悲可叹。朱行健在小城人眼中早已是“背时”的缙绅，一个“最闲散，同时也是最不合时宜”的缙绅。他的主张往往只被人家“用半个耳朵听着”。徒有对西学知识与改革地方的热情，一事无成。伍老先生的“飞灯”试验引来小镇的非议。李缙绅的爪牙利用小镇人的无知谣言惑众，说夜间的飞灯就是亡国的征兆，是汉奸的信号，“飞灯”乃“七星灯”，要以七个男童的心去祭灯，致使人人都指着伍老先生的背影，嘲骂他是每夜放“七星灯”的老妖怪。对此，孤介自守的伍老先生只能用儒家“究人天变化之理，不受惑于一时”的道理自嘲自励。其后，伍老先生的家在哄乱中遭到洗劫，他仓皇逃难，身染重疾，气息奄奄。在这一类人物身上，小说寄予了深切的文化反思，一方面再现了传统文化在民族危亡时期的生命力，另一方面客观地表现了这类人物身上存在的迂阔、孤傲、忽略技艺、不知变通等复杂的气质，字里行间流露出复杂的情感，有赞，有讽，有怜。

值得注意的是，出现在沈从文笔下的湘西绅士形象。在他的作品中，“绅士”是构成湘西世界的重要人物类型之一。同样是传统地方社会的代表人物，但他们却并未被作者列入“地方统治者”之列。这里，“地方统治者分数种，最上为天神，其次为官，又其次才为村长同执行巫术的神侍奉者。人人洁身信神，守法怕官”。①沈从文的《沅水上游几个县分》、《沅陵的人》等作品曾对湘西地方绅士作过专门介绍：

> 二十年来本地绅士半数业已谢世，余下的都渐渐衰老了，子侄辈长大成人，当前问题恐不是毁佛学道，必是如何想法不让子侄辈向西北走。担心的并不是社会革命，倒是家庭革命。家庭一革命，作严父作慈父两不讨好。
>
> 芷江的绅士多是地主，正因为有钱，因此历来受两重压迫，土匪和外来驻防剿匪军。两者的苛索都不容易侍候，因此性情特别温和。近年来一切都不同了，最大的压迫，恐怕是自己家里的子女“自由”。子女在外受教育的多，对于本地是一种转机，对于少数有田产的人，看来却似乎是一种危机。（《沅水上游几个县分》）
>
> 至于住城中的几个年高有德的老绅士，那倒正像湘西许多县城里的正经绅士一样，在当地是很闻名的，庙宇里照例有这种名人写的屏条，名胜地方照例有他们题的诗词。子女多受过良好教育，在外做事。家中种植花木，蓄养金鱼和雀鸟，门庭规矩也很好。与地方关系，却多如显克微支在他《炭画》那本书里所说的贵族，凡事取“不干涉主义”。因为名气大，许多不相干的捐款，不相干的公事，不相干的麻烦，不会上门。乐得在家纳福，不求闻达，所以也不用有甚么表现。对于生活

① 沈从文：《湘西散记·凤凰》，《沈从文文集》第9集，花城出版社1984年版，第397页。

> 劳苦认真，既不如车站边负重妇女，生命活跃，也不如卖菜的周家夭妹，然而日子还是过得很好，这就够了。（《沅陵的人》）

《边城》、《长河》等作品中塑造的团总顺顺、商会会长、员外滕长顺等，是这一类人物的代表。他们皆家境殷实而多德，慈善、正直、忠厚、诚信，是仁爱君子的典范，且热心于地方公益事业，是构建湘西和谐世界的重要因素。船总顺顺豪爽正直、热情好客，是水面船只间一切排调的年高硕德的中心人物，也是重义轻利、守信自约的小城人的代表。他处事公正无私，为人大方洒脱，喜欢交朋结友，"慷慨而又能济人之急"。凡因事破产的船家、过路的退伍士兵、游学文墨人，只要是闻名求助之人，"莫不尽力帮助"，其厚德仁爱之风范，使他犹如边城古老淳朴风尚的化身。商会会长和当地员外滕长顺也莫不如此。商会会长是小镇三大号之一"同和祥"花纱号老板，精于商业经营，却不甚会应酬交际，为人淳厚、朴实，在小码头做大老板太久，有点隐逸味和泥土气息。滕长顺是会长的"干亲家"，拥有自己的橘园和船队，依靠土地出产为生，也依靠水码头运送货物。他诚实可靠，勤劳质朴，强健麻利，且"为人义道公正"，因而人人敬重，碰到什么公共事业，常常被推为领袖，由他全权代为解决。

受作者地方自治观念的影响，小说强调该类人物在湘西社会中的重要性，以及在外来统治者的骚扰与压迫之下的痛苦与无奈。相对那些外来统治者，绅士不仅仁爱，而且开明、务实，是湘西社会真正的支柱和希望所在。无论是滕长顺，还是商会会长，他们都是上海《申报》的忠实读者。目击近十年的社会变迁，他们虽不大相信官，但相信国家，支持社会改良。作者对这一人物明显寄予了厚望，同时以大时代的动荡与变迁为背景，表现了他们面对外来贪官与本地土劣打成一片、地方受剥削与被宰割这一现实状况的无措与无奈。虽身为吕家坪的上等人，他们自身也受到外来统治者的威逼和胁迫，成为混乱时期的受"压迫"者。滕长顺的橘园收成虽好，一旦为保安队长算计，便逃脱不了被恐吓勒索的命运。为了周旋于“机关上人”与普通民众商家之间，为地方“排难解忧”，商会会长更是“自动”承受种种迫害与侮辱。在商会会长的府上，照例是当地要人的俱乐部，商会会长则成了当地的“小孟尝”，客来办欢迎、茶烟款待外，还预备有大骰盆、天九、扑克牌和麻雀牌。他主要的工作不是为商家谋福利，倒全是“消极地应付”，应付各级小官吏，满足他们无休止的贪婪与欲望，处境实在尴尬。社会地位和身份决定了他们不得不曲意奉迎，见机行事，忍气吞声，以求得变动中的暂时安宁。即使在言语上泄露了几点怨愤，最终也总是息事宁人，出钱买个平安。他们把所有命运的不公归为“气运”，以此麻痹、安慰自己。人物因此蒙上了一层妥协消极的灰色调子。

四

在20世纪上半叶的中国小城镇还活跃着一群“新士绅”。所谓“新士绅”，一般是指出现在19世纪末20世纪初的两种特殊的知识分子群体。一是接受新式教育的传统士绅，一是在国内外接受西学影响、回到家乡的现代知识分子。随着科举制度和封建王朝的废除，传统士绅阶层除了向商人和资本家转化外，其分流的途径还有从军、加入下层劳动者的秘密结社等，其中，相当一部分转换为近代新知识分子群体，又称为“新士绅”。此外，许多在海外留学或在国内新式高等学堂中接受西学影响的新人物回到家乡，以地方士绅姿态提倡或举办兴革事业。转型初期，特殊的历史文化环境使得第一种“新士绅”大多向大中城市转移，成为近代社会变革的主体力量之一。民国初年，尤其是在沿海通商口岸的小城镇，第二种相对年轻的“新士绅”群体大量出现。与传统士绅阶级相比，他们相对处于社会边缘，较少与农村和官僚发生联系，不仅有新的知识结构，还有旧式士大夫所没有的新的思想方法和价值观念，在政治和思想上具有明显的“独立性”。他们不乏开明之举，提倡新式教育和新型的农业和工业生产模式，举办各类学校，积极指导并参与农业改良，为民众谋取福利，对近现代小城镇社会改革具有

“重要意义”①。

围绕小城镇社会变革，小城镇小说塑造了一系列年轻的“新士绅”形象。其中，既包括叔雅（《校长》）、陶慕侃（《二月》）、蒋冰如（《倪焕之》）等中小学校长，也包括以葛天民（师陀《果园城记》）、钱良才（茅盾《霜叶红似二月花》）等为代表的新型农业技术员和社会变革者。与一般教员不同，叔雅等人是学校的主办者或负责人，而不是一般的教职员工。最重要的是，他们任此教务“绝不是为了饭碗”，而是尽地方义务。正是这一地方义务意识，加上世家身世、新式教育，使他们在小城镇俨然以新绅士自居，在地方虽没什么“名目”，但是在各类人物眼中却有着特殊的地位。他们大多不满基层教育现状，致力于教学改良和小镇兴革。相对叔雅和陶慕侃，蒋冰如是一位激进的社会改良者。蒋冰如曾留学日本，出生于地方世家，有不少田产、店铺。当地公立小学校长因事他去时，蒋冰如继任校长一职，以兴办地方学务为己任，致力于乡镇教育改革，并希望由此建立一个“模范乡镇”。为了给教师这一老职业“注入一股新力量”，他积极筹划新的教育方案，提倡游戏同功课合一、学习同实践合一，在学校开设农场、商店、戏台，表现出非凡的胆识和勇气。葛天民毕业于省农业学校，回到家乡后在一片荒地上创立了农林试验场，栽培土耳其小麦，接枝桑树，实验种花式的耕作方法，培育小合欢树、梧桐树、加拿大种的杨树、印度种的槭叶树等各种“稀奇的”树苗，栽培无花果和波斯菊，试种无核葡萄等。在各机关官僚不断搜刮、分赃、争斗中，葛天民仍以微薄的薪俸支撑农场的各种实验。钱良才是江南某县一流的世家之子，青年才俊，其父是“县里的第一个新法人”。多年来，他一直继承父亲未竟的事业，开办农民福利会，虽然年纪尚不过三十，却显然以地方缙绅自居，参与、“过问”县里的重要事宜。一县的权势者，无论是“旧派”缙绅赵守义、“新派”商绅王伯申，还是县府官员，都不能忽视他的存在。他有父亲一样的脾

① 参见杨懋春：《近代中国农村社会之演变》，台湾巨流图书公司 1980 年版，第 174、175 页。

气，为民众着想，热心地方公益事业，为地方进步操劳，仗义疏财。在赵、王的这场冲突中，钱良才显然以第三种势力出现。他以救世主的姿态出现在受灾的农民面前，企图以向官府递“公呈”的方式转用积善堂公款、强迫王伯绅投资以疏通淤积的河道、高河堤，为沿河乡村做点公益。

20世纪上半叶小城镇特殊的社会文化背景，决定了该类人物的悲剧性命运。纵然有满腔服务社会、改良社会的抱负，政治的腐败和社会的敝弱却常常使他们感到希望的渺茫，仿佛身处荒凉的境界，看不到前方一点含有生命的绿意，有的只是“悲哀与寂灭”。相形之下，他们孜孜以求的事业是那样的“细小”、“微弱”，仿佛“大海里的一个泡沫”。小说多以20世纪上半叶小城镇文化为背景，着力表现了人物合理的精神发展趋向，与不合理的、强大的现实环境之间的悲剧性的冲突，结合人物自身思想意识的局限性，剖析“新士绅”受弊端裹挟、空有理想、无所作为的现实人生。

作为小城镇社会现代文明的早期接受者和传播者，新士绅必然遭受各种封建强权势力的阻止和传统思想意识的拒斥。蒋冰如的教育改革方案刚刚实施，便震荡了全镇人的心，遭受了来自各种保守势力的强烈抵制和反对。以蒋士镳为代表的土豪劣绅群起而攻之，诬陷他们强占地皮、破坏风水。蒋士镳扬言要进城起诉，社会上谣言蜂起，街头巷尾出现了各式各样的揭帖，有些人家的子弟开始明目张胆地逃学。家势的衰落使钱良才已失去了父辈的财势和权势，在当地缺乏内在的支持力度，夹在两派缙绅的争斗之中，深感势单力薄，力不从心。在豪绅赵守义看来，钱良才不过是一个“不合时宜”的“新绅士”。王伯申之流则认为钱良才提出的数额太大，没法“交卷”。令他们放心的是，钱良才不可能站在对方的立场，不过有几分“傻劲”而已，即使是发起狠来与他们为难，也没什么可怕的。封建豪绅的专制、强暴和新兴资本家的妥协使他的一切努力终成泡影。钱良才花费了许多精力和钱财，实际上却只给人家当了善意或恶意的工具。张恂如一语中的：“无论如何，我以为，良才，你这一办，倒是帮忙了老赵。或者，也可以说，帮忙了王伯申！总而言之，你出面做了难人，占便宜的，还是他们两个。”钱良才却只能回答："不管是便宜了哪个，我多少给他们一点不舒服，不痛快！他们太不把别人放在眼里了，他们暮夜之间，狗苟蝇营，如意算盘打得很好，他们的买卖倒顺利……可是，我偏要教他们的如意算盘多少有点不如意，姓王的占了便宜呢，还是姓赵的，我都不问，我只想借此让他们明白，别那么得意忘形，这县里还有别人，不光是他们两个!"钱良才"狞笑"间的这段空洞的示威，暴露的正是人物的痛苦和无奈。

正如杨懋春在《近代中国农村社会之演变》一书中所指出的那样："与通商口岸中成长起来的其他阶层相比，这些新知识分子对自己处在两个对立世界之间充当中间人的处境感到难以胜任，他们不同程度地摒弃传统社会，却又在萌芽状态的新社会中难以找到自己应有的位置。"① 在作者笔下，新士绅在传统社会的这种尴尬而无力的人生处境一方面来自理想与现实的巨大冲突，另一方面则源于人物自身的局限。小说将雄心勃勃的人物置放于纠结的矛盾之中，揭示他们面对复杂的现实和残酷而尖锐的矛盾冲突所表现出来的幼稚、怯懦、迂阔、退让与妥协。

人物的社会改革往往局限在理论层面，在很大程度上脱离社会和广大民众。对小镇现实的不满，使蒋冰如长期将自己"关禁"在学校和家庭这个狭小的范围内，无论是他的教育"意见书"，还是关于建设"理想小镇"的计划和设想，理论上虽然不无可取之处，却也都难免有与现实剥离之嫌。由于与民众缺乏必要的沟通和交流，他们在遭受地方腐朽势力遏制的同时，也受到来自民众的误解或攻击。在小镇百姓的眼中，蒋冰如不过是一个清高而又优柔、中庸的乡董，"自以为到过东洋，看别人家总是一知半解，及不到他……他出来当乡董，同以前的乡董没有什么两样，并不用出他的全知全解来，遇到有事情找他，这边既不肯得罪，那边也不愿碰伤……""大革命"运动中，初次看到"打倒土豪劣绅蒋冰如"的标语，人们虽然感到奇怪，但想想蒋冰如平日的清高和优柔，以为

① 参见杨懋春：《近代中国农村社会之演变》，台湾巨流图书公司 1980 年版，第 174、175 页。

那就是土劣的可恶之处，一部分人很快就像“被催眠了似地”，汇入打倒蒋冰如的洪流之中。为顾全各方，尤其是为了农民的利益，钱良才花费了许多精力和钱财，但却不为大家所理解。在县城各方游说无效之后，他急急忙忙赶回村子，最终决定采取筑堰的方法拦截洪水，但这一方法却不为大家所信服，只是因为他是钱少爷，村里唯一的大地主、有钱有势的土皇帝而照办，并不明白他这样办于大家有益，而只是习惯地怕他而已。最终，邻村剥削农民的地主成为农民的救星，为大家所颂扬，自己反成为“专横的地主”。深深的苦恼折磨着他，以至于怀疑自己：“就怕我以为有利者，他们看来未必有利。这只是我以为于他们有利……”小说反复渲染了人物不被理解、反遭误会与攻击的“冤苦”心态，描写人物面对小镇积习累累的现实所生的空虚、无能、无奈之感。

此外，面对改革过程中必然出现的种种矛盾冲突，人物也普遍暴露出思想认识的不足和世家子弟特有的性格缺陷。葛天民盼望已久的农场经费有了着落，正准备扩充农场的时候，他得到某种“暗示”，为了保存面子只得自动辞职，此后便成了小城里的一个专职医生。但是，果园城里的老爷和绅士们并不因此而放过他，他们仍旧爱请他去看病，因为他随请随到，因为他的药保险，顶重要的是照例可以不给他诊费——看好病，有的人逢年过节给他送两盒点心，算天大的面子。面对这一切，他不做“傲骨”似的抗争，也没有魏连殳似的孤独、苦闷和不平。他是“慵懒”的，也是“明智”的。在他看来，“有臭味的地方就有苍蝇”，“只怪这地面太窄，所以有些人就被踩在地下；至于我，我就得给挤到天上去了”。除了偶尔因得知昔日的试验场正还原为一片空地而表露出惊骇和失望之外，葛天民依然过着闲适的生活，自得其乐。“场长”医生的招牌使他的麦门冬比别人的灵验，他甚至有了几分满足，竟至于“发福”了。面对强权势力的排挤和精神的虐杀，“慵懒”的葛天民从理想之士沦为庸人，果园城里一个百无一用的“混世家”，每天夹着出诊包出门，或者坐在被葡萄架、合欢树和各种花草打扮得像花园一样的院子里看病人——按脉，看舌头，开方子。闲暇之余，弄一条小船，与朋友逆流而上，找一个村落看看戏，自得其乐。果园城的人一辈子不认识他这个医生，也不会少活三年。学校实验农场的开垦工作刚刚开始，由于小镇各方的抵制和反对，很快陷入“四面楚歌”的局面，不得不暂时停了下来。这对蒋冰如无异于晴天霹雳，他“简直梦想不到会有这一回风潮”。在他的眼中，蒋士镳不过是一个土豪劣绅，是他向来所“看不起”的，也明白所谓“地权”之争，不过是一派胡言，是对方惯用的敲诈伎俩，但是想到将要同一个神通广大、有“老虎”称号的人去对垒，禁不住一阵“馁怯”涌上心头。小说描写出了人物优柔、怯懦、患得患失的心理：

> “我是他的对手么？他什么都来，欺诈，胁迫，硬功，软功……而我只有这么一副平平正正的心思，态度。会不会终于被他占了胜利去？……你会输给他的！”
>
> …………
>
> “唉！我不明白！”冰如声音抖抖地说，脸上现出惨然的神态，“我相信我们没有做错，为什么一霎时群起而攻，把我们看作公敌？”
>
> 失望的黑幔一时蒙上他的心。他仿佛看见许多恶魔，把他的教育意见书撕得粉碎，丢在垃圾堆里，把他将要举办的新设施，一一放在脚爪下践踏。除了失望，无边的失望，终于什么也得不到，什么也不会成功！“放弃了这学校吧？”这样的念头像小蛇一样从黑幔里向外直钻。

心理上的怯懦直接导致行为上的迟疑和退缩。事实证明，在强大的势力面前，忍让与退缩不是办法，你退缩一步，那势力必然会迫进一步，结果只会消灭了自己。他不曾想到，正是自己这种性格方面的罅隙，以及耽于幻想、迂阔、清高，遇事不知变通的知识分子的“脾气”，给了蒋士镳之流以可乘之机。为了自己两个孩子的教育，蒋冰如只得压住像小蛇一样钻出来的念头，在他人的劝说下，渐渐趋于“为着目的，手段不妨活动”的见地，寻求“平稳便当的路道”了。一方面，他向社会舆论让步，取消棺木迁移的计划，同时经过多种途径含羞忍辱地向蒋士镳“疏通”，以种种现实的利益为代价求得对方暂时的“谅解”。他表面上是为了实现自己的理想选择了更委婉的途径，改革的方针基本上未变，但改革的锐气已成强弩之末。蒋冰如也从此失去了最初的信心和勇气，意兴阑珊，代之而起的是一阵阵的“无聊”、“空虚”之感，并由此逐步走上中庸之道。两个孩子毕业后，蒋冰如对于学校的事即开始放松，出任乡董，走向传统的士绅之途，以为“要转移社会，这种可以拿到手的地位应该不客气地拿，有了地位，一切便利得多”。蒋冰如认为自己出任乡董可以多少让社会“受一点有意义的影响”。然而，自他出任乡董以来，与其他所谓“缙绅”一样，忙的是给人们排难解纷，访访某人某事而已，陷入公务和琐事之中，一无建树。校长职位在名义上虽依旧担任，却三两天才到一回学校。可悲的是，蒋冰如明知事已至此，却甘愿以“守株待兔”的态度，自欺欺人地等待“特殊的机会”的到来，再把先前的意旨“一点一点展布开去”。到“大革命”前夕，蒋冰如已然成为“时代的落伍者”。他不仅害怕儿子被激烈的风潮“牵累”，专程来到上海欲将他们带走，对“学生搁下了功课，专管政治的事情”提出质疑，而认为学校当局的“谨慎小心”是可以谅解的。自己最初的教育主张可见已经全然忘却，昔日激进的蒋冰如如今已是面目全非。“大革命”运动中，蒋冰如的高等校长兼乡董和商会会长的身份，使他在青年“革命者”的眼中成为小镇“腐败势力的中心”、土豪劣绅的“魁首”和把持一切的“皇帝”，在蒋士镳的唆使和怂恿下，“革命”的第一炮向他投来。运动的冲击几乎彻底击败了蒋冰如。运动过后，虽然似乎不再有人与他为难，然而他“总觉得这一个世居的乡镇于他不合适。什么校长呀，乡董呀，会长呀，从前都是津津有味的，现在却连想都不愿意想起”。面对悠长而寂寥的岁月和未尽的年命，向来不曾清闲过的蒋冰如陡然感到可怕的、死一般的寂寞，眼前一片迷茫与空虚，开辟“新村”成了他茫茫的未来生涯中的一条“新的道路”。建一座“朴而不陋、风雅宜人”的房子，住家之外，分给投合的亲友，每隔几天开一回讲，召集四近的听众。然而这所谓的“新村”不过是他聊以消磨时日的一种慰藉罢了。新村的意义只是宣扬一点“卫生的道理”、“治家的道理”，因为“世界无论变到怎样，身体总得保卫，家事总得治理”。为了不再受到他人的“禁止”，此外“别的都不讲”。走在这条唯一的“新的道路”上的蒋冰如成了又一个“葛天氏之民”了。

同样的问题也出现在钱良才身上。钱良才空有一腔理想与热情，却看不清前行的方向，找不到正确的方法和途径。他“最看不惯那些成天在钱眼里翻筋斗的市侩，也最喜欢和一些伪君子斗气”。在鄙吝人面前，“越发要挥金如土”。这种“大爷”脾气非但不能解决实际问题，反而使他陷于现实的泥沼之中不能自拔。与葛天民、蒋冰如所不同的是，失败之后的钱良才并没有放弃自己的思考和探索，而是在痛苦的自我反省中探寻前行的方向和道路。通过对自己及其阶层朦胧而深刻的反思，钱良才意识到自己实际上就是这腐朽、落后社会的一部分，“救世主”的姿态使他放不下自己的身份，完全投入到时代的洪流中去，封建世家的身份和地位羁绊他们，束缚着他们的手脚，消磨着他们的意志，甚至使他们变相地成为卑鄙自私、横行霸道者的帮凶。“世上是不好不坏，可好可坏的人太多，这才纵容坏人肆无忌惮”，而他们自己就是这“不好不坏、可好可坏”的人群中的一员。“我觉得我要真正做个好人，有时还嫌太坏！”“一个人要能真正忘了自己，连脾气身份架子，一切都忘记，大概也不是容易的罢。”小说以钱良才的这一独白收束全篇，深刻地揭示了人物受现实所困、无法实现自己的理想、无所归宿的精神苦境，同时也于人物的彷徨苦闷和真诚的反思中给了我们模糊的希望。

在19世纪末20世纪初的中国小城镇社会中，绅士是一个十分重要而又独具文化色彩和时代意义的人物形象。小城镇小说作家从不同的侧面生动地描绘了这一阶层在特定时代的面影，为我们留下了丰富而珍贵的研究资料。无论文学还是历史文化领域，该类形象的塑造对今天乃至今后的研究都具有十分重要的意义。新文学特殊的时代背景和创作语境使得绅士这一形象的塑造在整体上存在较明显的问题。相对绅士阶层在近现代社会转型过程中的复杂性，文学中的绅士形象呈现出单一化、简单化的倾向，对于该类人物在近现代社会没落与分化中的心路历程描写有待进一步深化。

第二节　小知识分子

20世纪初期，随着科举制度的废除，大量的知识分子为求学或谋生云集于都市。现代文明背景下的知识分子形象随之成为都市题材的热门话题。与此同时，滞留或徘徊在小城镇的知识分子①也受到作家的广泛关注。新文学发轫之初，鲁迅、叶绍钧、许钦文等作家将这一类人物形象引进新文学的殿堂。此后，施蛰存、茅盾、师陀、沙汀、张天翼、柔石、陈瘦竹等皆致力于小城镇知识分子形象的塑造。19世纪末20世纪初，中国社会特殊的历史文化面貌使得小城镇知识分子成为一支成员极其复杂的特殊群体。

一、传统的读书人

“五四”时期，鲁迅创作发表了短篇小说《孔乙己》、《白光》，开启了中国现代知识分子小说的先河。通过孔乙己、陈士成形象的塑造，鲁迅将小城镇旧式读书人请进新文学的人物画廊。该类形象特殊的文化背景和五四新文化运动这一特定的文学语境，使得他们从一开始便背负着批判封建思想文化的特殊使命。孔乙己、陈士成与丁举人、鲁四老爷、七大人属于同一时代的读书人，但分属不同的类型。科举考试的成败决定了他们截然不同的身份和地位。科举功名使丁举人、鲁四老爷、七大人们迈入“绅士”阶层，成为乡土社会的“主人”和统治意识的代表；科举考试失败则使孔乙己们沦入社会的底层，成为科举制度的牺牲品，既遭受封建意识的唾弃，又奴从于封建专制主义思想。孔乙己是鲁镇一个屡试不中的老童生，科举制度将他抛在门外，封建教育又使他不会营生，于是越过越穷，弄到将要讨饭的地步，靠一手好字替别人抄书换一口饭吃。小说强调这个穷困潦倒、穷愁落魄人物的尴尬的社会处

① 这里的知识分子指的是绅士之外的读书人。

境。在鲁镇咸亨酒店曲尺形的柜台外面，“孔乙己是站着喝酒而穿长衫的唯一的人”。青白的脸色，时常夹些伤痕的皱纹，乱蓬蓬的花白的胡子，与他那又脏又破、似乎十多年没有补也没有洗的长衫，以及满口教人半懂不懂的“之乎者也”，形成鲜明的对照，显示出一个深受科举制度毒害的小城镇旧式读书人的特殊面影。小说以孔乙己与丁举人的“冲突”交代人物最后的命运——孔乙己偷了丁举人的东西，被丁举人打折了腿，默默地死去，以此强化两种人物截然不同的命运，控诉科举制度的罪行，宣判封建意识的穷途末路。如果说《孔乙己》侧重从外部社会环境描写科举场上失败者的悲惨命运，那么《白光》则着力从人物精神世界入手，通过对陈士成落榜后的心理剖析，揭示科举制度对人的精神摧残。连考十六次的陈士成，头发已经斑白。落榜的耻辱使他觉得小镇的一切都在嘲笑自己。绝望和羞耻将他从现实的世界中放逐，最终在幻想的世界中走向疯狂。就在陈士成精神崩溃前的一刹那，“平日安排停当的前程”再一次闪现在陈士成脑子里：

> 隽了秀才，上省去乡试，一径联捷上去，……绅士们既然千方百计的来攀亲，人们又都像看见神明似的敬畏，深悔先前的轻薄，发昏，……赶走了租住在自己破宅门里的杂姓——那是不劳说赶，自己就搬的，——屋宇全新了，门口是旗杆和匾额，……要清高可以做京官，否则不如谋外放。

由此我们不难想象，一旦他中了榜，无疑是另一个丁举人或七大人。小说以此暴露科举制度的罪恶，同时挖掘人物自身的封建意识，表现人物意识与其命运遭际之间的联系，从另一层面审视封建宗法专制主义的酷烈，揭示科举制度对人的精神毒害之深。

封建专制主义文化在这些科举失败者的意识深处早已根深蒂固，使他们既无谋生之计，又放不下读书人的清高，在古风日趋崩溃的小城镇沦落为孔乙己似的“窃”，或陈士成似的“疯”。小说对其普遍的人生悲剧表现出复杂的审美态度。在这些旧式的知识分子身上，不仅投映着封建科举制度的罪恶面影，也折射出世态的变迁与人情的冷暖，以及普遍的人性悲哀。20 世纪 20 年代末，施蛰存的《诗人》通过“松苑诗人”形象的塑造，在批判封建文化腐朽性的同时，着重展示了江南小镇古风日渐崩溃的历史文化面貌，透露出中国知识分子面对传统文化没落难以自抑的挽歌情怀。诗人不但会做诗，还会做挽联，常有人求助于他。诗人的“润例”很低，无论烦他写什么，只要你替他“钞茶资”，他是“无有不答应的”。但是，除了做诗、喝茶、饮酒和抽旱烟以外，他什么都不会做，也不屑于去做，大家都叫他“书呆子”。诗人寄食于从政为官的兄长家中，每天的功课便是到市桥旁的“松苑”茶居喝茶饮酒，做凡夫俗子读不懂的试帖诗。别人劝他去教书赚钱，他不屑一顾地拒绝。对他来说，赚钱是“俗不可耐”的事情。兄长死后，从嫂嫂手中分得一点遗款，诗人依然混迹于茶楼，谈文做诗。直到一日三餐难以为继、夜宿关帝庙之时，他才到处寻找代课的机会，终至贫困交加、走投无路的境地。昔日清高无比的诗人只好借口去远方就职，向邻居骗取路费糊口，最终卧轨而亡。意识层面的“清高”与现实处境的困窘，在诗人身上形成巨大的反差。“万般皆下品，唯有读书高”的封建思想意识使他“清高”得近乎于“狂”；而维持这种清高的，却是寄食兄嫂的生活。小说按照人物自身性格发展的逻辑，以日渐淡化的古朴乡风为背景，形象地表现了旧式知识分子在转型时期特殊的悲剧命运，深刻地剖析了诗人悲剧命运的主客观因素，表现了古老诗文风习的没落。

随着科举制度的彻底废除、教育制度的进一步改革，传统读书人的命运在时代的洪流中发生了巨大的变化。他们中的一部分吸收、接纳新知识新文化，从意识深处得到了解放，放下了读书人的清高，或教书，或经商。20 世纪 20 年代后期开始，许钦文的鲁镇小说开始关注老一代知识分子在新的历史时期的命运变化。时隔数年，在孔乙己的故乡，读书人不仅弃儒从商，外出经商供职，而且在声势上已压倒了乡居的举人与秀才（《回家》）。半新半旧的知识分子凡生（《凡生》）、博物先生（《博物先生》）也出现在小城镇知识分子人物画廊。这些知识分子多为科举制度和新式教育的半成品。一般皆受过相当程度的传统文化教育，或被时代的潮流从科举仕途的轨道抛入新式学堂，或在晚清以来的现代思潮中主动地接受科学民主思想。由于年龄和知识结构的限制，他们中的绝大部分虽然只接受了初步的现代教育和科学民主意识，被时代的车轮遗弃在小城镇，成为半新半旧的人物，但他们追求新潮，思想开放，思想意识和行为方式已明显异于孔乙己似的读书人。小说客观地表现了该类人物新旧相杂的思想面貌，在表现人物思想意识和命运变化的同时，揭示了长期的科举教育附加在他们身上的封建意识。

20世纪40年代，牛祚（沙汀《困兽记》）、范老老师（沙汀《范老老师》）形象的出现为该类人物添上了一层难得的亮色。牛祚，一个普通的乡镇老教师，耿介正直，口齿幽默、锋利，时有警语，受到一批年轻人的爱戴，被誉为“老青年”。教了二十多年书，牛祚虽碰过不少钉子，经历了不少的事变，但是人世间的一切艰辛并没有教他完全消沉下去，始终保持乐观、正直、向上的精神，不仅关心周围的同事和小镇的发展，而且以一颗不老之心忧国忧民，关心并声援前线抗日战争，对大后方现状的不满与愤懑之情溢于言表。年已七旬的范老老师尊重知识，相信知识，尤其热衷于新知识，并因此拥有几乎传奇的人生。他的想法很简单，知识愈丰富，生活得愈像样。他一向注重实际学问，而且注重普及。他是全县第一个学会注音字母的人，而且一经学会，就广为推广，甚至写春联也用注音字母，以示提倡。时值战乱，在感情和认识上他都坚信内战是会停止的。偶然的机会，他听到从成都回来的人谈到省城物价大跌，以及“因为议和已经成功，内战已经停止”的议论，对此深信不疑，便立刻把它当成新闻在小镇公之于众。五六天过去，事情却没有得到证实。他逐渐失去了所有人的信任，甚至成了那些小流氓嘲笑、捉弄的对象。范老老师本是真理的代言人，他所说的不过是一个普通的中国人、一个老知识分子的愿望和心声，却因此仿佛成了一个罪人，从而陷入紧张、自责、不平、不甘的精神炼狱之中。《范老老师》以战争为背景，展示了一个老知识分子乐观向上，正直、坚贞的美好品格，同时也从一个特殊的视角揭示了他们严峻的生存环境和人生状态。

二、现代小知识分子

相对于传统读书人，该类人物是指出生于20世纪初期，在新式学堂接受过初等乃至中等教育的普通的小知识分子，他们也是小说重点关注的小城镇知识分子群体。就整个20世纪上半叶的中国小城镇而言，他们是知识分子的主体群，随着时代的发展迅速取代孔乙己式的读书人，代表特定时代小城镇知识分子的生活面貌和人生状态。由于受教育程度、思想观念、生存环境等方面的不同，该类人物整体上有别于蒋冰如、钱良才等“新士绅”，各自在思想观念、行为方式、人生境遇等方面也表现出明显的差异。面对各种艰难的生存环境，他们或沉迷其中而不能自拔，或于重围之中做困兽之斗。

科举制度废除以来，随着知识分子社会地位的日益边缘化和身份的平民化，“万般皆下品，唯有读书高”的思想观念已经失去了它曾经有过的强大的制约力。对于相当一部分出身低微、受教育程度不高的小城镇知识分子而言，尤其如此。正如师陀所说，这里的小知识分子“像九九表，几乎有个一律的身世”①。他们的父亲是小城镇里常见的不起眼的角色——老邮政、骨科医生、铺子里的掌柜或小地主。“灭门知县，倾家地保”，对官吏、豪绅、流氓和烟鬼的恐惧，使他们从小就谨慎地生活在不安定的恶劣气氛中，在豪绅与官吏的气焰下战战兢兢地活着，怕被别人注意，怕被别人看见，畏难惧强，卑谦而苟安。经济的困顿、强权的压制导致灵魂的卑微，形成其猥琐、谦卑、犹豫的小市民的处世态度。就其生存的困窘来说，他们是新一代的“孔乙己”。但他们已经基本上丢掉了孔乙己似的清高，脱下了长衫，混迹于灰暗的市井之中，身份、地位已与市井小民没有明显的差异，其思想意识、行为方式也呈现出明显的市民化倾向。

---

① 师陀：《果园城记·傲骨》，《芦焚短篇小说选集》，江西人民出版社1983年版，第582页。

叶圣陶的小城镇系列小说一开始便为该类形象定下了“灰色”的基调。正如茅盾所言：“要是有人问道：第一个‘十年’中反映小市民知识分子的灰色生活的，是哪一位作家的作品呢？我的回答是叶绍钧。”① 1919年到1923年，《饭》、《校长》、《潘先生在难中》等作品以小城镇社会生活为背景，塑造了一系列委琐、谦卑、犹豫的市民型知识分子形象。月薪六元而实际上只拿到一元的吴先生(《饭》)是这一形象的起点。小学教员吴先生因不是师范毕业生，月薪被县学务委员克扣一半，他只得自充厨子，上街买菜。县学务委员为应付省视学，要他借十几个学生以掩饰新式教育的不景气，恰遇他上街未归，便又以他不尽职为由，扣去薪水两元。小说将一滴醒目的彩墨洒落在小学教员受百般欺辱仍低声下气的面影上，慨叹人物为微薄之薪而屈膝折腰的人生境遇。《潘先生在难中》通过小学教员兼校长潘先生这一形象的塑造，表现他临虚惊而失色、暂苟安而又喜的生命状态，暴露该类人物的“委琐自私”。作者“打破了以往在相对平稳的环境中展示知识分子灰色心理的做法”②，于动荡的时世淋漓尽致地揭示知识分子的复杂心灵。听闻军阀开战，潘先生便携妻带子逃往上海。刚到上海，担心教育局长斥他临危失职，又惶惶然只身返回家乡。为了躲避战祸，他领取外国人的红十字会会旗和会徽，挂在门上和身上，一听战事危急，慌忙躲进红十字会的红房子里。不料战事还未危及小镇就已结束，潘先生于是陶然庆幸，接受别人的推举，大书“功高岳牧”、“威震东南”的条幅，为军阀歌功颂德，脑子里却闪过军阀奸淫烧抢的残酷镜头。小说以生动的细节和心理描写，充分地揭示了人物自私卑琐的灵魂。为了身家性命和一家四口的苟安，他闻讯而逃，逃而复归，归而营窟，无论是逃难挤火车时组织全家苦心经营的长蛇阵，还是一场虚惊之后违心为军阀写下的彩色条幅，无不深刻地展示了一个

① 茅盾：《中国新文学大系·小说一集导言》，上海文艺出版社1984年版，第5页。

② 杨义：《中国现代小说史》第1卷，人民文学出版社1986年版，第324页。

难以把握自己命运的小知识分子的独特心理。潘先生的知识分子身份与其自私、谦卑、苟安、卑琐、仓皇的性格形成鲜明的对照，典型地再现了现代小知识分子的市民化倾向。

20世纪三四十年代，随着战乱的延绵，小城镇知识分子陷入更深的物质和精神危机中。残酷的社会现实使市民型知识分子的卑微人格受到严峻的挑战。沙汀的《代理县长》、《模范县长》，张天翼的《欢迎会》等作品以战时更趋黑暗、复杂的小城镇社会为背景，集中塑造了灰色城镇社会中庸俗、无聊、猥琐的知识分子形象。这是一个没有理想，没有希望，甚至没有一点点生机的“知识圈”，与平凡以至于庸俗的现实生活模式的不断贴近倒是其共同的特点。他们坐茶馆，围牌桌，囤积居奇，为蝇头小利勾心斗角，又为任何一点生活的平稳而沾沾自喜，迷失在小城镇灰色暗淡的社会环境中，不知进取，不思变革，与传统意识苟同，人云亦云，浑浑噩噩。权力意识的腐蚀与诱惑，使得挤入上层社会和各种权力世界成为他们的终极目标，为此，他们不惜通过各种途径，采取各种手段。中国腹地四川小镇，“读书—仕途”成为新的历史条件下知识分子的另一条“科举”之路。由于僧多粥少，一部分小知识分子不惜通过各种途径向地方势力靠拢。《淘金记》为我们摄下了一群格外“别致”的光棍：游荡无业的知识分子和小学教员“深觉自己在这镇上毫无作为，倒是一个光棍说话响亮得多”，成群结队地掺杂到新入流的哥老当中，穿着制服，在众目睽睽之下，若无其事，甚至沾沾自喜地跟着管事扣头打拱，沿街拜客。东南某小城体操教员赵国光（张天翼《欢迎会》）的命运遭际为该类人物做了一个滑稽的定格。省巡视员来县视察，体操教员赵国光为了在欢迎会上大出风头，以求得巡视员的赏识而升官发迹，连忙排演话剧《还我河山》。戏的内容是强小国侵略弱大国，弱大国的一个大英雄起来抵抗，把敌人打得直讨饶。上台表演时，“大英雄”错念了卖国贼的台词，屠杀了本国的百姓，结果巡视员指挥军队包围学校，赵国光被交军阀严办。赵国光邀宠却得祸，“欢迎会”变成了“得罪会”。

“市民型”小知识分子带有20世纪上半叶小城镇社会特有的

灰暗色彩。人物平庸、形象委琐，与小城镇无聊、琐碎、灰色、暗淡的市井生活有着内在的一致性。他们中的大多数只是名义上的读书人，从某种程度上说已经失去了“知识分子”特定的内涵。

除“市民型”知识分子之外，小城镇小说塑造了一群“困兽型”青年知识分子形象。相对前者，“困兽型”知识分子一般在小城镇之外接受中等乃至高等教育，较多地受到现代文明的影响，具有较明显的现代意识，不同程度地有过个性主义和自由解放的渴望和追求，萌发过改革社会、改良人生的美好愿望，是小城镇早期现代文明的接受者和先进思想的代表。教育条件的限制，尤其是身处的社会文化环境的差异，使之在整体上明显地区别于都市现代知识者，即作为一个外来文明的早期接受者遭受的来自传统宗法体制的巨大威压。精神突围——突出根植于自我意识，尤其是生存环境之中的旧的文化重围——是该类知识分子独特的生存状态。有幸接受的现代教育，赋予他们与宗法社会环境格格不入的人生理想和生命激情，同时也将他们置身于整个宗法社会环境的对立面，在孤独、郁闷、躁动、不安中，与庞大的集体无意识构成的“无形之阵”作困兽之斗。

鲁迅的《孤独者》最早开启了“困兽型”知识分子形象的塑造。小说通过孤独的“狷者”魏连殳这一人物的塑造，表现早期现代文明的接受者在小城层层厚积的封建意识和阴冷森严、密封如罐的宗法体制中的挣扎与妥协。孤独是人物的性格内核。对于魏连殳来说，孤独不仅仅是一般行为和心理层面的孤单寂寞、孤苦无依，还是一种包含着信仰危机的生存意识，以及与整个生存环境决然对立的生命感受。这是一个曾经被辛亥革命推上时代的浪头接受了资产阶级意识，又被辛亥革命的失败淹没在谷底的知识分子。他谈说“家庭应该破坏”，反对封建族权，认为“孩子总是好的”，骂世嘲俗，狷介乖张。这一切使得他成为S城的另类，被人们视为“吃洋教”的“新党”，不仅受到封建统治者的排挤、压制，而且得不到广大民众的理解与支持，遭受来自小城各界势力的围攻，终至孤独潦倒、疲惫颓唐，甚至违志而行，恭行“先前所反对的一切”。魏连殳所代表的无疑是现代思想意识的新质，符合当时的潮流历史，但是在20世纪初期的江南小城，传统思想是以“多数”、“群众”，甚至整个社会的面目出现，代表思想进步的知识分子只能是“孤独的个人”①。小说最后以魏连殳精神的绝望和肉体的灭亡结束，在悲叹人物命运的同时，表达了身处都市的现代作家对小城镇作为现代知识分子生存之地的强烈否定。

20世纪三四十年代，随着人们对民族命运思考的不断加深，困兽型知识分子受到众多作家的关注。通过田涛（沙汀《困兽记》）、贺天民（《果园城记·贺文龙的文稿》）、“傲骨”（师陀《果园城记·傲骨》）等人物形象的塑造，在表现人物孤独的生命状况的同时，小说着力刻写他们不甘卑庸的志气在深度卑庸的环境中的百般消磨，以及由此而生的心灵痛苦。田涛和他的同事虽是一群普通的青年知识分子，但他们热情、爱国、有知识、有理想。然而，政府当局的层层阻碍、多子所带来的沉重的家庭负担和经济困顿等精神和物质的重压，却使他空有一腔热情和血性，既不能报国，又无法安家。他深感“四面都是墙壁，没有一条出路”，彷徨、苦闷，精神无所归依。小说名为《困兽记》，将小镇喻为狭小阴暗的笼子，以田涛为代表的青年知识分子则是一群困顿之中的斗士。困兽犹斗，本是中华民族知识分子的优良传统，然而，灰暗无聊的现实重压所设置的种种“狭的笼”却无情地遏制他们，消磨他们的血性和热情。他的消遣方式之一便是每当精力无处消耗的时候，痛痛快快地吼上几句京剧。他认为“吼一板就什么闷气也没有了”。但这正像是一个精神上的漏洞一样，又常常令他感到一点和性情不相投和的凄怆。同样的生存重负将贺文龙这只搏击长空的雄鹰拉回到阴晦的现实中，不得展翅飞翔。贺文龙，一个细长、苍白、浓眉、寡言的年轻人，聪明、坚韧，念书时也和大多数年轻人一样“抱过大希望”，等到自己不得不寄生于灰暗沉滞的小城、成为一个小学教师时，便将自己的全部希望付给一种既不用资本也不必冒险的事业，希望将来做个作家。面对现实，贺文龙曾自诩为勇

① 王富仁：《中国反封建思想革命的一面镜子——〈呐喊〉〈彷徨〉综论》，北京师范大学出版社2000年版，第123、124页。

敢地搏击长空的鹰："被毁伤的鹰呵，你棲息在小丘顶上，劳瘁而又疲倦。在你四周是无际的平沙，没有生命的火海，鹊族向你丁喙，鼠辈对你攻击，万物皆向你嘲笑。你生成的野物毅然遥望天陲，以为丁喙，攻击与嘲笑全不值一顾……"然而，从清晨到深夜，每天在讲台上叫花子似的叫喊，永远看不完的课卷和三个孩子的料理，犹如几根巨大的绳索紧紧勒着他的脖子，使他整天忙得头昏眼花，几乎透不过气来。为了自己未完的文稿和"辉煌的事业"，他挣扎过，但他的挣扎是无用的，"恶运像石头般接连向他砸下来，它注定他要从希望中一步一步落下去"。如果他配称为鹰，也只能是一只"被毁伤的"，并最终跌落得体无完肤的鹰。他的结局注定如此：

> 贺文龙的最大的孩子终于进了学校。有一天，命运好像对他作最后的回顾，他看见小贺坐在台级上正用铅笔朝一个本子上涂抹……贺文龙将本子要过来，原来是他早已忘在背后的文稿，上面有几句已经被一只大眼睛公鸡遮住。
>
> 这是贺文龙看见他的文稿的最后一次。
>
> "被毁伤的鹰呵……你生成的野物……以为丁喙、攻击与嘲笑全不值一顾……"他在心里念着这些好像是一种讽刺，他已经不能十分了解的文句。

琐碎的工作和沉重的生活负担消磨着他的理想，使他成为小城里的隐士，日常工作和生活之余，竟也"忙里偷闲，喜欢畜养蟋蟀，弄弄花草"。

20世纪上半叶小城镇的社会现实，决定了"困兽型"知识分子的艰难处境和悲剧命运。孤独、抑郁、苦闷、彷徨、躁动不安，渴望改变或出离其外，为该类人物共同的心理特征。对于绝大多数小知识分子来说，滞留于此是他们的无奈与悲哀。环境从外部束缚了他们的手脚，平淡乏味的生活消磨了他们的青春活力和锐气，灰暗无聊的现实重压使他们消沉、彷徨。正如王乐山所感叹的那样，宁静、优美的自然环境使得小城小镇完全具备了"隐士"生活的条件。① 在这里，除了极少数仍作困兽之斗的悲哀的勇士，败下阵来的生者则大多成为现代社会的隐士，在精神的虐杀或物质生活的困顿中，从理想之士沦为庸人。他们不认同小城镇社会的人生形态，对其人事依然持明显的批判态度，但已失去了抗争的意志，甚至放弃了与整个生存环境的对立姿态，收敛一己的锋芒，沉浸于小镇宁静的自然和慵懒的生活之中。小说充分展示了贺文龙等人的心灵蜕变过程，揭露20世纪上半叶小城镇阴郁暗淡的社会现实，暴露其在理想中酿造悲剧，把志士化作庸人的罪恶。部分作品因此带有幻灭、悲凉的色彩。从这一角度而言，“傲骨”的意义是独特而重要的。

与大多数知识分子一样，“傲骨”从小生活在豪绅与官吏的气焰下，因为低微的身世，他自幼便经常遭受挑战和袭击。但是恶劣的生存环境并没有打败他，不适于呼吸的空气从小就刺激他，气恼他，使他成为“愤世家”。他被“锻炼”着，直到他的心都被弄硬起来。离开小城进入师范学校的时候，他“长长地叹口气”，犹如飞出笼子的小鸟，如饥似渴地学习。他竭力找各种新的书籍，从中吸取“打倒他所憎恶的腐败政治和豪绅跟流氓”的知识和力量。毕业后得到县立中学的聘约时，犹之乎从来没有上过勒的“千里马”，他急不可耐地想要试试自己的理想。不幸的是他的千里足一开始就跑到一片“荒地”上去了。他的同事把“王莽”念成“王奔”，认为“兔和鸡没有脑子”，不读报，不知道冥王星，只知道拍马、吃酒、打牌、吊膀、欺骗。与这些“无赖”同伍使他感到“失望”，甚至受到“侮辱”，同时他也更加骄傲，“在这里他是真理的代表”。在学生中他这样宣扬：“共产党来的时候，他们第一个必须请我出来。”结果他被“请”到衙门和监狱里去了。出狱后，“傲骨”开始整理乡下的土地，像西洋人一样在田地的两端、所有荒废的空地和河岸上栽上树，幻想不久这里会是一片茂盛的森林。可是这些树苗却被“愚民”们连根拔起，送进灶里。第二次

① 叶圣陶：《倪焕之》，《中国新文学大系（1927—1937）》（小说集6），上海文艺出版社1984年版，第197页。

努力同样以失败告终。但是，他始终保持着昂扬的斗志，这力量来自他的那一块“傲骨”——他对武装自己的现代思想和文化的坚定不移的信念，以及他那“打倒他所憎恶的腐败政治和豪绅跟流氓”的胆识与勇气。理想的受挫、不公平的遭遇，加上盲目的自负，导致他无尽的牢骚，说不完的烦恼，这一切使得他愈来愈傲慢。他不停地奔走在果园城，高扬着他的头颅，两眼直视明净、高远的果园城的天空，迈着“傲慢”而沉重的步伐，像横过无人的旷野一般，走过散漫、寂静的大街。小说是这样描写的：

> 他的头发是长长的，杂乱的，已经好久没有理过；他的脸色，颧骨从两颊上突出来，像一块灰色和棕色染出来的暗淡的破布；他的嘴唇寂然闭着；他的原是高高扬起的表现着英气的眉，现在是紧紧的皱着，好像被大风雨摧残的树叶，低低的压在他的眼上；从他的眼里，你可以看出正射着那种冷的复仇的，那种从囚犯们眼里射出来的光辉。

人物始终如一的坚定信念和昂扬斗志，与黑暗而强大的现实形成鲜明的比照，“傲骨”也因此成为一个堂吉诃德式的可敬而又可悲的“英雄”形象。正如作者所言，小城镇知识分子中间“很少真正的强有力者”。身处灰色的小城镇，正直、热情的“傲骨”自以为灵魂“纯洁得像秋天的鸭跖草”，然而，却看不见自己的自负与脆弱。由于所遭受的永无休止的压迫和排挤，他的生命里只有憎恨——对社会的腐败与不公平的永无休止的愤恨，随时准备与全世界“决个胜负”。目标的空泛也使得他那“复仇”的目光实际上显得空洞而迷茫。小说让我们看到，人物盲目的自信与愤世暴露的是另一种形式的自卑。被轻视、被侮辱的共同命运，使“傲骨”的精神状态，与那些整日战战兢兢、唯唯诺诺的小知识分子具有某种内在的一致性。

在现代小城镇知识分子的人物画廊中，存在几个独特的知识群。对这些形象的分析和研究，有利于我们进一步发掘小城镇知识分子的现实人生，探索现代知识分子的精神面貌和生命轨迹。

首先是现代知识女性。

近现代以来中国社会历史的变迁和教育体制的变革，使得一部分小城镇女性走进新式学校，接受现代教育。相对传统女性，她们具有较明显的自尊、自立意识。现代教育使她们获得知识和智慧，使她们大胆地追求个性的独立、解放；现代民主主义和人道主义思想为她们笼上一层绚丽的人性美的光华，显示出知识女性独特的人性魅力。在这些知识女性身上，既保留了中国妇女的传统美德，也具有现代知识女性所特有的开朗、乐观的品格，交织着智性美的光辉。通过陶岚（柔石《二月》），油三妹（师陀《果园城记·颜料盒》），金佩章（叶圣陶《倪焕之》），孟瑜、吴榍（沙汀《困兽记》），许静英（茅盾《霜叶红似二月花》），虔（司马文森《折翼鸟》）等一系列知识女性形象的塑造，小说从一个特定的角度表现了小城镇现代知识分子的现实人生，探索女性的解放道路。

芙蓉镇的"孔雀"陶岚，聪明、美丽、活泼、善良。她渴求、崇尚知识，在知识的海洋中获得了令人瞩目的成绩。她不甘心受环境支配，不从流俗，具有鲜明的叛逆意识。中学毕业后，广泛涉足法科、文学、音乐等多个领域。她同情弱者，与萧涧秋一道对彩莲一家给予无私的关心和帮助。面对种种扑面而来的猜忌和流言，她"笑骂由人笑骂，我行我素而已"的超然态度，表现出令萧涧秋相形见绌的胆识和勇气。油三妹民国十四年（1925）小学毕业，考入省城师范学校。她善良、活泼、快乐，喜欢活动，爱热闹，最大的特点是爱笑。勇敢和快乐使她成为学生会成员和学校的活跃分子。知识的力量带给这些小城镇女性从未有过的力量和胆识，点燃了她们内心深处的理性之光，使陶岚、油三妹们成为一个个快乐的、敢于向传统意识和世俗陋习公开挑战的女性，同时也赋予了她们追求理想人生的勇气和智慧，给予了她们独立、自强的机会，这成为她们拯救自我的有效途径。从这一角度来说，金佩章的成长道路无疑具有一定的代表性。金佩章 12 岁丧母，依靠兄嫂生活。对她而言，"丧母就是一门最严重最亲切的功课，使她对于生活有了远过于读书程度的知识"。在传统社会里，女子脱离娘家唯一的出路是嫁人。然而，周围女子嫁人后的种种不幸使她明白了一个非常简朴的道理："女子嫁人就是依靠人，依靠人只有苦难，难得快乐"，认为"女子吃亏在求知识的机会不能与男子平等，故而不容易独立"，兴起了"独立自存的想望"。高小毕业后，金佩章进入女子师范学校，决定"做一种事业"，"靠事业自立"。在女子师范里，金佩璋是一个模范学生，她认真学习所有的功课，成绩优异。学习使她看到自己独立自存的生活前景，给她带来无限的快乐。她为自己得以进入师范学校、能够成为一名自食其力的乡镇女教师"感到满足甚至骄傲"。同时，她为妇女因传统风俗习惯的束缚遭受痛苦而不平，同情周围那些"沉沦在家庭的苦狱里"、琐屑、愚笨、劳困、郁闷的女子，并因此渴望"改革的思潮"的到来，关心并热心地支持倪焕之等人的教育改革。在教学实践中，她像深具素养的艺术家一样，用欣赏的体会的态度来对待儿童，"运用无可加胜的心思"编写"精密"的教案，深得学生的喜爱，表现出一个女教师良好的职业素养。恋爱、新婚之初，她与倪焕之互相讨论关于教育实施上的一切，互相勉励，在教育改革的园地里并肩往还，把教育的研讨与恋爱的嬉戏融合在一起，对新式国文教本提出了可贵的意见和建议，显示出特有的才华和活力。知识的力量使金佩章这个普通的乡镇女性获得了自己所追求的"独立自存"的理想生活，并因此拥有了真正属于自己的甜蜜爱情，成为倪焕之理想中的人生伴侣。

然而，这些知识女性赖以生存的毕竟是 20 世纪初期的中国小城小镇。传统观念意识和封建保守势力的扑杀，世俗、偏狭的小城镇生活的腐蚀，事业、家庭和情感等方面的困扰，使得知识女性陷入普遍的沉沦与不幸。小城镇小说以 20 世纪初期中国小城镇社会为背景，描写现代知识女性的人生困境，揭示其社会、文化根源。

小城镇中下层知识分子普遍面临的经济困顿，同样影响、威胁着相当大一部分知识女性，尤其是那些出身贫寒，或脱离了父亲的家庭走上职业道路的知识女性。相对男性知识分子，现实影响往往更直接，也更深刻，不仅迫使她们抛弃理想，放弃事业，甚至陷入情感和人性的深渊。孟瑜，一个受过良好教育的"心高气傲"的女性，自由恋爱的胜利者。为了追求个性解放和婚姻自由，她抛弃了富有的家庭与田涛私奔。然而，现实生活却很快使她陷入事业和情感的双重危机之中。数年间她连生四子，子女的拖累使她被迫放弃了教师工作，不能工作又加剧了家庭经济的困窘。更为可悲的是，正是这种沉重的家庭生活在某种程度上使得田涛移情别恋。她陷入这种现实的怪圈中不能自拔。如果说多子的重负、经济的困顿是田涛们变得潦倒不堪的重要因素，那么对于知识女性而言，它是一种恶魔般的现实，将她们的人生引向荒芜。

与此同时，传统生活方式和封建礼教观念中的性别歧视，使她们在面对现实困境的同时，必须承受性别附加在身上的种种灾难与不幸。娴静多愁的中学生尤蔼梅被父母嫁给一个愚蠢的、与她毫无感情的男人，等待她的，是痛苦而漫长的一生。热情、美丽的教师吴楣，在父母的劝诱下，抛弃了家境清寒的书生，嫁给“豆渣公爷”为妾。油三妹似乎应该是个例外，她拥有了一个快乐女人所可能具备的一切，理应得到幸福。然而，命运却给她安排了不幸。在果园城，“聪明、漂亮、学问，甚至一个人的快乐，都会招来横祸”①，更何况她是一个女人，一个出身低贱的女人。身为女人却有那么多的快乐是“危险”的，一个出身低微的快乐女人更是“相当危险”的。求学期间，关于她的谣言就已经在果园城里四起，仅仅因为她这个油坊掌柜的女儿，“竟胆敢轻视果园城那些出身高贵的小流氓”。毕业后回到果园城做小学教员，油三妹很快便陷入可怕的孤独之中。这里没有高尚的娱乐场所，没有正当集会，甚至连比较新一点的书都买不到。每天面对的是千篇一律的工作和生活日程。为了避免人们的议论，她必须比小学时代更快地走过大街。无边的孤独使她更加渴望快乐与幸福，快乐和幸福的无法实现又最终使得这一渴望变成了一种精神上的折磨。终于在经历了无数的泪水之后，这个曾经有过“过多的笑”的少女在小城吃藤黄自尽。陶岚出生在相对富裕而开明的家庭里，有母亲和兄长的疼爱，

① 师陀：《果园城记·颜料盒》，《芦焚短篇小说选集》，江西人民出版社1983年版，第468页。

是小镇美丽、聪明的“Queen”。在她身上，既没有油三妹来自门第观念的挤压，又没有孟瑜似的现实重负，但同样在小镇世俗生活的绳索上挣扎、徘徊，渴望有所作为而不能。她渴求知识，却摆脱不了关于“女子”的种种世俗偏见，徘徊在知识的殿堂外，为自己终究是一个“无学识的女子”而苦恼、遗憾；她追求美好的爱情和理想的人生，看不惯周遭纨绔子弟的浪荡、浅薄，无法如一般小镇少女那样接受环境安排的现实人生，却又不知道如何反抗，深感自我力量的微弱和无力。在一般人眼里，她“骄傲”、“古怪”，甚至无礼，已有24岁，“玩弄”过不少的追求者，遭受不少的毁谤和攻击，婚姻仍然没有落定。然而，貌似傲慢、古怪的行为方式背后隐藏的正是人物内心的痛苦和迷茫：

> 我是一个无学识的女子，——本来，“女子”这个可怜的名词，和“学识”二字是连接不拢来的。你查，学识底人名表册上，能有几个女子底名字么？可是我，硬想要有学识。我说过我是野蛮的，别人以为女子做不好的事，我却偏要去做。结果，我被别人笑一趟，自己底研究还是得不到。像我这样的女子是可怜的，萧先生，哥哥常说我古怪倒不如说我可怜切贴些，因为我没有学问而任意胡闹……
>
> …………
>
> 哥哥，现在我要问你：人生究竟是无意义的么？就随着环境的支配，好像一朵花落在水上一样，随着水性的流去，到消灭了为止么？还是应该挣扎一下，反抗一下，依着自己底意志的力底方向奋斗去这么……

陶岚表面上快乐无忧，实则为环境所困，欲有所挣扎而又不知所从，在迷茫、苦恼之中不能自拔，甚至游戏人生。她渴求外来力量给予她精神和现实层面的双重援助，帮助她推开眼前的迷雾，辨明前行的方向。萧涧秋的到来，仿佛为久困于小镇的她打开了一扇天窗，为她带来一股难得的清新空气。陶岚对于萧涧秋的爱恋，一方面来源于他的“渊博”的学识，深层的原因则在于他的都市外来者的身份，以及他那迥异于小镇“土著”们的思想言行。相互理解、同情、关心和帮助，是她与萧涧秋爱情的基础。通过与萧涧秋的交谈，她可以毫无顾忌地倾诉自己的困惑和梦想，期望从他那获得前行的方向，获得挣扎和反抗的勇气。但是事与愿违，萧涧秋的软弱和迷茫，尤其是最后的“逃离”，带给陶岚的最终是更大的伤害和痛苦。

历史早已证明，自救才是人类获得解放的最重要的途径。通过陶岚这一复杂形象的塑造，小说对小城镇知识女性理想人生的建立、健全展开了深入的探索。它让我们在人物的快乐与无畏中感受到挣扎的艰辛，在人物的叛逆背后看到迷茫与困惑。小说在揭示女性悲剧命运中的社会文化根源的同时，将笔锋伸向小城镇知识女性的思想意识深处，发掘中国社会转型初期知识女性自身思想意识的局限性，及其与人物命运之间的联系。“我不知怎样，总将自己关在狭小的笼里。我不知道笼外还有怎样的世界，我恐怕这一世是飞不出去的了。”陶岚勇敢与无畏的后面，深藏着的是怯弱与自卑。她那独特的求学经历，表明的也正是人物的迷茫和苦闷。她本来喜欢文艺，因为人家说女子不能做数学家，高中时执意选择了理科；为了帮助穷人打赢官司，将来做一个律师，“代穷人做状纸，辩诉”，大学转学法科两年，因受母亲和哥哥的劝阻，休学回家，又不想学法科而转想学文学了；见到萧涧秋，又萌生学音乐的念头。她缺乏明确的目标和坚定的信念，难怪她迷失在人生的苦海之中了。相对而言，金佩章婚后的变化更为直接地暴露了传统生活和思想意识在知识女性文化心理中的重要地位，及其对小城镇知识女性命运潜在而巨大的影响。怀孕后，金佩章便放弃了学校的具体事务，渐渐地将自己束缚在家庭里。她也曾经为此懊恼，忧虑自己“掉在一个无援的陷阱里，往后的命运就只有灭亡。她非常之恨，恨这作弄人的自然势力”，期望毁掉这自然的陷阱，救出自己。但女性的牺牲精神很快在她的头脑中占了上风，为了这爱情的结晶，她甘愿“堕落”，并由此而感到一种为崇高的理想而牺牲的“愉悦”。然而，伴随着崇高的牺牲精神而来的，是以前的好尚、气度、性格和思想，都朝着“与从前相反的方向”变更；思想和趣味完全转向身边的琐事。她不再留心学校的事，对于教材和实验工场的一切都失去了兴趣，轻易地放弃了教书育人、自立自强的生活，觉得自己的教师生涯已经完毕，甚至对书籍产生了厌倦。在她看来，念书到此时不过是一个做完了的“梦”，“她不曾想到这一个梦她自己曾付出过多少的精勤奋励，作为代价，所以说着‘做完了’，很少惋惜留恋的意识。当然，自立的企图等等也不再来叩她的心门，几年来常常暗自矜夸的，不知怎么消散得无影无踪了”。失去了新女性的朝气，满足于当家庭的少奶奶，金佩章将先前所追求、探询的一切都抛掷脑后，完全沉溺于家庭，为日常生活琐事消耗所有的时间和精力，日日咀嚼小镇的各种新闻，为诸多无谓的小事而斤斤计较，因此变得容颜憔悴，身心疲惫不堪。与众多师范学生走上了同一条道路——“学的是师范，做的是妻子”。

为了强调传统生活方式和思想意识对小城镇知识女性命运的决定性的影响作用，结合小镇现实环境和人物特殊的身份和经历，小说交代了金佩章思想性格前后变化的一致性。生长在一个普通的江南小镇，加上年幼丧母，早熟的她对周围的一切十分敏感。禅悟小镇的林林总总和是是非非，从小便是她的一门自修课。“她很注意镇上好些人家的所谓‘家事’，财产的增损，器物的买卖，父子、兄弟、妯娌、姑媳间的纠纷，不但不惮其烦地把它们一一弄明白，还前前后后这边那边地想，仿佛要参透里面的奥妙。”小镇人的思想意识和生活方式早已潜伏在她的生命中，是她生命的一部分，一旦她脱离了“求学—教书”的人生轨道，进入琐碎的家庭生活，便在她的身上充分地显露出来。从这个意义上说，她一开始就并非传统生活方式和思想意识的叛逆者。在她身上，最初的求学——独立自存愿望，与婚后对小镇世俗生活的兴趣，并没有直接的冲突，只是特殊的人生经历使她较早感受到女子的艰难。时逢教育体制变革、社会风气蜕变之初，时代为她提供了就学的机会和独立自存的可能。“我已做了你的妻子，还能做什么别的呢！”面对丈夫惊恐而失望的质疑，金佩章的回答是这样的自然而理直气壮。正如金树伯所言，一个女子，无论她受过何等教育，原本“只配看家”。在小镇人的思想意识中，“相夫教子”才是一个女人的正途，这就是数千年封建专制主义文化对女性的强制性要求。不幸的是，这也是金佩章对自己的人生定位。小说从丈夫倪焕之的视角、通过倪焕之极为失望的眼光，反复渲染了金佩章婚后的巨大变化："有了一个妻子，但失去一个恋人、一个同志。"倪焕之的失望与叹惜背后，暴露的正是金佩章的巨大悲哀。小说以此对人物自以为崇高的"自我牺牲"精神提出了批判和质疑。

关爱知识女性的自由与幸福是该类题材的小说共同的主题之一。期盼知识女性在意识层面的真正觉醒，从而由个性解放走向广阔的社会人生，是一代先驱者共同的愿望。然而，19 世纪末 20 世纪初小城镇社会中严酷的现实环境，却使得她们的自由解放之路显得格外艰难。倪焕之临终时的幻觉里，曾出现这样激动人心的一幕：风雨交加里，金佩璋站在静候着的群众中，像一个"勇武的女神"，高举两臂，仰首向天，高喊出她的号令。倪焕之死后，悲痛不已的金佩璋开始觉悟"以前的不是"，追悔不已，倪焕之生前的热情在她的身体里燃烧，她重新振作起来，心头萌生"长征战士整装待发的勇气"，决定重新走出家门，像丈夫一样，为自己、为社会、为家庭做一点事。然而，这种变化对于一个躲在家庭里已有十年之久的少奶奶，难免显得有些突兀，很大程度上恐怕只是作者的主观愿望而已。面对种种现实困境，受传统意识所囿的知识女性更多地采取消极、妥协的人生态度，自哀自怜，自暴自弃。通过吴楣、虔等形象的描写，小说揭示小城镇知识女性消极、妥协的人生状态的普遍性。婚姻生活的不幸使吴楣沉沦于万劫不复之中。起初她很怜惜自己，抱着一种绝望思想。但是过了一年两年，她逐步变得很"安静"了，并不经常感到自己的处境怎样难受。直到五年前那个前妻逝世以后，她甚至觉得自己的处境之幸运了。尽管公爷的许多庸俗可笑的弱点，使之看起来只不过是一个家资富裕，穿着漂亮，毫无教养的俗物。一旦这个俗物很快将"宠爱"转移到另一个女人的身上，屈辱之感重又遏制她，"正如有人出其不意把她从酣睡中一下拖入猛烈的太阳下面，所碰到的几乎尽是含讥带讽的眼光"。极度的悲愤与绝望使吴楣最终选择了自我毁灭，自戕的失败将她打入更深的心灵炼狱之中。吴楣的悲剧根本上源于人物自我意识的沉沦。她向父母和丈夫妥协而放弃了自己的人生理想，一而再、再而三地放弃了自我的生存原则，寄生于传统封建意识之中，如祥林嫂一般，最终落入“争取坐稳了奴隶的位置而不得”的命运。《折翼鸟》以言情小说特有的感伤笔调，塑造了一个折断了理想的翅膀、不能重返蓝天的知识女性虔。虔曾经参加了学校救亡团体，而后回到家乡广西某县城，过上少奶奶的生活，丈夫亡故之后，成为拥有三百担租谷的土财主家中的当家媳妇，生活富裕而空虚。昔日情侣的归来，唤醒了她对生活的回忆和对理想的憧憬，沉睡多年的个性解放意识逐渐复苏：“思想是我自己的，情感是我自己的。”一时间，小城的谣言四起，她的公婆一面用密藏的金叶珠宝诱惑她，一面威胁用家法惩治她。虔陷入了彷徨之中，既担心自己从笼子里飞向旷野后的经济来源，又对惩治寡妇的种种陋习感到恐惧，在富足的家庭生活与空阔的旷野、新的人生之间徘徊不定，最终在“现在我不能走，可是，我并不从此断念”的自我安慰中放弃了飞翔。小说将人物比作一只折断了翅膀的鸟，空有对理想蓝天的向往，却失去了飞翔的翅膀。作者将批判之箭一方面射向那折去她翅膀的残暴之力——这残暴之力中既有内地小城数千年来承袭的宗法礼俗，也有富足生活的羁绊，另一方面反思人物自我意识的沉沦。在某种程度上，正是虔的自暴自弃使之从根本上失却了飞翔的可能。通过该类形象的塑造，小说让我们看到，恶劣的外部环境对知识女性命运固然有一定的影响，但是，真正起决定作用的是女性自身的思想和意志，妇女的解放道路不是仅凭个体受教育所能够达到的，生存环境，尤其是整个社会思想意识的进步有着十分重要的意义。

其二是中小学教员。

20 世纪上半叶，随着科举制度的废除，新式学校在全国兴起。有关资料表明，20 世纪初至三四十年代，全国高等院校集中于各省会及以北京、上海为代表的大型都市，中、小学校则从城市到乡镇，遍布全国。各乡镇、市镇皆创办中心小学，县城设有中学和简易师范学校，培养并接纳了大量初步接受了现代文明教育的小知识分子。中、小学校是小城镇社会提供给知识分子最大的就业、谋生场所。中小学教员在小城镇知识分子，尤其是中下层知识分子中占有相当大的比例。从20世纪20年代叶圣陶的《饭》、《潘先生在难中》、《城中》、《抗争》、《倪焕之》，柔石的《二月》，到20世纪三四十年代师陀的《果园城记》、张天翼的《欢迎会》、沙汀的《困兽记》，围绕小城镇的文化教育生活，小城镇小说展示了一个庞大的教师群体，塑造了各种类型的教员形象，不仅从一个特定的角度展示了小城镇的社会文化风貌，客观上也将中小学教员引入了文学领域，使之作为一种特殊的人物类型突现于新文学的人物画廊。

20世纪上半叶，随着科举制度和封建王朝的崩溃，现代教育改革已成为历史的必然。在小城镇中小学教员中，最引人注目的是丁雨生（叶圣陶《城中》）、郭先生（叶圣陶《抗争》）、倪焕之（叶圣陶《倪焕之》）为代表的立志于基层教育、勇于变革的新型教师形象。1925年11月，叶圣陶的《城中》通过乡镇教育改革所遇到的激烈斗争，塑造了敢于与旧势力斗争的丁雨生这一青年教师形象。丁雨生为改进古老乡镇的教育，邀集友人回乡办学，此事被教育局长所代表的旧派势力视为洪水猛兽，认为他们是想伸进一条腿，排挤老朽势力，便制造谣言，威胁恫吓，勾结军阀，使出一切伎俩迫使他们的招生困难重重。面对这一切，丁雨生却依然镇定从容，一笑了之。如果说《城中》还未充分地展示出人物的具体行动，稍后创作的《抗争》和《倪焕之》则在表现人物坚强性格的同时，展示了他们的勇敢与谋略。郭先生虽然是一个普通的小学教员，但因痛恨当局贪污舞弊致使学校欠老师薪水不发，提议召开教职员联合大会，联校罢课对抗当局，尝试依靠集体的力量对抗不公平待遇。倪焕之，小镇教育改革中一个坚强的战士。中学毕业，虽未专门学过教育，但对教育有浓厚的兴趣，思想敏锐，积极进取。与当时众多的青年一样，倪焕之不满于现实，但并不耽于幻想与颓废之中，把救国的“一切希望悬于教育”，试图通过“理想教育”培养“正当”的人，使中国一天天好起来。倪焕之以教育救国为理想，积极参与蒋冰如的办学方案，以脚踏实地的精神在学校开办农场、商店。对于改革所面临的种种阻碍，倪焕之有着比蒋冰如更充分的认识和思想准备，在现实斗争中表现出顽强的意志和坚定的信念。面对各种阻碍与恶势力，倪焕之始终坚持自己的信念，矢志不渝。即使在社会上谣言四起、当地权势大肆诋毁、同事纷纷退缩、蒋冰如陷入空虚与苦恼之时，倪焕之依然挺直躯干，准备迎接挑战："譬如海船覆没，全船的人都沉溺在海里，独有自己脚踏实地，站定在一块礁石上面，这是个确实的把握，不可限量的希望；从这里设法，呼号，安知不能救起所有沉溺的人？"以倪焕之为代表的知识分子是小城镇教员中难得的亮点，是那些致力于乡镇教育改革，意志坚定、不畏强梁、敢于斗争也善于斗争的中小学教师的代表。正是他们的努力与实践，构筑了 20 世纪初期中国现代教育的大厦，为以小城镇为中心的广大基层社会的教育改革和发展打下了宝贵的基础。

值得注意的是，小说所塑造的该类人物大多是孤独的。20 世纪初期中国基层教育在某种程度上正如一个混乱的沙场。在这里，新式教育正值方兴未艾之际，传统保守势力依然占据主要阵地。如果说丁雨生、倪焕之等人是一个个驰骋在这块沙场上的战士，那他们也是孤独的战士。作为教育改良的探索者，他们的理想是稚嫩的，不能见容于封建宗法社会中。小说在表现他们的勇敢与无畏的同时，暴露了人物孤立无援、孤掌难鸣的现实处境。小镇的教育改革虽然在倪焕之的努力下坚持了下来，但是他几乎完全用新法教出来的学生在短时期内与其他学校的学生似乎也并没有"显著的区别"。他禁不住满心异样的"失望"与"寂寞"。正是这种失望和寂寞使这个昔日意志坚定的教育改革者最终从小镇走出来，投身于都市革命运动。

综观整个现代小城镇小说，倪焕之式的教员并不多见。由于 20 世纪初期中国基层教育整体上的破败萧条，这一时期的小城镇中小学教师形象大多显得萎靡不堪。这是一支结构复杂、鱼龙混杂的队伍。除了少数聊以度日的世家子弟，具体从事中小学教员工作的，大多是无田产无店铺的小镇居民。相对一般的小城镇知识分子，他们的身份地位更为低下。作为新式学堂的教师，他们大多接受过初步的新式教育，民国以来各地开办的师范学校和县级高小是他们的摇篮，然而，其中也不乏私塾出生、为谋生而跻身其中的中老年教师。“教员”几乎是他们在小镇所能够谋求的唯一的职业，教书实际上也就是他们赖以为生的主要技能，为此他们不仅承受繁重的教学任务，还要忍受来自各方的不公平的待遇。旧学阀、传统地方势力对新式学校的诋毁，传统意识对新式教育的排斥、抗拒甚至敌视，使得他们身处恶劣的职业环境中；繁重而琐碎的工作、微薄的工薪、同行的排挤，使他们整日在疲劳中奔波，多半忘却了从事教育本身的意义；小镇生活的枯寂无聊，使他们中的一部分沦入市井生活之中不能自拔。两种情况相互纠结，形成恶性循环，导致中小学教育整体上呈现出破败萧条之景，大多数小学教师在物质和精神的双重困窘中显得萎靡不堪。他们的面影中既有可怜可悲的一面，也不乏可厌可恶的一面。通过吴先生、潘先生、赵国光、徐佑甫、陆三复和李毅公（《倪焕之》）等形象的塑造，小说在表现他们为微薄之薪而屈膝折腰、百般受欺仍低声下气、临虚惊而失色、暂苟安而又喜的面影的同时，也描述了一幅教员聚赌、不理教务、搬弄是非的阴暗图画。在他们身上，物质生存的困顿与精神的困惑相伴，恶劣的职业环境和巨大的生存压力既淹没了他们作为知识者的精神诉求，卑谦苟安，谨小慎微，患得患失，他们也往往从根本上忽视了教育的本意。人们为了生存而栖身于此，教育沦为人们谋生的手段之一，几乎失却了它特定的内涵。

对教师自身素质的关注是该类人物形象塑造的中心，小说以此暴露貌似热闹的基层教育背后的种种危机和弊端。在小说《倪焕之》中，作者借倪焕之与蒋冰如的一番谈话，根据教师自身的素质及其对教育的态度，将小镇教员分为三种：一是富有资产，生活不成问题的；一是把物质生活看得极轻，不怕面对着艰窘，一心求精神的恬适的；余下来的就是些一心以为有鸿鹄将至的“外慕徙业”者。不在前三种之列而也久守在教育界里的，则多是串演个教员来做幌子的“游荡的少爷”、为了使教台上不至于空着而廉价请来的“代替工”，甚至类似于江湖上的算命先生之流的人物。除了极少数的例外，尽是些不配当教师的人，大多松松懈懈，像大磨盘旁疲劳了的老牛，“没有一点精健活动的力”。他们“守着教职像店管伙计一样，单为要吃一口饭”。从事教师工作，却觉得教师生涯犹如地狱一般，是人间“唯一乏味事”，为习惯所左右，不思进取，顽固守旧，抵制改革。徐佑甫、陆三复是其中的代表。

徐佑甫是一个有着十四五年教龄的教师。十几年来，他完全按照自己对“教师”这一职业和对“学校”的理解从事教学。按照徐佑甫的观念，学校就是一家“商店”，学生是顾客，教师是店员，某科的知识是店里的商品。货真价实，是商店的唯一的道德，所以教师“撒烂污”是不应该的。至于顾客接受了商品，带回去受用也好，半途烂掉也好，甚至刚到手就打碎也好，那是顾客自己的事，商店都可以不负责任。因此，他教授的国文功课，备课是“十分地充足”，课堂教学“十分地卖力”，课外作业的批改也是十分地认真。但也仅此而已。他不相信什么教育主张或理论，也不讲究任何教学教法，在他看来，那些“不是花言巧语，聊资谈助，就是愚不可及，自欺欺人”。十几年来，他一直这样做，他相信这就是整个的教育。对于蒋冰如和倪焕之所热衷的教学改革，他以为不过是些文字方面的游戏，于学童和自己都没有什么益处，不理不睬，消极抵抗。与徐佑甫一样，陆三复教书不过为糊口，认为教师的本分就是教功课，“不撒烂污”。他教学态度生硬、粗暴，与学生发生冲突后，只是将对方像罪犯一样交给级任老师去负责训诫或惩罚，自己“仅有从旁批判那头目处理的得当不得当的事情了”。相比之下，陆三复对教学更随心所欲，缺乏徐佑甫的责任心，以至于对改革不改革，他都没有“成见”。就教学态度和方法而言，教员中也不乏李毅公这样的优秀者，但是这些人一有机会，便“掸干净了他们以为倒霉的，染在身上的，教育界的灰尘”，另就他职。李毅公是师范学校出身，有较丰富的教育理论知识和教学经验。然而在他看来，教师不过是一个廉价的饭碗，他日日所盼的，是进公司“去营那新鲜又丰富的另一种生活”。对于学校的困难境遇，他看得“同邻人的不幸一样”，虽也同情地听着，但不预备在同情以外再贡献什么。在偏远的川西北小镇，中小学教员改弦更张，去当乡村警察，甚至干敲诈勒索勾当的不在少数（沙汀《巡官》、《轮下》）。正因为如此，沙汀在《困兽记·题记》中谈创作时强调："在全书中关于物质生活的困顿情节，我有意写得很少。这是跟我对于题材的理解来的，因为从我看来，小学教师的待遇自然是该提高，但主要却还在别方面。"① 这所谓的"别方面"，除了教师的精神生活以外，理当包括他们作为教育者所应该具备，也必须具备的基本素质和职业道德。

① 沙汀：《困兽记·题记》，《沙汀选集》第2卷，四川人民出版社1984年版。

第四章　小城镇人物（下）

第一节　小 官 僚

这里的“小官僚”特指以县、乡政府为主体的地方基层社会的官吏杂役。行政是小城镇最重要的社会功能之一，小城镇因而成为基层社会管理者及其幕僚的聚居地。在传统“双轨制”的封建政权结构中，地方权力实际上往往为乡绅把持，官僚的势力相对弱小，小官僚数量仅限于知县和衙役。20 世纪上半叶，从南京临时政府、各军阀政府，到国民党政府，先后引入新的民族—国家概念，实施政权体制改革，加强地方权力控制，成立了较完备的县域行政体制，将传统的地方控制权——非正式权力——纳入一体化行政系统内，基层社会权力体制日趋行政化。在县政府之外，逐级设立区公所、镇公所或乡公所，并分别配备县议会、区务议会、区丁、区级雇员、助理员等。其结果，在扶持官僚势力、加强基层行政管理的同时，扩大了地方小官僚的队伍。县长、区长、镇长、乡长，以及国民党的党部委员、保安队长、防空协会主任、议员、巡官等各种名目的新官僚纷纷登上小城镇这一方小小的舞台。地方小官僚队伍之庞大、名目之繁杂前所未有。由于当下基层政权结构的特殊性，以及政局的混乱和政体的更迭，该类人物在小说中呈现出纷繁复杂的状态。以沙汀、张天翼为代表的左翼作家，抓住小城镇社会的特殊性，以鲜明的政治—社会视角集中勾勒了大批基层统治者的形象，塑造了一系列不同层次、不同特征的地方小官僚形象，展示了他们的横行无忌、巧取豪夺和交替沉浮，暴露了 20 世纪上半叶中国基层社会的腐败与黑暗。

一

20世纪上半叶的中国基层社会依然沿袭传统的“县域制”。作为“县域制”内的最高行政长官——县长及其他县府官员无疑是这一地方小官僚群体的代表。“反正”以后，县长取代传统的知县，先后由地方豪绅和外来小官僚担任。由于新政权体制对地方绅士权力的制约，以及县政府为代表的地方政权对乡、镇、区一级统治的加强，相对昔日的知县大人，一县之长的权力不仅联系官、绅，而且直接伸向普通百姓，成为地方集权的代表。受自上而下的政体变革的影响，这一基层社会的政体结构和政治经济面貌也相应发生了变化。与传统县制所不同的是，“中央名义上是集权，机构上也已筑下了直达民间户内的轨道，而实际却半身不遂，所筑轨道反而给别人利用来营私舞弊，大权旁落在无数土皇帝手上”，导致“基层行政的僵化”① 和地方政治的腐败。权力的集中、新政的混乱与腐败，加剧了权势者的残暴和贪婪，为他们牟取私利大开方便之门。对他们而言，官场简直无异于生意场。围绕基层政治面貌的描写，小城镇小说多聚焦于新政以来的县级政府，以“县长”这一地方集权者为代表，塑造了一系列贪婪而残暴的小官僚形象，揭示他们政治上压制小民，野蛮霸道，横行乡里，经济上巧立名目，搜刮钱财，欺诈盘剥的罪恶行径。

《长河》围绕一个萝卜，将乡下人的劳动自豪感与“父母官”的不劳而获、恬不知耻形成鲜明对比。一个农民收了一个32斤的大萝卜，报到县里省里请赏，金牌久久没有得到，反被县衙敲去一笔竹杠。又有某某委员下乡来看大萝卜，免不得大家凑份子请酒，委员吃饱喝足，临走还满携了菜种和肥鸡。如果说在沈从文的作品中，县衙的“委员们”还只是地道的寄生虫，那么在沙汀等作家的笔下，他们则是一群贪婪的暴君。《模范县长》、《代理县长》（沙汀），《一个绅士的长成》（陈翔鹤）等作品将笔锋聚焦于“县

① 费孝通：《乡土重建·流落于东西文化之外的寄生阶层》，《费孝通选集》，天津人民出版社1988年版，第361页。

长”这一人物，揭示了他们利用职务之便以权谋私、贪赃枉法、盘剥民脂民膏的罪行。张县长（《一个绅士的长成》）表面上高喊振兴地方，实际上却与当地绅士勾结，趁战时粮价高涨，囤积粮食，投机倒把，大肆组办各种米庄、槽坊等，赚取高额利润。所谓的“模范县长”更是手握政权，如举“招妖幡”，公开招揽生意，借手中的权力肆无忌惮地牟取高额财富。对他来说，做官就是为了“搂一把钱纸灰”。起先因人地生疏，县长大人多少有点顾虑，稍后便很快将所谓的“公务”搁置一边，经常接待各色绅士，将“皇皇的政令”弃而不顾，以手中的权力为本，公开做起“运粮证”的买卖，以致本县的米价受到严重的影响。由于沉溺于手头的“买卖”，“模范县长”竟然将二月间就下达的收购军粮的政令一拖再拖，直至五月，才在粮管处副主任的催促和提醒下分派出去。此时，当地粮食市场早已在他的“买卖”中演变到难以收拾的境地，在众多的粮户中引起公愤。20 世纪上半叶中国城乡经济的普遍破败，加上延续的战乱和严重的自然灾害，小城镇及周边的乡村同样陷入民不聊生的惨状。然而，民生的凋敝非但不能阻止当权者的敲诈勒索，反而加剧了他们的贪婪之欲，当权者以种种更卑劣的手段搜刮民脂民膏。他们与其说是一县之长，不如说是一群享有特殊权力的奸商，其贪婪之深、奸诈之切，实属罕见。《代理县长》塑造的便是这样一位竭泽而渔的“暴君”。在川西北的一个重灾县，食人肉的惨剧时有发生。县长上任后不久，便离开了那个“连做梦也没想到会这样糟”的小城和“灵房”似的衙门，以请赈为名，到省里活动经费去了。秘书贺熙代理县长职务。这是一个老“跑滩匠”，当过小学教员，在招安军队里混过很长时间，有过烟癖，精于烹调。他每天拎着一串咸肉到居民家中就炊，每次给他们一个值银一分的大铜板，或者半碗剩饭。为了搜刮民脂，他整日苦思冥想。先以“为地方保存点元气”为由，派联保主任带人把守桥头，勒令每个出境的灾民交出五角钱的买路费，由此酿成民变之后，又设法劝诱灾民买候赈票。小说以人物“瘦肉还要炼他三斤油”一句话结束，生动地刻画了一个“贫寒老爷”的卑鄙嘴脸。人物的“代理”身份从另一层面揭示这一暴君形象的普遍性。

20世纪30年代末40年代初，随着抗日战争进入艰难的持续状态，一系列寄生于基层政权的“抗战官僚”形象出现在小城镇小说中。所谓“抗战官僚”，系抗战时期地方政治环境的特殊产物。除县长之外，他们多居县党务委员、党部书记长等职，小说多以民族战争为背景，突出地表现了地方小官僚的腐败与堕落。川西北某县，兵役问题由地方权势和金钱所决定，县长政令朝令夕改。新任县长宣言要整顿兵役，联保主任信以为真，为保住自己的脑袋，将邢幺吵吵第二个儿子缓役四次的事密告上去，使之被抓入城。然而，县长赴了邢幺吵吵的大哥——全县极有威望的绅士的一次宴会，结果就使邢二少爷因点名时报错了数，开除了其打仗的资格（沙汀《在其香居茶馆里》）。某县教育局局长徐松一（艾芜《故乡》）不顾民族安危，阴险狡猾，结党营私，为一己之私，勾结龙成恩，扶植女校校长做爪牙，私办做空头买卖的“利民银行”，滥印钞票，掠夺民财；打着“宣传抗日”的旗号，私办报纸，反击播弄挤兑风潮的“奸人”，唆使警察局局长乱放防空警报，使前来挤兑的百姓空手而散。新县长刚刚上任，徐松一立刻就与他拱手言欢，结为“好友”。与政权腐败相伴而生的是道德上的堕落。许杰《的笃戏》以战时为背景，塑造了一位不顾民族危难、腐化堕落、纳贿渎职的县党部书记长。“的笃戏”原被禁演，但自从书记长太太接受了班主的贿赂之后，戏班便获准改名为“抗日戏剧社”，照演旧戏。书记长则趁太太在戏场撒泼之际，在家与奶妈调情。小说写的是“的笃戏”，上演的却是一个小官僚的讽刺剧。《林家铺子》中，国民党势力的代表人物卜局长虽然到最后才露面，但他们始终威胁、左右林老板的命运，手握国策政令，以权谋私，甚至不顾民族安危，结党营私，大发国难财。小说以此暴露国民党政府的腐败，以及民国时期小城镇社会政局的混乱与黑暗。

二

除县府官员以外，大量乡镇统治者活跃在小城镇政治舞台上。他们的名目繁多，在不同时期、不同区域，或曰联保主任，或曰乡长、镇长，皆为本地出生的“土著”人物。与那些县衙门的“老爷”一样，以权谋私是他们的共性，所不同的则是这些“土著”人物的霸性和痞性。沙汀乡镇小说塑造的“龙哥”系列是这一类人物的代表。同名人物在《公道》、《防空》、《联保主任的消遣》、《呼嚎》、《淘金记》、《防空》、《替身》等作品中多次出现。人物的身份或为联保主任，或为乡长，大多出身模糊，但总不外是“凭骰子和枪炮打出世界来的”，且都生性贪婪、粗野、刚愎残暴。在《联保主任的消遣》中，龙哥是一位城区联保主任，每天随心所欲地摊派赋税，在公园里拉拉胡琴是他头等重要的消遣。在《公道》里，诨名为龙哥的是一个“以冒失和忘性大出名的”的乡长，他最大的能耐是“把省府、县府的命令用了几个粗鲁的字眼宣布出来”。经纪人猪牙子请龙哥到茶馆主持“公道”，情急之中，一语不慎冲撞了他，龙哥不由分说地判定朱大娘胜利，并威胁经纪人：“你敢强句嘴我马上把你关起！”临走，特意对着茶馆里的众人显示自己无上的威严：

> “老实讲，”他十分威严的瞧着眼睛扫了茶堂一转，仿佛他在宣布一件重大事体一样，“不是吹牛的话，连这一点公道都会主张错了，我也不必当这个乡长了！”
>
> ……
>
> ……于是沉默一会，乡长这才傲慢而笨拙的回转身去，以一种意想不到的绅士步调走下阶沿，穿过人们为他让出的火巷子，神气活现地离开了茶馆。

最具典型意义的是北斗镇的联保主任龙哥（《淘金记》）。小说对这位龙哥虽然着墨不多，但人物个性鲜明，生动可感。身在袍界，又位居北斗镇政权之首，龙哥自诩为本镇的“领袖人物”，掌握着全镇人的生杀大权，是北斗镇的实权代表。龙哥从没有读过书，只是因为常常要在公事信札上盖章，自己的名字却认识。虽然已经四十多了，他的精力却很饱满，还像一个年轻人那样强悍。他的直率鲁莽是惊人的，这在对付吃喝、钱财、名誉地位上表现得最突出，因为他可以毫无恶意、毫无打算且毫无愧色地攫取任何自己高兴的物事，又喜欢在大庭广众之下夸赞自己对北斗镇的“功绩”和“贡献”。他满口黑话，粗野狂傲，飞扬跋扈，刚愎自用，突出地表现了乡镇“土著”官僚的霸性与匪气。

龙哥式的“土著”官僚在小城镇随处可见。川西北小镇上，团总敞着衣领，肚袋里装着手枪，大摇大摆地从街头走过，毫无目的地嚷着：“谨防哪一天老子搁它一排排睡起。”为袒护三亲六故不去服兵役，乡长三更半夜派人将一名过路老盐商抓来剃掉胡须送去充役（《替身》）。乡长贪污阵亡士兵的优待谷，竟振振有词：“否则还有人愿当乡长?”（《乡长》）他们是真正的“土皇帝”，其粗野、蛮横、霸道，与地痞、流氓无异。

三

活跃在小城镇权力场上的还有一大群杂役小吏。他们是各种名目的师爷、副爷、秘书、会计，尽管在不同年代、不同区域、不同政权体制下这些小官小吏的称呼各不相同，但皆为乡县官员的听差或幕僚，是连接官与绅、官与民的重要角色，是基层社会诸多条规与律法的具体实施者。他们在一定程度上代表着地方政府和官僚，是地方政权体系中不可忽视的一部分。民国以后，随着中央政权对县乡一级政权的扩张和地方官员队伍的扩大，杂役小吏的数量、成分和地位也有所改变。与中央、省一级的行政组织不同的是，许多省份对大多数县级和中心乡、镇官员的任命只限于行政长官，其他人员的配备多由官员自己解决，这导致了家族式的地方行政管理。这种“一人一衙门”的政权结构模式在周文的《白森镇》里有过形象的介绍。“白森镇”的衙门，原本就是陈分县长的衙门，他一旦离职，包括各种师爷在内所有的差人都随之离去，整个衙门空无一人，新来接任的施服务员连饭都吃不上一口。为了自己的利益和管理上的便利，重要的杂役实际上往往由官员的直系亲属或乡党担任。官员与他们的关系与其说是上级与下级，还不如说是封建主子与门客、幕僚。因此他们行使的是政府的权力，代表的却是地方官员个人的利益。对各位县长而言，他们是家奴和心腹；对广大小民来说，他们则是依仗权势的恶棍。《模范县长》、《一个绅士的长成》、《彷徨中的冷静》、《长河》等作品从不同的层面塑造了一系列杂役小吏形象，其代表人物钟会计（《一个绅士的长成》）、“助理秘书”（《模范县长》）、陈跛三爷（《彷徨中的冷静》）等既是上述地方小官僚形象的有力补充，也是城镇人物画廊中的“这一个”。

口口声声喊着“我们的敝东家张县长”的钟会计，与其说是县政府的会计，不如说是张县长的私人会计。钟会计大肆宣扬且被当地绅士们以为“中肯”的哲学是：“要找钱么，还得正明公道的将本求利才是正理。那一味只晓得从老百姓身上想办法的人，实在为我兄弟个人所不取。……不过既然想要谋利呢，那第一步就必须得从繁荣本地市面，活动本地市面，这一点来入手了。不然，同本地的一般士绅们情感一变坏，彼此一互不相了解，那便只有两败俱伤，一无所可了。”他标榜自己那已做过三年县长的“敝东家”依然是“两袖清风”，所得的几个钱也还是从“正明公道”的生意中得来的。正是在这种哲学的指导下，他帮助县长勾结绅士，刮取民脂民膏，中饱私囊。如果说钟会计只是张县长贪赃枉法的工具，那么“模范县长”的助理秘书则是一个比主子还要贪婪的奴仆。这是一个老是半张着嘴的半老的老人，既是县长的幺叔，也是他的“勾手”。虽然他与旁人一样得不到县长的信任，随时还要挨县长侄儿的臭骂，但毕竟是“自己人”，他对县长的忠诚“无以复加”。县长的每一桩“生意”都由他出面接洽、安排，也在他的怂恿和敦促下完成。每当县长在前堂与人谈着“交易”而尚未切入“正题”的时候，躲在板壁后面的他就会忍不住旧“病”复发，急得跺足，狠狠地叹着气：“太瘟症了！”“简直瘟得伤心！”最终使“模范县长”成为暴发户而后又成为阶下囚的“粮证”买卖，在很大程度上也正是他的“功劳”。

相对而言，陈跛三爷则是另一类杂役的代表。陈跛三爷是地方最有名的刑名师爷。比较钟会计们的贪婪，小说突出地表现了该人物的刁钻与恶毒。在他的笔管下原本已冤魂无数，由于在酒楼无端毒打堂倌，遭到张八胡的制止，一“怒”之下，进城大做手脚，将张八胡父女和革命党一同打入死牢。其他如吕家坪保安队长的走狗师爷、猎狗觅食式的杂役丁跛公（沙汀《丁跛公》）等，虽身为杂役小吏，却是这半人半兽的权力场上的走狗和帮凶。通过该类人物形象的塑造，小说揭露基层政权的黑暗与腐朽，同时反思并质疑当下基层政权体制的合理性。

四

19 世纪末 20 世纪上半叶，中国基层社会多种政体频繁更迭，官、匪、兵、绅等各种势力集聚小城镇，导致小城镇地方官僚身份的多重性。以辛亥革命后频繁变化的中国基层政体为背景，现代小城镇小说描写的地方小官僚形象不仅名目繁多，其身份更是复杂而多面。小说多紧扣人物身份的这一复杂多面性，从不同的层面真实地表现了特定历史时期小城镇的社会政治面貌，暴露了该类人物形象普遍贪婪、腐败的社会文化根源。

首先，小城镇地方官僚集中表现为两种身份的重叠。一种是半官半绅，一种是军阀兼官僚。随着传统绅士的分化、没落，绅士阶层在被解除了封建特权的同时，也开始以各种方式公开介入地方政权，由绅而官，小官僚大多由地方豪绅担任。“绅官”也因此成为小城镇社会一种普遍的小官僚形象之一。李缙绅和胡国光是该类形象的代表。与此同时，近现代中国社会的动荡不安使“军绅政权”在相当长的时间内成为一种独特的政体。在防区之内，各级政府都变成了军人领导的军—绅政权。地方官往往直接受制于大小军阀或直属于军队编制，“人员的任命以同乡、同宗、同学、亲戚，旧部下为标准”。① 地方主要官员往往同时也是军人。县长浑身武装，县城的城门桥头由团丁把守，县外山上是军队和土匪（沙汀《苦难》）的现象比比皆是。在其他地区，为了对付来自军人、土匪和叛变的农民的威胁，地方绅商组织了自己的武装，最常见的是由豪绅把持的团防和商团，县、乡级政府则设有保安队。由于这些武装实际上都把持在官僚或豪绅手中，加上装备训练皆不到位，不能

① 陈志让：《军绅政权——近代中国的军阀时期》，三联书店 1980 年版，第 29 页。

防兵，也不能防匪，实际上成为军队、地方政府和豪绅盘剥、镇压民众的工具。特殊的政权决定了地方官僚的特殊身份，也使得他们较之传统官僚更加贪婪、无耻，也格外专横、残暴。拥有武器和军队使他们恃强凌弱，而且毫不掩饰，对百姓的盘剥达到了一种近乎疯狂的地步。“百顺街”的“王爷”（师陀《百顺街》）、吕家坪的保安队长（沈从文《长河》）等人皆名为保一方平安，实际上却是百姓和平安生活的直接威胁者。“王爷”名为“百顺街”的缉查队长，在百姓眼中却与地狱“阎王”无异。他的部队全是土匪、恶棍出身，缉拿贩卖私盐的百姓，酷刑之下总要使之倾家荡产。缉查队长的威风使得王爷整日在街上横冲直撞，在茶馆里白吃白喝，马鞭就是他的“名片”。他总是提着马鞭，上衙门时提着，入戏场、进妓馆时也提着。行人见了就回避，以免王爷的“名片”误投在脸上。他那匹肥得快要成龙、如猛虎一般可怕的马和他一样在百顺街上恣意践踏，弄得尘土遮天、孩子哭声盈地，踩死了棺材铺老板的父亲，王爷与丧主合资办丧便草草了事。武器和装备同样是吕家坪的宗姓保安队长横行乡里、横征暴敛的工具。这个自诩为“见过世面”的人物，在省中学念过书，镀上了一层都市时髦的“文明”外衣，骨子里渗出的却是虚伪和铜臭，与乡下人的素朴人格迥然相异，却自视颇高，时时环顾乡下人，摆出一副不足与语的官架子。依仗特殊的身份和权力，保安队长不断向地方收取军饷，强行向橘林主人滕长顺“购买”橘子。他看中了滕长顺年轻美貌的小女儿夭夭，百般挑逗调戏，企图霸占。在古风朴朴的湘西小镇，保安队长无疑是诸多外来强权统治者的代表，是摧残人性的社会恶势力的走卒。通过这一具有特殊身份的人物形象的塑造，沈从文以沉痛的笔调揭示了现代军阀专制对湘西城镇古朴、宁静生活的侵扰。

与此同时，各种官僚与多种地方势力集聚于一体。小城镇盘根错节的社会网络，使得从县长到各级乡镇官员，每个人的宦海沉浮往往与各种地方势力有着千丝万缕的联系。在对该类人物的塑造过程中，小说多聚焦于地方官僚与各种地方势力的联系，揭示人物贪婪、残暴背后复杂的社会背景，表现小城镇社会错综复杂的政治面貌。沙汀、李劼人的小城镇小说塑造的小官僚形象几乎都带有袍哥、教会或哥老会的背景，大多数乡镇“土著”统治者同时也是这些地方组织的重要成员。19世纪末20世纪初，随着外贸经济的迅速发展，商品经济日益活跃，城镇的数量迅速增加，人口日益膨胀。由于受统治体制的制约，传统社会组织对此难以适应，城镇治安问题逐渐突出。与此同时，绅士阶层在社会变迁中分化、没落，传统的四民结构被改变，这些造成巨大的社会动荡，民众在道德观念和行为规范等方面处于无序、混乱的状态。袍哥、哥老会正是适应这一社会需要而出现的特殊的社会组织。他们利用民众的依附心理，充当特殊的治安维护者，协调关系，规范行为，广泛涉足地方公共管理事务，迅速向地方政权渗透，不仅与官吏相互勾结，甚至直接充当吏目，影响、控制地方政权，逐步成为乡镇的权威和基层社会的“管理者”①。无论是陈三大王（《龚老法团》），还是“龙哥”人物系列，他们的霸道都源于地方强权势力。陈三大王原不过做过几天官班法政，仅凭拔贡大哥和哥老会兄弟的势力，打倒了那个诨名“疯子举人”的政敌，上台做了县长，也因为此，他的狡猾、刻毒也远远胜过了“疯子举人”。龙哥之所以成为掌管北斗镇的“第一人”，以“无上权威”横行乡里，不仅仅是因为他的联保主任的身份，更重要的是他的袍哥领袖的地位，正是这一特殊的社会身份赋予了“土著”官僚霸性与匪气，“在他身上既反映了哥老会帮派的特质，又集中了国民党流氓政治的重要特征”②。

复杂的社会环境和身份结构必然导致小城镇统治者人物性格的多面性。在平民百姓面前，他们是拥有无上权力的“土皇帝”，却又处处受到各种地方势力的牵制甚至胁迫，尤其是上级各层官僚和政权的强制性制约，时常面临“狼”的盘剥与威胁，由此导致心理失衡，这反过来又加剧了他们对百姓的掠夺，将特权者的赋税徭

① 秦和平：《对清季四川社会变迁与袍哥滋生的认识》，《社会科学研究》2001年第2期。

② 曾广灿、汪春泓：《沙汀代表作·前言》，黄河文艺出版社1995年版，第2页。

役以及自身所遭受的盘剥加倍地转嫁到平民百姓身上。对弱小无辜的百姓而言，他们无异于残暴的君王；在诸多强权势力面前，他们又是卑躬屈膝的奴才。小说多将人物放置在各种复杂的社会环境之中，结合人物复杂的身份，揭示小城镇统治者“狼”与“羊”的双重性格特征。李缙绅和方治国（《在其香居茶馆里》）是其中的代表人物。李缙绅虽蛰居在小小的蒿坝镇，但下鱼肉百姓，上则直通省府。浙江省府迁址，传说省府官印就藏在他的府中。李缙绅收拾了许多“英雄好汉”，才荣升为镇长。对民众真可谓是气焰熏天，动辄火冒三丈；对强敌则卑躬屈膝。杭州失事之日，身居一镇之要职的李缙绅潜回小镇，组织便衣队深夜起事，乱放鞭炮，捣鬼吓人，显示了传统基层社会政治机构“暴君和奴才的双重机能”①。联保主任方治国更是一位典型的“软硬人”。所谓“软硬人”，即“碰见老虎他是绵羊，如果对方是绵羊呢，他又变成了老虎了”。《在其香居茶馆里》以抗战时期国统区兵役弊政为背景，生动地描写了这种可笑又可恶的“软硬人”。方治国本是一匹欺压百姓、以权谋私的“狼”。在那些地位贫贱、身份孤寡的人们身上，他榨取钱财手段之毒辣比土匪头子还要厉害。不料唯一一次执行政令却使自己处于被倾轧的地位。邢幺吵吵本身虽然无职无权，但他的大哥——邢大老爷——却是全县知名的绅士，舅子是县财政委员。邢幺吵吵“气势汹汹”的吵闹和“吃讲茶”严肃、紧张的气氛，无不让方治国体会到这一特殊关系的厉害程度。一方面是新任县长的兵役整顿，另一方面是地方绅士不可藐视的权势与威望。方治国是既担心政令的惩治，又深悔自己一时的“糊涂”，捅了马蜂窝，不知如何收场。整篇小说以双方的争吵为中心展开，张牙舞爪、得寸进尺的邢幺吵吵，与半软半硬、惶恐不安的方治国形成鲜明的对照，生动地表现了“狼”一般的地方小官僚在“顽敌”面前“羊”的本性。

值得注意的是，结合具体的社会环境，小说深刻地剖析了这一

① 杨义：《中国现代小说史》第3卷，人民文学出版社1986年版，第296页。

特殊性格的社会、文化根源。方治国成为一个地方小官僚的经历本身就是一个由羊到狼的过程。他本是一个“糊涂而胆怯”的人。胆怯，因为他太有钱了，而在这个边野地区，他又从来没有摸过枪炮。这地区是几乎每个人都能来两手的，还有人靠着它维持生计。方治国之所以踏进仕途，不过是实力派的一种“阴谋”。在地方权势者眼中，他出身低微，祖上不过是“钻狗洞的衙役”。好些年前，因为预征太多，许多人怕当公事，于是联保主任这个头衔忽然落在他头上了。一向忍气吞声的日子驱使他接受了这个“挑战”。他起初老是垫钱，但后来通过回扣、黑粮等手段尝到甜头了。他开始享受并陶醉在作为当权者的种种好处中。当他走进茶馆的时候，替他招呼茶钱的声音越来越响亮，大门上也有了一道县长颁赠的匾额——“尽瘁桑梓”。然而，不管怎样，正像他自己感受到的一样，“在这回龙镇，还是有人压住他的”。这里有他的势力尚远不能及的种种强权，无论是前清秀才、八年前就已经退休的团总陈新老爷之辈，还是有豪绅撑腰的刑幺吵吵之流，他都不能不小心对待。身处这种种权势盘根错节的小镇，他难免会有所得罪。每当遭遇强劲的对手一时不知如何处理时，装聋作哑、且战且退就是他的惯用伎俩。只要对方不辱其祖先，他总能忍耐。为了掩饰自己的无奈和无能，他总是带着一种“嘲笑的意味”，至于是嘲笑自己，还是嘲笑对方，“那就要全凭你猜了”。作者感叹道：“他是经常凭借这点武器来掩护自己的，而且经常弄得顽强的敌手哭笑不得。”正是通过对小城镇官僚多种身份和复杂性格的剖析，小说将批判的锋芒从一个个小官僚成功地指向乡土基层社会半人半兽的权力场。这也正是该类人物的社会价值和文学意义之所在。

第二节 小商人

明清以来，中国农村商品经济迅速发展，地处都市与乡村之间的小城镇成为城乡商品网络中心。小商人聚居小城镇。据中华人民共和国成立初期的调查，1949 年前后，全国纯商业小商小贩 3990 户，占私营商业总户数的 91.8%；从业人员 541 万人，占私营商业人数的 81.7%。这些小商贩有 40%的户数在农村。以此推测，“农村市场较为发达的时期是在二三十年代，这一阶段农村商人可能会接近 300 万人”。① 而这所谓的“农村”商人大多数为小城镇商人。小商人的经营不仅成就了小城镇本身的商业贸易，而且在整个城乡商品经济的流通中起到了十分重要的作用。

受传统轻商意识的影响，商人在中国传统文学中极为少见。19 世纪末 20 世纪初，受经济大潮和民主主义思潮的影响，商人引起了人们的关注。中国社会转型初期的社会面貌决定了小城镇商人的命运，同时也赋予了该类人物特殊的社会意义和文学价值。小城镇小说以 20 世纪上半叶中国的政治、经济、文化为背景，结合小城镇特定的区域面貌，塑造了一系列小城镇商人形象，丰富了现代小说的人物画廊。

一

“传统型小商人”是 20 世纪初中国小城镇商人的主体，也是现代小城镇小说所塑造的小商人的主体形象之一。这里所谓的“传统型小商人”，主要指 19 世纪末 20 世纪上半叶，活跃在小城镇中小型店铺的铺主和手工业者。小城镇区域经济特征、传统的文化心理、商业模式和生活方式，使之明显区别于现代都市商人和其他新型商人。他们是农业文明而非工业文明的产物。由于资金、商业环境等条件的限制，他们的商业范围、经营规模等也皆受到明显的限制。传统的商业“成规”使他们惯于守一片祖传的店面和经营方式，靠老牌店号和人情维持生计。农民是他们的主要经贸对象，乡村经济状态、农民的消费水平是市镇经济的晴雨表，其命运明显地受到乡村经济的牵制。长期的小本经营、将本图利，小城镇资源的限制和销路的狭窄，使他们更多地受制于地方权势和同行竞争。他们大多保守迷信、谨小慎微、安分守己，虽常受人播弄，却多能忍辱负重，委曲求全，在时代的变迁中成为外来文明和资本冲

① 费孝通：《乡土重建》，《费孝通选集》，天津人民出版社 1988 年版，第 306 页。

击的苦恼者和牺牲品。

明清以来小城镇的稳定与发展，使小商人逐步改变了早期集市商人的流动性，不仅有固定的经营对象和范围，而且往往有固定的店铺。他们已不再是翻山越岭、走街串巷的小贩，也不是处于风云急变之中的都市商人。长期的定居贸易，加上市集的狭小、资金的限制，使他们背负着因袭的历史重负。相对乡村农民，小城镇商人是初步脱离了黄土地的一群，但在风俗习惯、社会成规和心理信仰等方面，仍沿袭着千百年来的传统，即使在已经明显受到外来工商文明冲击的江浙沿海地带也依然如此。《菊英的出嫁》、《银变》（王鲁彦）等作品用文化批判视角着力展示了小城镇传统小商人普遍的生活面貌和文化心理。《菊英的出嫁》细致地描写了江南小镇一富商之家郑重地为死去十年的女儿举行婚礼的过程，于浓郁的乡风民俗和宗教仪式之中，生动地表现了城镇小商人的生活成规。《银变》中的商人赵道生抱着冒险投机、追逐暴利的心理，派儿子私运洋银去日本兑换现钞，随即便做了一个“珠玉满怀”的好梦，醒来翻查皇历，却得“主大凶”的谶语。全篇在宗法社会的浓厚的阴影中，展示了传统小商人带有原始色彩的迷信、愚昧的文化心理。

19 世纪末 20 世纪初，现代工业文明对小城镇的波及给小城镇宗法色彩的商业贸易带来了一些新的因子。小商人的特定身份，使他们成为最初受到撞击的一群。许钦文、王鲁彦等作家的作品在揭示小城镇商人传统文化心理的同时，以江南小镇为背景，表现了他们在现代工业文明冲击下的特殊命运。许、王两人的故乡皆处于江浙沿海地带，其中，王鲁彦的家乡镇海县是一个滨海沿江的地方，远在唐代便置望海镇，它所隶属的宁波府，唐宋以来便是我国外贸港口之一。在近代最早签署的不平等条约《南京条约》、《虎门条约》中，宁波被列为“五口通商”的商埠之一。外来工业文明和商业资本惊扰以农耕文明为基础的商业成规，小本小利、靠人情和信用维持的传统商人受到铁一般的价值规律和自由竞争的打击，传统小商人的命运已初步打上了外来工业文明的烙印。由于缺乏充分的思想准备，加上资金的微薄，他们大多遭受洋机器和大商家的排斥和挤压，在残酷的竞争中不堪一击。《桥上》是这一类作品的代表。主人公伊新叔是个勤劳、诚实的小商人，做了二十多年的南货买卖，门路颇多，生意也日益兴旺。但是依靠雄厚的资本，并以洋机器武装起来的永泰商行，利用高效率和低价格，使他的货物滞销，最终蚀本贱卖。从前敬重他、在他的商店中存款的镇民，也因此抽走款项，南货店处于倒闭的边缘。

小说由此开启了现代小城镇商人“破产”这一重要主题。在19世纪末20世纪初期的中国资本主义市场中，小城镇尤其是内地小城镇经济原本就受到来自各级商人的“层层盘剥”①。加上城乡经济的普遍凋敝和破败，尤其是沉重的苛捐赋税，使得这里的小商人普遍面临破产的命运。

20世纪上半叶，由于外来资本、机器大工业的冲击，以及连绵的战乱与政权的腐败，中国的城乡经济普遍衰败。作为半封建半殖民地社会的初级市场和城乡经济网络中的重要一环，小城镇承受着因都市和乡村破产转嫁过来的多重损失。集镇初级市场上的小店铺联系着农村，也联系着上海等大城市，城乡的变化给它带来了重大影响。大量税款与军费的摊派，以及绅士、官僚等特权者通过各种途径转嫁而来的赋税，使他们中的大多数更是不堪重负。② 据陈志让的《军绅政权——近代中国的军阀时期》记载，民国初年，从中央到地方，包括正规部队和团防等各种形式的武装组织，军队数字之庞大到了难以估量的程度。随着地方军政财权的不断增长，中央所能掌握的军事和财政资源不断减退，中央军费预算逐渐减少，增加的军队只能从地方的经济资源中取得所需的费用。其中，“县一级政府负担的军费增加得比省一级更快”，军费之高，摊派之频繁，使某些县政府和团防局实际上“都变成了代军队受税和办兵差的机关”。巨大的军费负担持续地压向县、乡，农民固然承

① 吴承明：《中国资本主义与国内市场》，中国社会科学出版社1985年版，第111页。

② 陈志让：《军绅政权——近代中国的军阀时期》，三联书店1980年版，第22、114、116页。

担了其中的一部分，小城镇商人也难避勒索，“尤其在需款很急的时候，他们的负担特别沉重”。茅盾在《故乡杂记》中曾经感慨：“时代的轮子以不可阻挡的力量向前转，乡镇小商人的破产是不能以年计，只能以月计了！我觉得他们比之农民更其没有出路。”①关注挣扎在破产边缘的传统小商人的命运是茅盾小城镇小说的叙事重点。围绕这一主题，茅盾成功地塑造了林老板（《林家铺子》）、李惠康（《多角关系》）等人物形象。林老板是20世纪30年代江南小镇一家普通的杂货铺老板，一个善于经营而又小心翼翼、安分守己的市镇小商人，忠信、诚意，不想骗人，不赖账。保全自己的一片店铺，平安度日，是他最大的愿望。作为商人，林老板是精通生意经的，这是他谋生和发家的重要手段，也是他企图摆脱困境的武器。小说于紧锣密鼓中以细腻的笔触描写了林先生“卖伞”的细节。林先生靠在柜台上，用了“异常温和的眼光”迎送所有经过他铺面的本镇人，遇到顾客来，便让小学徒送上一杯便茶，外加一枝“小联珠”，巴结而又殷勤。在价目上，也格外让步，遇到哪位顾客一定要除去一毛钱左右尾数的时候，他就从店员手里拿过算盘算一会儿，然后“不得已似的”把那尾数从算盘上拨去。集商人的狡狯和不得已的苦衷于一体，林老板真可谓具备了一个商人的全部智慧，施展了浑身的解数，可是仍然一步步走向破产的命运。“林老板，你是个好人。一点嗜好都没有，做生意很巴结认真。放在二十年前，你怕不发财么？可是现今时势不同，捐税重，开销大，生意又清，混得过也还是你的本事。”小说借上海讨账客的一番话揭示人物悲剧的时代性。在林老板身上，善于经营、安分谦和的性格特征与多种复杂的现实环境形成不可克服的矛盾。小说以细腻、生动的笔调揭示了人物破产命运的不可逆转性。林老板的命运首先源自乡村经济破产和都市经济危机。乡村经济的破败使得乡庄生意走光，尽管林老板亲自出马，用动听的语言兜售一把雨伞，但这一笔小小的生意也依然没有做成。为摆脱“八一三”带来的危

① 茅盾：《故乡杂记》，《茅盾全集》第11卷，人民文学出版社1984年版，第123页。

机，身在上海的民族资本家收紧银根，加紧对城镇小商人的盘剥。东升号派来收账员索债，恒源钱庄扣留庄票，派人到店里提取每日八成的营业额。其次是同行间的挤对竞争。“裕昌祥”为了与林家铺子争夺顾客，制造谣言，中伤诋毁，乘机挖货，加剧了林家铺子的破产危机。所有这些工商业者内部的矛盾倾轧，又都因日本帝国主义侵华战争而激化起来。此外，小说展开矛盾冲突的场景虽然绝大部分在林家铺子的铺面和内宅，但仍连接着当时社会生活的一些重要方面。国民党势力的代表人物卜局长虽然没有出场，党部的黑麻子到最后才露面，但他们自始至终威胁着林老板的命运。一次又一次的敲诈，繁杂的捐税，兵队的“借饷”、拉夫，加上卜局长对林小姐的胁迫，重重阴影向林老板压来。在万般无奈之中，林老板最终带着爱女逃往他乡。在林老板从挣扎到卷逃的整个过程，作者历历写来，真是“殆天数，非人力”。相对而言，李惠康是一家颇殷实的洋货铺老板。从李惠康手中的那一叠账单来看，他原本是一个精明的商人，生意做得不错。1934 年年底中国金融界的恐慌和乡村经济的破产，却使他与众多的小城镇商人一样，陷入小城迭起的讨债、逼债的纠纷之中，成为经济破败的受害者。小说将人物置身于纷繁复杂的债务纠纷之中，通过唐宅讨债、店前应付债主这两个细节，充分展示了他的精明强干。然而，他的收入却无法由一叠账单换成现金。无论是放出去的账，还是存款、货款，一时间都难以兑现。客房、伙食、朋友的薪工，家里的店账，样样逼紧。为了摆脱破产的厄运，他凭着一股“蛮劲”，从唐子嘉处逼出了房契，并以少有的精明应付众多的债主，但是殷实的钱庄不约而同地坍下来，仅有的两张期票都变成了空头，大业主的房契也失去了原有的信用，他的一切努力瞬间都变成了徒劳。

20 世纪三四十年代，“破产”几乎是所有小商人不可避免的共同命运。林老板等破产小商人的价值和意义正在于他们所处的小城镇这一特殊的社会区域。小说选择林老板、李惠康等小城镇商人作为表现对象，人物的命运上既可以与上海等大城市勾联，下又可直接与乡村连接起来，正好抓住了剖析当时社会生活的一个焦点和枢纽。小说以此聚焦小城镇这一半封建半殖民地社会的初级市场特征，深刻地再现了半封建半殖民地中国经济的普遍破败。

在中国现代知识分子笔下，小城镇商人是20世纪上半叶中国城乡经济破败的牺牲品和见证人，是“时代转变中的不幸者”①。半封闭的经济体制和传统的经营方式的制约、宗法势力的扼制、外来经济的冲击、帝国主义的掠夺和延绵战争所造成的普遍动荡的社会局势，使他们更难以把握自己的命运，具有浓郁的悲剧色彩。同时，作家也委婉地批评了他们的思想狭隘与目光短浅。因为抵制日货的浪潮波及自己的铺子，林老板感到“气愤”，“一·二八”沪战爆发，满街人人为了上海的战事而无心顾及生意的时候，林老板“始终在愁虑他的正事”。《清明时节》、《赛会》、《动摇》、《怂恿》（彭家煌）、《死水微澜》（李劼人）等作品也从不同的层面摄下了他们生意之外的人生状况，通过谢六标、政屏夫妇等形象的塑造，表现了小商人的老实、胆小、谨慎、怯懦，及其为地方强梁所把持、受人拨弄的人生境况，对他们所遭遇的不公平的命运寄予深切的同情，同时对人物自身的愚昧和狭隘悲叹不已。

二

19世纪末20世纪初，随着中国社会转型的逐渐深化，现代工业文明从都市向周边小城小镇的冲击不断加强，影响渐趋深远，资本主义经济已经在宗法体制内萌芽，一批新兴商人出现在古老的小城小镇。受中国社会现代化进程的限制，该类人物在当下小城镇虽然还远未成为主体群，且主要集中在江南、东南等沿海地区，但他们无疑是现代工业文明的产物，代表着现代工业文明在小城镇最初的足迹。在他们身上，既晃动着传统商人的面影，也打上了现代文明的烙印。由于经营范围和身份地位的差异，该类人物大体可分为机器工厂主和绅商两种类型。

这里的“机器工厂主”，指的是拥有新型机器产业的小城镇商人。现代社会转型的一个重要标志是机器化工业对传统手工作坊的

---

① 茅盾：《故乡杂记》，《茅盾全集》第11卷，人民文学出版社1984年版，第89、90页。

替代。在近现代中国社会，随着现代工业文明影响的不断深化，机器化工厂出现在沿海小城小镇，机器厂主也成为小城镇商人的一种。作为新兴商人，他们赖以生存的，不再仅仅是传统的自然经济和农耕文明，而主要是庞大的机械和同样庞大的市场经济。他们的活动范围也因此不再局限于小城镇，而是扩展到现代都市。然而，他们又毕竟不是都市商人，而是地主兼资本家的雏形。与所有20世纪初的小城镇商人一样，他们的根基在小城镇，他们是机器厂主，同时也是市镇店铺老板和乡村地主，摆脱不了宗法体制的束缚，对市镇和土地表现出明显的依赖性。在对该类人物形象的塑造中，都市和乡村依然是影响他们命运的两个重要因素。在他们身上，既有一般小城镇商人的烙印，也显示出资本主义资本原始积累时期的经济面貌。唐子嘉（茅盾《多角关系》）是这一类人物的代表。这是一个“吴荪甫型但规模较小的人物”①，拥资几十万，不仅在乡下有田地，在上海有市房，在小城还有机器化的丝绸工厂。然而，他毕竟不是吴荪甫。唐子嘉与吴荪甫的区别不仅在于资金的多少、经营规模的大小，而主要在于他对小城的依赖。吴荪甫虽然也出身于江南小镇，但是，无论是思维方式和经营理念都已基本上脱离了小镇。他曾经游历欧美，拥有丰厚的资金，具有非凡的胆识和过人的谋略，以振兴民族工业为已任，驰骋在民族工业和公债市场上，是一个真正的现代都市资本家。相比而言，唐子嘉仍是一个靠地租和房租发家的商人，没有吴荪甫的野心和冒险精神。但是，他显然已不是伊新叔，也不是林老板、李惠康。曾经拥有的丝绸厂以及上海的市房证明了他对外来工业文明积极回应的态度。然而，与所有小商人一样，唐子嘉也面临“年关难过”的困境。洋货入侵，产品滞销，田地少收，谷贱伤农。城乡经济的普遍破败使他有田收不到租米；卖了市房收不到房租；开了绸厂，产品堆积起来像一座山，“压到他身上，活埋了他”。现钱都变成了地皮、市房、机器、货物，地皮、市房、机器、货物却又无法变现，钱都变成了一本本账单，加上名目繁多的正税和“比正税还重的附税”，

① 余列：《多角关系》，《清华周刊》1937年第45卷第10、11期合刊。

唐子嘉也不得不外出躲债。

唐子嘉是城乡经济破败的承担者和牺牲者，但同时也是剥削者和经济凋敝的制造者。他将部分损失转嫁到失业工人和其他小商人身上，把他们推向不幸的深渊。小说结尾强调了唐子嘉与一般小商人的不同命运——年关虽然把他僵住了，他被工人包围得狼狈不堪，但他依然可以躲到饭店开房间，安心地坐在那里打牌，等待坐晚间的快车回到上海。无论怎样，他还有地皮、市房、机器、货物，他还可以吃“钉子”。可见，年关时节的困境对唐子嘉来说，只是暂时的银根吃紧，“僵住”却并不是僵死。真正受到损失的是李惠康那样的小商人。所谓“锤子吃钉子，钉子吃木头”，李惠康便是那被吃的“钉子”，但他下面的“木头”却是些什么也榨不出来的干枯的“木渣子”，因此只有在一片破产的哀声中精神失常地流落街头。小说一方面通过这一机器厂主的经济困境表现了经济破败在各阶层引起的恐慌，展示了中国社会转型初期民族工业的艰辛，同时也通过人物与丝绸厂工人和普通小商人的劳资与债务纠纷，暴露了中国资本主义资本原始积累时期的血腥掠夺。

“绅商”是中国近现代社会转型过程中出现的一种新的社会阶层，主要包括转向近代资产者的传统绅士，以及一部分由商而绅的特权阶层。按照“士农工商”这一传统等级划分，绅士与商人在社会地位上存在着明显的高低之分。清末以来的社会变迁使两者之间的差异日益缩小。一方面，近代以来资本主义经济的萌芽带来的社会风气的变化影响了人们的价值观念，商人的社会地位随之抬高。封建王朝的崩溃、绅士特权的削弱，使得相当一部分绅士向商人转化，由绅而商。另一方面，一部分商人在取得商业利润后，公开追求社会地位，由商而绅，成为小城镇新的特权阶级。据有关资料记载，清末民初，仅苏州的吴江、震泽、盛泽、昆山、新阳、梅里六个县、镇，有功名和职衔可考的绅商就有近 200 人。① 20 世纪三四十年代，一般意义上的“绅商”则几乎成为一个庞大的群

① 陶鹤山：《市民群体与制度创新——对中国现代化主体的研究》，南京大学出版社 2001 年版，第 104 页。

体。与伊新叔、林老板等城镇传统的店铺小商人所不同的，不仅仅是他们有雄厚的商业资金，更重要的是他们有特权地位和崭新的商业意识。作为一个新兴的商业特权阶层，他们不仅具有较开阔的视野，同时拥有一定的社会地位，与地方强权势力有着千丝万缕的联系，其中部分人也拥有新型的机器产业。封建特权意识和现代商业意识使他们成为近现代中国社会转型过程中的“这一个”。围绕20世纪上半叶中国小城镇政治、经济和文化的变迁，小说塑造了王伯申（茅盾《霜叶红似二月花》）、蔡兴和（艾芜《故乡》）等一系列绅商形象。在具有现代民主主义意识的知识分子眼中，绅商是小城镇社会新兴特权阶层的代表。在他们身上，一方面保留了绅士阶层的特权意识和地位，另一方面又沾染了传统商人的奸诈、贪婪，他们的出现固然带来了一些新的工商业气息，但却在扰乱原有经济结构的同时尚未从根本上建立起一种合理的社会秩序。小说对该类人物表现出强烈的批判态度。

蔡兴和是一个“绅商”与传统“奸商”的结合型人物。身为四川某县的商会会长，蔡兴和表面上为人和气，热心公益事业，不仅出资办报，捐款兴学堂，而且救国捐款也比一般人多，令余峻廷等人觉得“商人而能如此”，实在“难得”。但他背地里却干着抢夺他人山地的勾当，利用自身的特权和多年积累下来的盘根错节的社会关系，一方面滥伐林木，发国难之财；另一方面与徐松一合谋在县城掀起换票风潮，鼓动商家和城乡民众向“利民银行”抢兑私印小票，致使银行债台高筑，无法周转，小商人和其他无辜小民纷纷破产。蔡兴和投当时的抗战时机，变相为自己做宣传，捐资所办的报纸实际上不过是他们的御用工具。奸诈与贪婪使这个人物身上明显地晃动着传统“奸商”的影子，人物错综复杂的社会关系和非同寻常的地方特权又使之拥有一般奸商所没有的商机和社会影响力。正是他的存在加剧了民众的苦难，将原本风雨飘摇的小城经济推向了更加阴暗、险恶的境地。

如果说蔡兴和的形象着力揭示了绅商这一阶层的投机性和危害性，那么王伯申的形象则主要表现了该类人物所代表的资本主义经济在宗法体制内的萌芽状态。王伯申是江南小县城轮船公司的经理。王伯申在县里的地位是特殊的，他是轮船公司的创始人，新兴资产阶级的代表。然而，与唐子嘉之流的机器厂主不同，他也是小城“数一数二的绅缙”。王伯申的思想意识也是双重的，一方面，主动地接受现代工业文明的影响，具有开阔的视野和相当的胆识；另一方面，与保守势力赵守义一样，强烈抵制五四新文化运动，大骂“家庭革命”，相信“风水”，强行包办儿女婚姻，思想迷信而保守。为了发展地方经济，进一步扩大自己的经营范围，提升自己的特权地位，王伯申试图借助现代工业技术和商业信息拓展商路，创办“贫民习艺所”。为此，他打算动用赵守义长期把持的积善堂存款，终因抵挡不住阴霾四合的封建势力的威压，向盘根错节的地方权势妥协。王伯申的失败固然源于自我力量的相对薄弱。但是，轮船对农田的冲毁，以及王伯申对这一现象的漠视是其中的一个重要因素。这不仅成为赵守义的把柄，也加剧了轮船公司与地方利益的冲突。通过这一形象的塑造，小说让我们看到，随着社会结构的变化和新的生产方式的出现，绅商正逐步发展成为一种与传统的缙绅相抗衡的新的特权阶级。然而，其力量尚显得相对薄弱。落后的思想意识和思维方式，以及资本主义资本积累初期的剥削性，给他们前行的步履烙上了几分沉重的印迹。

第五章　都市、乡村“他者”与小城镇叙事

“他者”是一个相对“本体/主体”存在的概念。在现象学运动中，他者理论涉及的是他人意识的呈现（胡塞尔）、他人的存在（萨特、梅洛-庞蒂）、他人的绝对他性（列维纳斯）等问题。在分析哲学运动中，这一理论主要与他人心灵的认识（罗素）和私人感觉的语言表达（维特根斯坦）等问题相关。正如巴柔所说，“一切形象都源于对自我与‘他者’，本土与‘异域’关系的自觉意识之中，即使这种意识是十分微弱的”。所谓“他者”，就是可使我们“换一种方式来思考问题的东西”。① 他者的根本任务是参与本体或自我的建构。在文学创作中，通常以某种明显“异”于叙述本体或外在于主流话语的方法为本体“设镜”，通过他者的目光言说本体，或者在他者形象的塑造中建构本体。

19 世纪末 20 世纪初，中国社会转型的不断加深逐步打破了传统的一元化农业体制，小城镇成为一种介于都市和乡村之间、非城非乡而又亦城亦乡的社会区域。小城镇特殊的区域特征决定了小说的叙事方式。部分小城镇小说打破了正面表现、自我关照的叙事常规，将都市、乡村作为“他者”引入小城镇叙事，从反面以对峙的方式展示了一种独特而有效的叙事视角。

第一节　都市“他者”

正如施蛰存所言，20 世纪上半叶，影响文学创作的因素“除

---

① 达尼埃尔·亨利·巴柔：《从文化形象到集体想象物》，吕布奈尔·谢尔莱夫：《比较文学概论》，高等教育出版社 1985 年版，第 135 页。

政治外，就是都会和农村”。其中，现代都市不仅“支配中国文学的想象力”，也是其重要的“艺术源泉和背景”。小城镇知识分子大量进入都市，接受现代文明影响，不仅将小城镇作为审美对象引进中国新文学的殿堂，同时也决定了都市在小城镇叙事中的重要意义。

一、都市视角

小城镇小说作家虽大多是小城镇人，创作时期却几乎都侨寓都市，皆不同程度地接受了都市现代文明的洗礼，拥有与小城镇不同的文化心理。作家立足都市，反观小城小镇，小城镇故事在很大程度上是都市叙事的结果，从外部透视小城镇社会生活及其所代表的传统中国文化和民族精神。小说大多以不同的方式安排一个都市隐含作者或叙述人，以都市立场和现代意识审视小城小镇。都市化是现代化的一个重要标志，都市的眼光本质上代表的是一种都市现代文明意识。都市他者的现代眼光使作品得以打破文化惯性，于小城镇人习以为常的人事风貌中发现它的种种优美或愚黯。

其一，通过“序言”、“题记”等方式，设置都市隐含作者或潜在的都市叙事人——一个外在于小城镇的讲述者、审视者，强调隐含作者或叙事人“小城镇—都市”的人生经历、侨寓都市的创作状态，以及创作主体的都市意识或文化立场。

一直以来，评论者都十分注重对《呐喊》、《死水微澜》、《边城》、《长河》等作品“序言”或“题记”的分析与理解。这些“序言”、“题记”既是小说的组成部分，也是我们解读、研究作品的重要资料。《呐喊·序言》不仅交代了“我”的“故乡—都市”的人生经历，“我”与故乡的离、和、亲、疏，且强调了隐含作者作为现代启蒙主义者的创作意图，及其对故乡人事的情感认识和价值判断：

> 我在年青时候也曾经做过许多梦，后来大半忘却了，但自己也并不以为可惜。所谓回忆者，虽说可以使人欢欣，有时也不免使人寂寞，使精神的丝缕还牵着已逝的寂寞的时光，又有

> 什么意味呢，而我偏苦于不能全忘记，这不能全忘的一部分，到现在便成了《呐喊》的来由。
>
> …………
>
> “我想，你可以做点文章……”
>
> 我懂得他的意思了，他们正办《新青年》，然而那时仿佛不特没有人来赞同，并且也还没有人来反对，我想，他们许是感到寂寞了……
>
> ……
>
> 在我自己，本以为现在是已经并非一个切迫而不能已于言的人了，但或者也还未能忘怀于当日自己的寂寞的悲哀罢，所以有时候仍不免呐喊几声，聊以慰藉那在寂寞里奔驰的猛士，使他不惮于前驱。至于我的喊声是勇猛或是悲哀，是可憎或是可笑，那倒是不暇顾及的；但既然是呐喊，则当然须听将令的了……

作为新文学的重要组成部分，思想启蒙是小城镇小说重要的主题之一。启蒙（enlighten）原意是照亮，出自普罗米修斯从天上窃取火种传播人间的神话传说，喻指点亮人类心灵之灯的火种。从一般意义上说，启蒙的含义就是古希腊帕特农神庙上的格言所说的“认识你自己”。“五四”以来的中国启蒙运动，其目标一方面是反叛传统，解放思想；另一方面则是寻求变革的路径。无论是前者还是后者，都需要一个有别于传统的参照或镜子。在《呐喊》、《彷徨》中，都市他者叙事与新文学启蒙话语的逻辑是一致的。都市“他者”的眼光不仅是认识和体验文学题材的方式，也是认识、发现小城镇社会的武器。同样，只有在与现代都市文明这一“他者”的对照中，小城镇在沈从文笔下才不仅仅是一种中介性的社会区域，也是中国传统社会和古老农业文明的象征。《边城》和《长河》的“题记”开宗明义地交代了小说外在于小城的他者视角，以及这一视角与隐含作者都市人生的密切关联，直接表明了小说的叙事态度和审美倾向：

对于农人与兵士，怀了不可言说的温爱，这点感情在我一切作品中，随处都可以看出。我从不隐讳这点感情。我生长于作品中所写到的那类小乡城，我的祖父、父亲，以及兄弟，全列身军籍；死去的莫不在职务上死去，不死的也必然地将在职务上终其一生。就我所接触的世界一面，来叙述他们的爱憎与哀乐，即或这支笔如何笨拙，或尚不至于离题太远。（《边城·题记》）

民国二十三年的冬天，我因事从北平回湘西，由沅水坐船上行，转到家乡凤凰县。去乡已经十八年，一入辰河流域，什么都不同了。（《长河·题记》）

显然，正是作者的都市经历，及其对都市现代文明和传统文化的价值判断，决定了《边城》和《长河》的叙事方向和风格。都市视角赋予叙事者以湘西“土著”所没有的敏锐的目光，以及俯瞰社会人生，穿透历史的智慧，发现它的“常”中之“变”，并试图在“常与变的错综”中，“写出‘过去’‘当前’与那个发展中的‘未来’”①；都市经历，尤其是对都市现代文明的价值质疑，使其格外敏感于“现代”两字对湘西的负面影响，竭力宣扬湘西世界的古朴与自然。对于大多数世世代代生存在那里的小城镇人而言，湘西大地及其古朴风俗仅仅具有生存的意义，但对于一个受过现代文明洗礼并侨寓都市的作家来说，则具有一定的象征意义。都市他者的眼光是它获得意义的参照物。传统的民风习俗、人文风物也因此成为重要的艺术资源，表现出特殊的历史文化内涵。

其二，都市他者的视角渗透到文本的叙事层面，形成以“讲述”为主的叙事方式。文学创作都是作者对客观世界的主观审视。与“展示”不同的是，“讲述”更强调叙述者的主观意识和价值判断。“展示”和“讲述”是两种不同的小说叙事方式。所谓“展示”，“是指作家客观地将故事展示给读者，如同戏剧在观众面前

① 沈从文：《长河·题记》，《沈从文小说选》，人民文学出版社 1982 年版，第 339 页。

演出一样，作家不在作品中露面，也不对作品中的事件和人物发表评论和流露感情”。“讲述”则是指“作家或作家的可靠叙述者直接在作品中出面，主观地将故事讲述出来，对作品中的事件和人物进行评论，作出判断”。①《边城》、《长河》、《小镇纪事》、《百顺街》等作品中，大量抒情、议论穿插在文字叙述之间，小城小镇不断地受到一个显在或隐形的叙述者的评议。叙述人以一种俯瞰的姿态审视小城小镇的人事风貌，无论是欣赏、赞叹，或批判、质疑，其眼光显然不属于小城镇，而带有明显的现代意识。《百顺街》虽名为一条乡镇老街作传，却旨在揭示普遍的国民生活状态和文化心理。小说全篇以杂感式的笔调展开，描绘一幅幅宗法制城镇的“浮世图”，穷形尽相地揭示了乡镇强梁的卑劣无聊，以及芸芸众生的随喜、散漫与逆来顺受。小说开篇就以杂文式的笔调交代了百顺街的三大“美德”：按祖先习惯，平安度日；避实就虚，逆来顺受；爱凑热闹，没有是非观念。小说写道：

> 这街名百顺。至于何以取下这名称，眼下已无人记得。听说有几位先生为“润笔”争修地方志，不管结果怎样，大约也不会就编进去。如要走访，也尽有困难，不但古迹毫无，且从未闻得出过什么名人。居民全都奉公守法，非常良善。优点多得就无从说起。
>
> …………
>
> 在说也说不完的美德中，百顺街还有一个小小的黑点：爱占小便宜。也许已经有人冷笑了，然而，且慢。他们曾自动与别处的人比过，发现并不低矮半分，心里还正极得意哩。

这种杂感式的手法和嘲讽的笔调贯穿在整个作品之中，叙述者不断对小城人事发表自己的意见，叙述者的思想观念和价值判断直接影响小说的叙述方向。小说所建构的“百顺街”显然不是一种客观

① 孙子威：《文学原理》，华中师范大学出版社 1989 年版，第 186 页。

描写的结果，而是叙述人“讲述”的结果。在《渔人何长庆》、《桃园》（施蛰存）、《倪焕之》、《二月》等作品中，都市是一个明显的参照物，小说多以都市读者为潜在的阅读对象，并试图以都市人的兴趣和爱好选择文本的叙述对象和叙事中心，都市视角更趋明朗化：

> 这个小镇的魅惑人的地方，还不仅是这些小山的故事，它又有着一种满带着鱼腥的江村的景色，足以使人慨然想起了我国的富饶。……腥味直送进你的鼻官，但不会使你如在都会的小菜场里那样的反胃欲呕，你只要回过头去向码头外面一望汤汤的江水，便会得十分喜悦着这些美味的鲜活得可爱。……
>
> 正午之后，恰与都会的街上相反，大路上是显得静寂了。店铺里的伙计，大都在靠着柜台打盹。即使寥寥的几个行人也显得神情十分懒散，拖曳着沉重而迟滞的脚步，到码头上，车站上去接候，或送别什么人，或是上澡堂子去洗澡，理发店里去剪发。小茶店里桌面空空，只有两三个默然相对的茶客。一路上都狼藉着上午市集的余迹，菜的蚌叶，笋箨，尤其是一点一点的鱼鳞，在呆钝的太阳下闪着白的光。一个陌生人会得在这时候怅然有长日如年的感想。（《渔人何长庆》）
>
> 这样的人与人之间的淳朴的信任，真是只有内地的小城市中才可以看得到，而我是久已忘记了世界上还有着这种好的德行呢。（《桃园》）
>
> （着重号为笔者所加，下同）

这里，都市是一个明显的参照物，小说正是在与都市的对比中彰显小城的和平肃穆、淳朴宁静。

其三，都市他者的眼光经由第一人称叙述人直接进入小说叙事，影响并决定小城镇形象的建构。陈平原在论述中国近代小说叙事模式的转换时以《老残游记》为代表，指出中国近代小说以一人游历为线索记录见闻，从而一改传统小说的全知叙事模式，将创作主体的主观意识引入作品。①《故乡》、《祝福》、《果园城记》、《呼兰河传》可以看作这种结构的发展。这些作品都以第一人称展开叙事。作品中的“我”既是还乡或怀乡的游子，又是一个侨寓于都市，或穿梭于都市与小城镇之间的叙述者，小说因此与一般意义上的游子文学有着明显的差别。中华民族一直聚集着许多怀乡病人，在故乡“不如归去”的呼唤中，歌吟他们的思乡之痛，由此创造了丰富灿烂的怀乡文学。返乡成了游子最大的幸福与梦幻，故乡在他们美丽哀愁的怀乡梦里也幻化成人间光芒四射的神殿。然而，正如研究者所指出的那样，“并非所有的离乡流浪者都属于游子文学”②。转型初期中国知识分子复杂的文化情感，使他们的游子还乡文学在传统的基础上不断增加新的内涵，呈现出复杂深厚的文学品格。他们既是乡土中国的后裔，又是现代智识者。双重身份使他们在建构小城镇世界的过程中时常陷入情感与理性的两难境地：情感上向往着对乡土的皈依，无法摆脱思乡的蛊惑；理性上又清晰地认识到自我与乡土社会的巨大差异。不同的文化心理和生活方式导致游子与小城镇之间出现明显的思想差异和情感隔膜。“我”与故乡在文化心理上呈现出明显的异质化、距离化倾向，面临强烈的身份危机，表现出较明显的他者意识。与一般游子还乡/怀乡作品所不同的是来自第一人称叙述者强烈的现代理性意识。无论是鲁迅的《故乡》、师陀的《果园城记》，还是萧红的《呼兰河传》，虽以“游子返乡/思乡”为开端，但它呈现给我们的绝非单纯的乡愁。游子返乡的结构为我们提供的只是一把进入小城小镇、思考民族命运与性格的钥匙。在这些作品中，“我”既是还乡或思乡的游子，同时也是小城小镇的审视者、批判者。

他者化本质上即是一种“异质化”、“距离化”的过程。在文学创作中，他者身份首先指向表述的角色和立场，同时也意味着一

① 陈平原：《中国小说叙事模式的转变》，上海人民出版社 1988 年版，第 77、79 页。

② 马俊江：《论师陀的“果园城世界”》，《中国现代文学研究丛刊》2003 年第 1 期。

种迥异于本体的文化经验和文化情感。“身份不是由血统所决定的，而是社会和文化的结果。”① 正如施蛰存所言：“影响创作的因素除政治外，就是都会和农村。”“生长于农村的作家到了上海，无法接受都市的生活，他虽然人在上海，所写的仍然是农村题材，都会并不是指所有在都市的人都是都市人。”② 同样，并不是所有在小城镇的人都是小城镇人。对于现代小城镇作家而言，尤其如此。他们奔波于都市与小城镇之间。然而，无论是在都市，还是在小城镇，转型初期知识分子特殊的文化心理结构决定了他们中的大多数“在”而“不属于”的特殊身份。他们往往以乡下人的眼光描写都市，也同样以都市人的视角审视小城镇。“新文学的文化怀乡，集中呈现为对于城市的异己感和对于乡村的情感回归。”③ 赵园的这一观点已被文学研究者普遍认同。但是，以之审视小城镇小说却暴露出明显的问题。徘徊在传统和现代之间的知识分子，虽身在都市之时心仪传统，以“乡下人”自称，然而，一旦他们真正回到故乡，面对真实的故土，又深感自己不再属于乡土社会。审视小城镇作品，我们不难发现，都市人生经历和鲜明的现代意识，使他们不仅在现实，而且在理性意识，甚至情感层面脱离了乡土社会。小城镇是他们回不去，不会回去，也不能回去的地方。

《故乡》记述的是作者 1919 年冬回乡搬家北上的经历。“我”满怀凄凉，却也不乏温情和期待地回到久别的故乡，然而“小城”早已不是记忆中的温馨故园。渐近故乡，见到的是满眼的萧索和悲凉，“没有一些活气”。聚焦于“我”与故人的关系，小说充分展示了“我”与故乡的离合亲疏。无论是“我”与邻居、街坊，还是与儿时的伙伴，所有的关系无不处于一种疏离，乃至十分紧张的状态。各种有形无形的隔膜像一堵“看不见的高墙”将“我”与

① 张京媛：《后殖民理论与文化批判·前言》，北京大学出版社 1999 年版，第 6 页。

② 施蛰存：《沙上的脚印》，辽宁教育出版社 1995 年版，第 161 页。

③ 赵园：《回归与漂流》，《赵园自选集》，广西师范大学出版社 1999 年版，第 196 页。

故人生生地分隔开去。疏离与隔膜产生的原因是双重的。一是故土乡人的巨大变化。西瓜地上的“小英雄”闰土早已被“多子、饥荒、苛税、兵匪、官绅”变成一个“木偶人”。昔日那擦着白粉、整天端坐在豆腐店里的美丽而矜持的“豆腐西施”，如今却如同一个“图画仪器里细脚伶仃的圆规”，变得冷漠、尖酸、刻薄。另一个重要因素，则源于叙事者的自身感受。“我”辛苦辗转的生活，以及搬迁时复杂矛盾的心情，使故乡的一切蒙上了一层灰暗的色彩；现代人道主义、启蒙主义意识，使“我”既感叹故乡经济的破败与萧条，也格外敏感于闰土们所因袭的历史文化重负。闰土的变化中最令“我”震撼的是他的那一声“老爷”；最令“我”难以释怀的则是他对烛台和香炉的崇拜。这些小镇习以为常的生活细节，在“我”的眼中被放大，成为人物精神世界的缩影。“我”的搬迁所面临的实际经济困境，与杨二嫂所言“你现在有三房姨太太；出门便是八抬的大轿”之间的差异，也正是这一隔膜的最好注脚。而“我”对于闰土要香炉和烛台的不解，对杨二嫂不无尖酸的讽刺，无不表现了“五四”知识分子与大众在情感和意识层面上的隔膜。对“我”而言，闰土与杨二嫂不仅是友人与近邻，也在一定程度上代表了故乡的过去与现在。正是在“我”与他们疏离、隔膜关系的相关叙述中，小说完成了“我”与故乡的“异质”化、“距离化”过程；在游子对故乡的排斥和疑惧中，摄下小镇萧条破败、保守落后的面影。

“除了甜甜的带着苦味的回忆而外，在那里，在那单调的平原中间的村庄里，丝毫都没有值得怀恋的地方。我们已经不是那里的人……”①“那样的地方连一天也不能住”，“能在那里住一天的人，世间的事，便再没有不能忍受的了”。② 正如费孝通在《皇权与绅权》中指出的那样，近现代以来的社会变迁使得通都大邑较多地接受了西洋文化，造成了城乡文化结构和社会生活的极大差异，集中于都市的高等学校吸引了一批批新式知识分子。长期的都市生活

---

① 芦焚：《铁匠》，《看人集》，中国青年出版社 1995 年版，第 18 页。

② 芦焚：《里门拾记・序》，上海文化生活出版社 1937 年版，第 2 页。

和现代教育，使他们受到都市习俗的熏染，生活方式和价值观念发生了重要变化，尤其痛感于乡土社会的种种规矩和束缚，“终至不能与农村的习俗协调”，觉得已“异于乡下人”。① 乡土的落后、保守、单调、寂寞在他们的眼中显得尤为突出，对故乡人事在情感和理智上皆不能承受，甚至无法面对，并因此与故乡产生明显的、难以克服的“异己感”和距离感。割不断的血缘和地缘关系，尽管使得他们与小城镇在一定程度上保留着某种情感上的“认同”，却无法消除文化上的“异己性”。即使肯屈就乡里，在别人看来，也已今非昔比，“结果不免到家里成了客人，无法住下去了”。②《祝福》中的“我”虽然没有明确地标识自己“启蒙者”的身份，然而从鲁宅到大街，他所遭遇的不是作为“亲戚本家”鲁四老爷的戒备和冷待，就是祥林嫂的悲惨遭遇。前者使他不满而畏惧，后者则使他大为不安却又深感自己的无力无奈。在《隔膜》（叶圣陶）、《六封信》、《畸人记》（张天翼）、《模范县长》等作品中，还乡者与故土家人之间的双向隔膜与疏离，加剧了他们“在”而“不属于”的尴尬处境，居乡者的生活因此十分孤独、痛苦。“我”仿佛是登场的傀儡，被无形的线牵扯着，虽面对家人，且身处亲朋故友之中，却“如漂流在无人的孤岛”，“如坠入于寂寞的永劫”。孤独彷徨的感觉渗入还乡者的“每一个细胞”，使人神思混乱，“对于一切疏远，淡漠”，亲人之间的交流也竟“艰难到极点”。③小说极力渲染了叙述者的这种孤独意识，及其对故乡人事异乎常情的“冷漠”。这种孤独、痛苦因此不再是漂泊异乡、虽苦涩却不乏甜蜜的乡愁，而是一种文化差异所导致的身份危机和鲜明的“他者”意识。第一人称叙述者的“他者”意识赋予现代小城镇小说特殊的思想内涵，同时也改变了传统的“游子还乡”结构，小说

① 费孝通：《回不了家的乡村子弟》，《费孝通选集》，天津人民出版社1988年版，第131页。

② 费孝通：《回不了家的乡村子弟》，《费孝通选集》，天津人民出版社1988年版，第131页。

③ 叶圣陶：《隔膜》，乐齐主编：《叶圣陶小说精品》，中国文联出版社2000年版，第265页。

叙事出现了两种特殊的结构模式。

一是“还乡—离乡”的叙事模式。

对故乡的异质感直接导致叙事者对返乡行为的质疑。“我所记得的故乡全不如此。我的故乡似乎好得多了。”鲁迅的“鲁镇”系列小说反复渲染了这种还乡者的心态。如果说“我”对故乡的否定和质疑，在《故乡》中还掩映在一抹淡淡的温情的留恋之中，那么在《祝福》、《在酒楼上》等作品中则显得直接而决绝。一脚踏进故乡，鲁四老爷的戒备和冷待令我不安而自觉无趣，弥漫在鲁镇上空的浓郁的“祝福”氛围使“我”倍感“无聊”，关于祥林嫂的所见所闻更使他“不能安住”，以至于很快就心生去意，决计明天“无论如何”要走了。《在酒楼上》全篇笼罩在对故人故事的失望与冷漠之中。“我”回到久别的故乡，却感觉故乡的景物“凄清”而又“生疏”，不到两个时辰，便是“意兴早已索然，颇悔此来多事”，自觉是“生客”，心情“懒散”而“略带哀愁”，却也“舒适”。

行为上的“还乡”与意识层面上的“反还乡”在作品中形成鲜明的对比，并直接导致传统“游子还乡”结构的反向延伸，即“还乡—再次离乡”。在这些所谓的“还乡文学”中，小城镇小说反复讲述的却是一个个还乡者逃离故乡的故事。《故乡》在“回乡—搬家”这一简单的线索背后，潜藏着游子对记忆中的美丽故乡“寻找—失望”的情感过程。小说最后写道：

> 老屋离我愈远了；故乡的山水也都渐渐远离了我，但我却并不感到怎样的留恋。我只觉得我四面有看不见的高墙，将我隔成孤身，使我非常气闷；那西瓜地上的银项圈的小英雄的影像，我本来十分清楚，现在却忽地模糊了，又使我非常的悲哀。

可见，小说所展示的“离去”情节不仅仅是一种“搬离”，与故乡小镇从此拉开的也不仅仅是空间上的距离，而是心理层面的一种真正意义上的离别。对故乡的失望及自我强烈的“反还乡”情结，使得《祝福》和《在酒楼上》中的“我”也以逃遁结束自己的还乡之旅。同样，马叔敖几乎是在刚刚踏进果园城的同时即对自己的行为表示质疑。踏上那块土地，当久违的乡情闪过之后，“一个古怪老头和三个美貌女儿”，以及葛天民、孟林太太和素姑等人的故事，迅速唤醒了游子关于这个小城的所有记忆——“这是个有许多规矩的单调而又沉闷的城市，令人绝望的城市”。残酷的现实瞬间击碎了游子美丽的故乡梦。马叔敖“懊悔”自己没有“悄悄走回车站”，离开这个“静止如水然而凄凉极了”的地方。整部《果园城记》其实就是一个未完成的“返乡—离乡”结构。师陀虽然最终没能按预定计划再写两篇关于马叔敖的作品，但是他在旧版《果园城记》序中告诉我们，人物只是“在这里小做勾留”，他同所有的还乡者一样注定要离去。“乡土—都市—乡土—都市”，永恒的寻找与流浪无疑给师陀和他的主人公们以无尽的痛苦。叙述者正是在人物再度离去的痛苦而决绝的身影中，表明自己与故乡无法缝合的异质性和距离感。

“虽说故乡，然而已没有家。”① 站在世纪的起点、直面惨淡人生的鲁迅，一语道破现代智识者的怀乡梦。故乡虽然也曾唤醒童年的记忆，引起怀乡的哀愁，但是作为转型初期的现代智识者，他们清醒地认识到“故乡”的真实。“故园归去却无家。”②“还乡—离乡”的叙事模式表达的正是游子强烈的身份危机，以及知识分子对小城镇的否定与批判。

二是转述或多重转述的叙述方式。

叙述话语的转换是实现他者叙事最有效的方法之一。明显的他者意识使得小说常常刻意将叙事者与小城镇体验间隔开来。叙述者“我”虽然与小城小镇在地缘和血缘上有着直接联系，但在小说叙事中却多被放置于小城镇的人事之外，是站在局外、不涉其中的冷静的旁观者。小城镇叙事都是“我”讲述的结果，“我”的叙述是

① 鲁迅：《彷徨·祝福》，《鲁迅全集》第2卷，人民文学出版社1981年版，第5页。

② 鲁迅：《且介亭杂文·病后杂谈》，《鲁迅全集》第6卷，人民文学出版社1981年版，第173页。

小说叙事的最外层，也是决定小说主题风貌最关键的一层。小说叙事因此超越小城镇的现实社会人生，突出创作主体对作品内容的评判与阐释。

19 世纪末 20 世纪初，对于大多数徘徊在都市与小城镇之间的现代知识分子来说，生活在小城小镇的老中国儿女都是“未经革新的古国的人民，所以也还是各不相通，并且连自己的手也不懂自己的足”。鲁迅曾就此谈及自己的创作：“我虽然竭力想摸索人们的魂灵，但时时总自憾有些隔膜。在将来，围在高墙里面的一切人众，该会自己觉醒，走出，都来开口的罢，而现在还少见，所以我也只得依了自己的觉察，孤寂地姑且将这些写出，作为在我的眼里所经过的中国的人生。”① 面对如此困境，作家要么为他的人物代言，要么以客观的叙事态度，通过人物的言行传情达意，尽量避免他们为自己并不能意识到的东西作精神性表达。前者可能出现艺术创作与作家认识上的偏离，后者则难以渗入作家的审美意识。在后一种方法的基础上，鲁迅把叙述人“我”以他者的身份嵌入小说的结构之中，以启蒙者特有的精英意识俯视苦难中的芸芸众生，从而将人物的悲剧转换成“他者”眼中的传统人生。《故乡》、《祝福》、《在酒楼上》等小说讲述的都是一个个处于启蒙中心的人物和具有丰富启蒙意义的故事。这些本可以靠自身言行传达启蒙诉求的悲剧故事，却通过一个有明显他者身份和立场的知识分子以转述的方式叙述出来。因此，人物的苦难生活多成为小说的叙事中介。小说的叙事中心不再是人物的悲剧命运，创作动机也不只是再现苦海无边的社会人生，而是努力将它作为形象中介，在更深的层次上呈现人物行动逻辑背后的“本质”，揭示人们普遍的精神痼疾。

闰土本来大约“只是觉得苦，却形容不出”。叙述者“我”的介入，以启蒙者的眼光揭示“多子、饥荒、苛税、兵、匪、官绅”与人物悲剧命运之间的深刻联系，在暴露人物精神愚昧的同时，揭示知识者与民众在对待“希望”这一问题上的相似，从而引发对

---

① 鲁迅：《集外集·俄文译本〈阿 Q 正传〉序及著者自叙传略》，《鲁迅全集》第 7 卷，人民文学出版社 1981 年版，第 82 页。

那个时代所有人奔波与辛劳意义的追问。“我”的关于人道主义、存在主义的生命思索，不仅让祥林嫂由鲁四老爷眼中“可恶”的“谬种”、柳妈等普通民众心中不洁而又不祥的女人，转变成一个历经人世磨难、被人看倦了的玩物，其悲惨的一生也成为在人心炎凉中被儒释道文化“吃掉”的寓言。从叙事学的角度来看，阿顺听说自己的未婚男人还不如偷鸡贼的伯父后患病死掉的故事是《在酒楼上》的叙事中心之一。其他人物都是这一故事的叙述者。① 其中，第一层叙述者是邻居，第二层叙述者是吕纬甫，“我”站在这两层叙事之外，对这个故事的内容以及叙述者的反应作冷静的旁观。阿顺的悲剧故事在邻居那里成了“没有好福气”的宿命解释；在吕纬甫那里成了世事“无聊”的托词；在“我”这里，则成了审视小城、评价吕纬甫、揭示吕纬甫的前后变化和小城现实面貌的叙事媒介。在庸众与悲剧主人公的隔膜中，吕纬甫起着道德的中介作用。他谴责世道的黑暗与人心的险恶，自我人生的失败又让他感到自己与庸众有同谋的嫌疑；他同情阿顺，为这一悲剧承担着难以排遣的道德责任，并因此走向幻灭。“我”与吕纬甫的不同正在于此。“我”站在故事的叙述之外，对阿顺的悲剧尤其是叙述者吕纬甫的反应作冷静的旁观，在塑造这个屈从于专制社会、由理想之士沦为庸人的知识分子形象的同时，对人物生息其间的传统社会人生提出批判与质疑。

同样，无论是呼兰城，还是果园城里的人事风貌，无一不是他者转述的结果。“我”的情感判断和价值判断，在很大程度上影响并决定了小说叙事中心的选择和叙事结果。在成年叙述者“我”强烈生命意识的烛照下，呼兰城显示出人生的卑琐与苦难、生命的寂寞与荒凉。马敖叔审视果园城的目光中不仅有童年的记忆，更带着明显的现代理性意识。正是在这一现代意识的烛照下，小说暴露小城的沉滞与灰暗，赋予贺文龙、素姑等人对蓝天的凝视与想望，揭开葛天民、贺文龙等小城“隐士”背后的精神悲剧，痛诉油三

① 毕绪龙：《从市镇表象到精神传达——鲁迅乡土小说创作形象中介论》，《山东理工大学学报》（社会科学版）2003 年第 6 期。

妹等小城知识女性的苦难与不幸。喘息在这里的人们生活着，行动着，却从不问为什么，没有生活的目的，没有理想，没有希望。他们是在苦难中行动而不知反思苦难的人。人道的情感来自那些同情、怜悯苦难的现代智识者。现代理性文明意识赋予都市他者的眼光以独特的穿透力，以科学、民主观念和人道主义、平民主义精神关注小城镇人平凡而真实的日常生活，抒写他们的内心世界和情感生活，揭示平常人事背后的卑琐与苦难、愚昧与麻木，发掘种种陋习背后的悲剧意义及其积淀深厚的历史文化原因。

值得注意的是，在不同现代意识的参照下，小城镇形象呈现出不尽相同的面貌。在鲁迅、萧红等启蒙者的眼中，小城镇是一座精神的废墟和生命的荒园；在叶圣陶等改良者的注视下，小城镇是顽固不化的封建堡垒；在寻求安静的都市青年人眼中，则化为“不安的大苦痛”①。由于叙事者来之其内，而又观之其外，对于小城镇的解剖显得格外犀利。同样，叙述者的多重身份，决定了小说复杂的审美态度及小城镇形象的复杂性。作为具有现代都市意识的叙述人，叙述者审视的目光带有明显的“他者”意识；游子或回忆者的身份又决定其与小城镇在精神和情感上千丝万缕的联系。前者使之站在小城小镇之外，对习以为常的民风习俗和人事风貌提出质疑，后者又使之情不自禁地为它偏袒、辩护。“我”既是小城叙事中的他者，又常常在被视为“他者”的对峙中显示出对小城镇的某种认同感。小城形象也因此显得矛盾而尴尬，既保守、落后，令人难以忍受，又优美亲切，令人流连忘返。

二、都市人物

小城镇独特的区域性质及其与都市的特殊关系，使得都市人物频繁地进入小城镇叙事，作为“他者”视角的一种外化因子出现在作品中，成为小说叙事的重要因素。《倪焕之》、《二月》等作品以“都市—小城镇”之间的碰撞结构全篇，作者常设置一位行动

① 鲁迅：《三闲集·柔石作〈二月〉小引》，《鲁迅全集》第4卷，人民文学出版社1981年版，第149页。

且思考中的都市人物，一个从“都市”到“小城镇”的变革者、流浪者或还乡者，他们不仅有过都市经历，且不同程度地接受现代文明的洗礼，具有较明显的现代意识。小说一方面通过都市人物的行动和思考，将叙述者的都市眼光和叙事立场形象化；另一方面通过都市外来者在小城镇的人生经历和命运遭际，揭示小城镇的本质面貌。都市“他者”的小城镇经历，正是作者带领我们认识、发现小城镇社会的过程。

在小城镇小说中，作家常设置一位行动且思考中的都市人物。这些都市人物大体分为三种，即从都市到小城镇的变革者、流浪者或还乡者。他们不仅有过都市经历，且不同程度地接受都市现代文明的洗礼，具有较明显的现代意识。小说一方面通过都市人物的行动和思考，将叙事者的现代意识和都市“他者”的眼光形象化；另一方面通过都市外来者在小城镇的人生经历和命运遭际建构小城镇形象。

倪焕之在小镇“改革—失败”的人生经历，及其对小镇“幻想—破灭”的心路历程，是小说叙事的重要线索。倪焕之在生机盎然的春天来到小镇。初来乍到，在这个被城市“禁锢”了二十多年的年轻人的目光中，“人口不止二万”的江南小镇显示出乡村都会特有的都市风尚和乡村气息。清新而近乎芳香的空气、朴素而新鲜的自然景色，使人物仿佛置身于“自然的乐园”之中。在“颇有点扰攘之慨”的市街上，各色的店铺也是“城市风”，不过规模都建得狭小；市面也同城里不一样，简陋之中流荡着一种令人“舒适”的、“质朴而平安”的空气。往来、劳作的人们在他的眼中是那样“安定”、“闲适”、“幸福”。他不禁觉得一切都欣欣然，相信这里没有传染各种都市的“病毒”，不会上演几年来在都市所见的各种争夺、欺骗的把戏，幻想小镇在不久的将来可以成为人间仙境。小镇少女金佩章自然而优雅的举止、温和而大方的谈吐，尤其是她那未来女教师的风度，使倪焕之更加确信小镇生活的完美。小镇俨然成为他人生最理想的开拓地——对内追求美满婚姻和理想家庭；对外追求理想的教育，以此建设模范乡镇，拯救危亡中的国家。

正如师陀所慨叹的那样：“假使你不熟悉这地方情形，仅仅是个过路客人，你定然会伫足而观，为这景象叹息不止。‘多幸福的人！多和平的城！’”① 倪焕之的小镇经历证明，即使是“过路客人”，如果“伫足”的时间稍长，便会发现“质朴的底里藏着奸刁，平安的下层伏着纷扰”，所谓的“幸福”与“和平”都不过是一种幻觉。外来者的身份，首先使倪焕之遭到小镇人几乎本能的排斥和猜忌：

> 市上来了个面生的人，大家不由得用好奇的眼光注视他一会儿。有的看了看也就完事；有的却指点着他同别人研究……在有些人的心头便引起了轻微的绝不狠毒的一种敌意。要是问他们何以有这意识，他们也说不上来，只仿佛觉得自己又让别地方人拔去了一根头发似的……

倪焕之与小镇“土著”迥异的思想和言行，更使之成为众矢之的，甚至不幸陷入小城小镇所特有的种种烦扰和纷争之中，几乎被弄得粉身碎骨。事业、爱情、理想，所有关于小镇的“幻想”一个个迅速破灭。作为蒋冰如“教育改革方案”的积极支持者和具体实施者，倪焕之遭到来自小镇各方的非议和阻碍。新法教育尚未达到预期的效果，蒋冰如的颓丧、没落使之几乎完全失去了希望；婚后的佩璋全然变为少奶奶，新家庭也终于成为把握不住的幻梦。一切犹如“果园城”里的孟安卿，一旦意识到钟爱的少女不可避免地融入“爱用秤杆子教育姑娘，专门出产能干老婆”的社会，成为小镇出色的一员，“幻灭的悲凉”网住了倪焕之的心，最终在“幻象破碎”的感伤与惶恐中逃离出去，孤独地重新踏上都市之旅。倪焕之艰难对阵的，与其说是蒋老虎等保守势力，不如说是以其为代表的庞大的无形之阵——那些他认识的或根本就不曾意识到的小镇人。对他而言，这里固然有着都市所没有的“美”与“善”，但也存在都市所没有的“丑”与“恶”。倪焕之在小镇“改革—失

① 师陀：《果园城记·果园城》，《芦焚短篇小说选集》，江西人民出版社 1983 年版，第 405 页。

败”的人生经历，实际上就是作者带领我们“发现”小镇的过程，小说以此层层揭示小镇封闭、落后的本质面貌。

《二月》以20世纪20年代末风雨飘摇的时代为背景，通过青年知识分子萧涧秋在芙蓉镇的一段人生经历，以一缕人道主义的微光烛照江南小镇的沉滞与黑暗。萧涧秋是一位“无父母，无家庭”的人，长期伫足在广州、北京等地，因“感觉到生活上的厌倦”和对于都市的“某种厌弃”而来到芙蓉镇。在已经厌倦了都市的繁华与喧嚣、欲寻求宁静与太平生活的萧涧秋看来，空气清新、自然而美丽的小镇正是他所寻求的“世外桃源”，而他所要谋求的职业——教师，也将使他亲近那些“人类纯洁而天真的花”，相信自己从此“要在这里新生着了”。对弱者的人道主义同情，使他对采莲一家倾囊相助，并将采莲接到学校读书，设法解决了她在学校的一切费用。他为此兴奋、愉悦，以为这正是他那理想生活的第一步。然而，迎接他的是流言的飞沫和恶意的中伤。不满、惊骇、讥笑向他扑面而来，他几乎被淹没在如洪水猛兽一般的谣言中。他与陶岚的交往，更是引来“土著”们的嫉妒和排斥。一个“江湖落魄者”，却偏偏让芙蓉镇里的“孔雀”展开美丽而骄傲的锦尾，这对小镇人来说是难以理解、更难以接受的事实。萧涧秋感到人们“用了卑鄙的心器来测量他们了”。一首匿名打油诗无情地宣告人物小镇梦想的彻底失败：

> 芙蓉芙蓉二月开，/一个教师外乡来。/两眼炯炯如鹰目，/内有一副好心裁……/此人若不驱逐了，/吾乡风化安在哉。

通过都市他者与小镇人思想观念、行为方式等多方面的强烈冲突，对萧涧秋的真诚、无私的救助行为所遭受的讥笑、讽刺与辱骂的描写，小说暴露江南小镇平和、宁静的外表下面掩藏着的狭隘、排外、保守与落后。与此同时，作者赋予萧涧秋丰富的感性认识和清醒的理性意识，通过人物丰富、细腻的内心活动，强化都市他者受排斥、被驱逐的人生遭遇和生命感受。萧涧秋被世俗的流言和偏见追赶着，几乎无法安身。文嫂的被迫自杀，使他倍感“生与死的苦涩”，深恐自己被这班箭手的乱箭射死。幻象破灭之后，小镇的一切在他者的眼中都变得恶魔一般地可怕，“小镇—老虎”意象反复出现在萧涧秋的意识中，各方面竟如“千军万马的围困拢来”。在小镇低徊彷徨的萧涧秋，仿佛“在黑夜的山冈上寻路一样”，以至于一刻钟都难以“挨过去”。短短两个月，萧涧秋便向着他曾经“厌弃”的都市，离小镇匆匆而去，“从‘这’茫然跳出去，踏到‘那’还不可知的茫然里”。

此外，艾芜的《故乡》、沙汀的《困兽记》、茅盾的《手的故事》、师陀的《狩猎》、沈从文的《菜园》等作品塑造了余峻廷、章桐、张不忍、孟安卿、玉少琛等一批“都市—小城镇”还乡者形象。他们或者是故乡寻梦者，或者是青春昂扬、激情如火的改革者或革命者。与贺文龙、蒋冰如们所不同的是他们坚定的信仰和明确的目标。除了那些在残酷的迫害中死于非命的人物，他们最终都挣脱了现实和情感的羁绊，再次离乡而去。无论是现实身份还是精神状态，他们显然不属于小城镇。同为都市“他者”，这一类人物与前述所涉及的第一人称叙事人也有着明显的差别。他们不再是小说的第一人称叙述者，而是被叙述的对象。孟安卿的“狩猎”是都市叙述人“我”眼光中的小城故事之一，他的“离乡—寻梦归来—失望—再度离乡”经历，重申都市他者的失落与感伤。《故乡》等作品通过人物遭挫折、受迫害的命运遭际，揭示20世纪上半叶小城镇极端恶劣的政治、文化环境。余峻廷刚从上海某大学毕业，满怀宣传抗日、大展宏图的热情回到故乡，20多天里的所见多闻使他逐步认识小城的黑暗、腐败，又怀着失望和感伤离开了故乡。回乡闲住的玉少琛夫妇（《菜园》）、回乡积极为抗战做准备的张不忍夫妇（《手的故事》）都因莫须有的“汉奸”罪被俘甚至处死。在他们身上，我们感受不到都市“他者”叙事人对小城镇居高临下的审视态度，只有寻找者的悲哀、改革者的失败或被害者的悲惨与不幸。

无论是倪焕之、萧涧秋，还是余峻廷、张不忍和玉少琛，不管他们与小城镇曾经有过怎样的血缘和地缘联系，巨大的思想差异使他们成为小城小镇的“外来者”，不仅遭受钱正兴等“土著”人物的排斥、驱逐，也深感自己是这里的异类，常如马叔敖一般，带着失去“自我”的惶恐。都市固然不是他们的家，这里也不是他们的栖息之地。要想在此平静地生活，顺利地工作，他们就必须将自己消融在其中，放弃由现代文明浸染而来的种种个性与理想，接受“土著们”的安排，否则，必然遭受被驱逐或被戕害的命运。《二月》第二十三章借人物之口，以大、小轮子比喻小镇与萧涧秋的关系：“他也微微想到这二月来他有些变化，不由自主地变化着。他简直似一只小轮子，装在她们的大轮子里面任她们转动。”然而，出身于小城镇、深知它的肌理与秉性的鲁迅对此却不以为然：“他其实并不能成为一小齿轮，跟着大齿轮转动，他仅是外来的一粒石子，所以轧了几下，发几声响，便被挤到女佛山——上海去了。他幸而还坚硬，没有变成润泽齿轮的油。”从某种角度来说，鲁迅为《二月》所作的“小引”，确是一份关于旧中国小城镇的精彩的副文本。正如鲁迅所说：“冲锋的战士，天真的孤儿，年青的寡妇，热情的女人，各有主义的新式公子们，死气沉沉而交头接耳的旧社会，倒也并非如蜘蛛张网，专一在待飞翔的游人，但在寻求安静的青年的眼中，却化为不安的大苦痛。这大苦痛，便是社会的可怜的椒盐，和战士孤儿等辈一同，给无聊的社会一些味道，使他们无聊地持续下去。”① 无论是萧涧秋式的寻求安静的矜持者，倪焕之式的无畏的弄潮儿，还是那些激情如火的改革者，都如一颗外来的“石子”从这里被挤轧出去。他们像一颗流星从小城镇的天空滑过，照亮的却是小城镇传统社会人生的沉滞与黑暗。

三、都市空间

相对传统乡土社会，都市在某种意义上是一个开放、进步、文明的空间，是“现代”的代名词，也因此成为一个小城镇叙事中重要的预设空间。在施蛰存的《春阳》、《雾》等作品中，都市空

① 鲁迅：《三闲集·柔石作〈二月〉小引》，《鲁迅全集》第4卷，人民文学出版社1981年版，第149页。

间作为人物重要的活动场所和心理空间进入小城镇叙事。区别于一般意义上的都市小说，小说强调的是人物的小城镇身份，以及人物在都市的短暂停留，以“进入—离开”情节结构全篇。小说叙事的中心并不在都市人物或都市风貌，而是小城人物的都市瞬间。以都市空间烛照小城镇的社会人生面貌，是小说的叙事目的。分析都市意象参与小城镇叙事的方式及其在小城镇形象建构中的作用，是我们理解作品的重要途径。

《春阳》将小城女性置放于上海都市，通过人物在数小时内复杂的思想、行为变化，“揭示封建传统文化对妇女七情六欲的压抑和摧残，以及这种七情六欲在现代都市文化氛围中朦胧的瞬间觉醒”①。婵阿姨，昆山小城一个“牺牲了毕生的幸福”，抱牌位做亲而获得大宗财产合法继承权的女人。尽管随着年月的增长，婵阿姨偶尔也疑惑自己当年的“牺牲精神”，面对族人的“虎视眈眈”而自己又身后无子的情形，怀疑自己“只是一宗巨产的暂时的经管人”罢了，但她依然不肯“浪费”她的财产。在她看来，既然牺牲了毕生的幸福获得了此产业，唯有刻意保持这产业才比较“实惠”。一个阳光明媚的春日，婵阿姨来到上海，从银行提取息金之后，信步走到了南京路。都市的喧闹与骚动、生机与活力，强烈撞击着这一小城传统女性尘封的心灵世界。在初春温暖的阳光下，现代化的汽车以及摩天大楼所特有的“明亮和活跃的气象”，逐步唤醒她那潜藏在内心深处的生命欲望，长期压抑的生命活力逐渐苏醒。小说以含蓄的笔调细致地描写了这一心理过程：

> 于是，昆山的婵阿姨，独自走到了春阳和煦的上海的南京路上。来来往往的女人男人，都穿得那么样轻，那么样美丽，又那么样小玲玲的，这使她感觉到自己的绒线围巾和驼绒旗袍的累赘。……
>
> ……

① 杨义：《中国现代小说史》第2卷，人民文学出版社1998年版，第667页。

她隔着玻璃橱窗望出去，人真多，来来去去的不断。他们都不像觉得累，一两步就闪过了，走得快。愈看人家矫健，愈感觉到自己的孱弱了，她抹着汗，懒得立起来，她害怕走出门去，将怎样挤进这些人的狂流中去呢？

到这时，她才第一次奇怪起来：为什么，论年纪也不过三十五岁，何以这样的不济呢？在昆山的时候，天天上大街，可并不觉得累，一到上海，走不了一条马路，立刻就像个老年人了。……当她往永安公司那边走了几步路，忽然地让她觉得身上又恢复了一种好像久已消失了的精力，让她混合在许多呈着喜悦的容颜的年轻人的狂流中，一样轻快地走……走。

什么东西让她得到这样重要的改变？这春日的太阳光，无疑的。它不仅改变了她的体质，简直还改变了她的思想。真的，一阵很骚动的对于自己的反抗心骤然在她胸中灼热起来。为什么到上海来不玩一玩呢？……

婵阿姨一改她恪守的保守与“吝啬”，决定停留下来“玩一玩”。她走进华丽的冠生园，在楼上一个人占据四个人的座位，甚至盘算在上海住一夜。邻座一家人的幸福图景，撩起一种“常常沉潜在她心里而不敢升腾起来的烦闷”，冥想有一位新交的男友陪着她在马路上走，手挽着手，“和暖的太阳照在他们相并的肩上，让她觉得通身的轻快”。朦胧中，她幻想在银行与她接触的那个职员也许对她有意，便返回银行，不料职员却只与她谈及业务，并转身招呼一个艳装女郎离去。小说写道：

于是她走出了上海银行大门。一阵冷。眼前阴沉沉的，天色又变坏了。西北风。好像还要下雨。她迟疑了一下，终于披上了围巾：

“黄包车，北站！”

在车上，她掏出表来看。两点十分，还赶得上三点钟的快车。在藏起那只表的时候，她从衣袋里带出了冠生园的发票。

> 她困难地，但是专心地核算着：菜，茶，白饭，堂彩，付两块钱，找出六角，还有几个铜元呢？

一切遐想在瞬间幻灭，婵阿姨的“回归”显然是一种“必然”。然而，在都市的热浪中曾经觉醒、激荡的生命热望同样是那样真实可信，觉醒与幻灭之间，折射出的正是人物赖以生存的小城镇封闭、保守的传统伦理道德，及其对正常人性的压抑与摧残。

《雾》将一个表面上游历于小城的女性置放于都市之中，以开放的现代空间现出其文化心理原型。素贞，一个在上海附近的小卫城里生活了 28 年的处女。在这个信奉“男大当婚，女大当嫁”，“嫁鸡随鸡，嫁狗随狗”的小城，一个女子的下半生的幸福被认定是以婚姻为基础的。与所有出身渔家的女儿不同，素贞是这个小城里美丽而清高的小姐。身为神父的独生女，她不仅读书识字，爱好诗歌，而且在许多事情上有自己独特的观点和准则。尤其在婚姻问题上，有她自己的理想，坚信“与其遇人不淑，是毋宁不出嫁的”。岁月蹉跎，如今已经 28 岁的她依然是待嫁之身，她开始明白，“在这个小卫城里，她的可能的出路，不管她的理想如何，事实上只有两途：不是嫁给一个渔民，就是以老处女终其身”。对她而言，要成就一桩“好姻缘”，似乎只能寄希望于虽地处不远，但却开明许多的上海。借贺大表妹结婚之喜之名，素贞踏上了开往上海的火车，结识了“青年绅士”陆士奎。男子柔和的容颜，整洁的服饰，温和的举动，“静静”看书的神态，拿书的姿势，尤其是他手中那本“印着一个不很熟悉的书名”的诗集，使她发现了与自己私拟着的“理想”丈夫的标准“完全吻合的实体”——一个“又温和，又文雅，而且又懂得诗的理想的丈夫”。在舅父家，素贞激动而骄傲地拿出对方的名片，几乎要当众宣称他为“情人”，却在表姐妹惊慕的话语中得知对方“电影明星”的身份。“理想”的陆士奎形象在她脑中瞬间轰然倒塌：

> 做影戏？她说什么？陆士奎，做影戏的，一个戏子，一个下贱的戏子！难道他是个戏子吗？素贞小姐好像受了意外的袭

击，她疑心她听错了，要不然，一定是弄错人了。但二妹又在好像想起了什么似的说了：

“噢，是的，是他！我还看见他头伸出在车窗外边。说起来倒想着了。你们说些什么话呢？”

素贞小姐简直的不懂二妹为什么这样羡慕一个戏子，她玩弄着那个名片，眼望着素贞小姐，好像很想知道他和她二人在车中的情形。至于素贞小姐自己呢，她觉得通身都松弛了，很疲乏。火车坐得时候太多了。她靠着椅背，勉强装着笑容，哆开了嘴：

“没有说什么话。”

她淡淡地说。一回头，仿佛自己还在火车里：

“今天雾真大，一点都看不清楚哪！”

陆士奎，上海滩著名的电影明星，一个被都市社会，尤其是上海女人羡慕和崇拜的尤物，在传统思想意识里，却不过是一个“下贱的戏子”。小说以大量的笔墨表现了这个自诩与小城格格不入的小城女性的思想观念和行为意识，然后将她置身于一个由火车、电影明星、上海都会，以及身居上海、崇尚时尚的表姐妹所组成的五光十色的现代空间里，寥寥数笔之间暴露她保守、落后的心理原型。小说题名为《雾》，寓意深刻，表面上指那天弥漫在空气中的雾，实际上寓指令人瞬间迷失的都市气息。

第二节　乡村“他者”

从社会学的角度而言，小城镇与乡村有着密切的联系。乡村是小城镇的“乡脚”，为城镇居民提供几乎所有的生活来源；小城镇既为乡村提供娱乐、教育服务，又为农民提供日常生活和生产的必需品，对乡村有一定的服务性质，是乡土社会政治、经济和文化中心。相对都市，20 世纪上半叶的中国小城镇与乡村在政治、经济和文化等方面有着更直接的联系。乡村农民虽然不是小城镇的主人，却时常穿梭其中，从事贸易、娱乐、宗教、诉讼等活动，构成小城小镇独特的社会风貌，也因此成为小说建构小城镇形象重要的叙事中介。

一

以乡村“他者”在小城镇的命运遭际揭示小城镇的政治、经济面貌，是以沙汀、茅盾为代表的“社会分析派”小说重要的叙事特征之一。这里所谓的乡村“他者”，并不是活动在乡村田园和茅舍的农民，而是上“街”赶集、娱乐，进“城”交租、诉讼或探亲的“乡下人”，自给经济条件下的商品买卖者，高墙大院里的雇佣，以及店铺和作坊的伙计。在一个依靠武力统治的政治体系中，“城”之于“乡”，本是一种“权力”的象征。在以县域制为基础的传统基层社会，小城镇是“面对乡村的政治、军事和经济的掌握者”，是“权力”的必需品。① 费孝通曾将20世纪上半叶的中国小城镇划分为两种类型：一是作为行政中心的县城和乡镇；一是作为商业中心的集镇（或曰“市镇”）。无论在哪一种类型的城镇中，官、绅都是其主要的住户。其中，市镇虽然是“偏重于乡村间的商业中心”，由于这里同样是“地主们蚁集之所”，主宰商业活动的依然是剥削乡村谋取资金的“地主和退休官僚”，拥有强大的政权势力，实际上“类似”于“城”。由于传统小城镇的经济基础是“建筑在大量不从事生产的消费者身上，消费的力量是从土地的剥削关系里收吸来的”。② 小城镇特殊的居民结构，及其在乡土基层社会中的消费性、非生产性，使得这一时期的乡村与小城镇基本上属于给养与被给养、服务与被服务、剥削与被剥削、压迫与被压迫的关系。两者特殊的经济、政治关系决定乡村“他者”在小城镇受剥削、压榨、歧视、恐吓甚至威胁的命运。《呼嚎》、《减租》、《林家铺子》、《多角关系》、《霜叶红似二月花》以进入小城镇的乡村人物与地方官僚、豪绅、地主、商人之间的关系，生动地表现了小城镇在乡土社会中的特殊地位，拓展了小城镇的叙事

① 李书磊：《都市的迁徙》，时代文艺出版社1993年版，第13页。

② 费孝通：《论小城镇及其他》，天津人民出版社1986年版，第20页。

空间，丰富了小城镇的形象。其中，乡长对服兵役的农民家属的威胁与压制（《呼嚎》），地主豪绅对要求减租的农民的哄骗与镇压（《减租》），赵守义对农民田产的掠夺，祝大夫妇对王伯申等人的屈服（《霜叶红似二月花》）等，无不典型地再现了“小城镇”对于“乡”在经济上的掠夺和政治上的压迫，具有鲜明的时代性和社会意义。《林家铺子》和《多角关系》则以乡村经济的普遍破败与市镇商人破产之间的直接联系，形象生动地再现了小城镇对乡村经济的依赖性。

同样的叙事方式在鲁迅、废名和沈从文的创作中表现出了鲜明的文化意蕴。传统城镇主要由衙门、监狱、文庙和城隍庙组成。衙门和庙宇并立于众多的县城和古镇中，它们分别代表阴阳两大专制机构，统治小城镇及四乡的百姓，“人活着时由县衙门管，衙门旁边是监狱和刑场；人死后据说要受城隍庙管，有牛头马面、阴曹地府”①。如果说官僚、衙门象征自上而下的政权，士绅代表至高无上的绅权，庙宇则是神权的代表。其中，“神权”是最古老的专制形式之一。它借助于蒙昧时代人们对自然的迷信与困惑，作用于人的精神世界，使人相信鬼魂与神灵的存在及其对有生世界至高无上的权力，数千年来，一直是统治阶级实行专制的重要工具。集各种专制权力于一体，小城镇因此在现代知识分子的眼中犹如中世纪的“城堡”②。在鲁迅笔下，“鲁镇”无疑是封建文化“吃人”的主要寓所。反复遭受夫权、族权戕害的祥林嫂，在“鲁镇”却因此成了“不洁”甚至“不祥”的伤风败俗者。如果说夫权和族权剥夺了她现实中基本的生存权利，绅权和“神权”则毁灭了她生活的希望和勇气，使她无路可逃。祥林嫂尽了一个女子的力量奋力地抗争过，终了，却必须自己承担“不洁”的罪名。鲁四老爷所代表

① 费孝通：《论小城镇及其他》，天津人民出版社1986年版，第23页。

② 费孝通《论小城镇及其他》：“这里的建筑也与其他地方不一样，弄堂狭小，两边是数丈高的风火墙，地主们住在里面，带有统治和防卫的特征，颇有点欧洲中世纪城堡的风格。”何其芳《县城风光》：“这些山城（四川小县城）多半还保留着古代的简陋。……那些狭隘的青石街道，那些短墙低檐的人户，和那荒凉、古旧，使我怀疑走入了中世纪。”

的封建礼教将她无情地抛离了作为一个人的正常的生活轨道，“神权”的审判则使她面临灵魂的分裂，陷入极大的恐惧之中，她因此不仅失去了雇佣的位置，更彻底失去了生存乃至喘息的可能，躯体和灵魂皆痛苦地飘荡在炼狱中，永远得不到安息。通过李妈这一普通妇女的命运，《浣衣母》着力表现了“城”之于“乡”在道德礼教层面的权威性。李妈虽是一个以给城里人洗衣为生的浣衣母，却依靠自己的劳动与女儿守着清贫而宁静的日子，且将常人所没有的仁义与慈爱分散给周围的人们，在河边为孩子们开辟了一片快乐的自由世界，吸引城里的少年和姑娘在此逗留、嬉戏。李妈因此赢得城里太太们的信任和称赞，即使平日里被父母看管森严的小姐回家晚了，只要说一声“李妈”便可免去所有的责罚。一时间，微贱、贫寒的浣衣母俨然成了宗法道德的化身。驼子姑娘去世以后，由于无力支撑家计，李妈留下一中年男子在门前柳树下搭茶铺度日，谣言便轰动全城，冷眼布满四周。李妈的仁爱与道德价值，在“饿死事小，失节事大”的理学教条面前化为齑粉。作品中的小城形象虽只是隐约可见，却以强大的威力制约着李妈的命运。城中人不仅是李妈的衣食父母，使她得以支撑家庭，养活儿女，而且直接制约她的精神，决定她的道德价值。当李妈的言行符合小城人的道德规范时，她是“公共母亲”；一旦她的言行与理学教条相违背，她就顿时变为“城外的老虎”。

20世纪上半叶，传统城镇不仅是乡土社会的政治、经济中心，同时也是周边地区的消费和娱乐中心。烟馆、赌场、青楼、花船等特殊的“娱乐”设施，是小城小镇一道独特的“风景”，集中展示了宗法市井社会阴暗、晦涩、腐朽与堕落的一面。王鲁彦以吉顺步入“乡村都市”县城之后的迅速堕落，揭示了“城”对于传统乡土文明的巨大破坏性。沈从文的《丈夫》则通过一个进城探望妻子的丈夫两天两夜的所见、所闻、所感显示：腐败、堕落的城镇生活侵扰原本纯净自然的乡村，改变乡村人的人生价值和生命意识，导致乡土社会人性的普遍扭曲与变异。为了维持生计，妻子和许多乡村妇女一样来到小城做“生意”。按照当地风俗，“在名分上，那名称与别的工作同样，既不与道德冲突，也并不违反健康”。事实上，原本淳朴的乡村妇人却因此“毁”了——“做了生意，慢慢地变成为城里人，慢慢地与乡村疏远，慢慢地学会了一些城里才需要的恶德”。由于那“毁”是“慢慢”的，所以“谁也不去注意了”。然而，在来自乡村的丈夫眼中，这一切却彰显无疑。当他用吃惊的眼睛搜遍女人全身的时候，女人已“完全不同了”。在“城市之风”的侵蚀下，妻子已不是那个因为一把遗失的镰刀、受丈夫责骂伤心而哭的乡村妇人，而是城里人的神气派头、衣着打扮，言语行动也俨然“城市里做太太的大方自由”，完全不是在乡下做媳妇的模样。丈夫的远道而来并没有带给妻子多少兴奋。她似乎并不急于与丈夫交谈，对久别的家中事务显然并不关心。夜晚忙着接待客人，白天又说要上岸烧香，派他一个人守船。随之而来的是丈夫的身份危机。丈夫已经失去在乡村家中的“主人”身份，失去了作为丈夫的特殊权力与威严，言行变得十分被动，唯一能做的是等待。妻子虽近在咫尺，却反不如家中的镰刀、小猪、小鸡来得亲切，“仿佛那些小小的东西才是自己的朋友，仿佛那些才是自己的亲人”。通过水保、大娘、军人、巡官、警察等人对丈夫的视而不见，以及天真的五多对他的种种不解，小说强调妻子的变化在城中的必然性与“合理性”。小说以夫妇的一同离城返乡做结。由于作品开篇已详细介绍了该风俗产生的文化和经济背景，指出这一现象的普遍性，丈夫最后的行为与其说是一种道德伦理的觉悟，不如说是一种身份意识的觉醒下对“城”的自觉的对立与反抗。通过丈夫的眼光及其特殊的心理感受，小说以乡村他者对城市的疑惧，含蓄地表现小城生活的灰色、暗淡，及其对正常人情、人性的剥蚀和毁灭。

二

19 世纪末 20 世纪上半叶，中国社会城市化进程刚刚起步。作为城市化进程的一个坐标，小城镇特殊的地理结构、自然及人文风貌，使之具有浓郁的乡村气息。田园是中国传统城镇的组成部分之一。由于政治斗争和军事生活的需要，“最理想的‘城’是一个能自足的堡垒”，城镇内外有大量的田园景观。“在城内，都有一些可以种植的田地；就是像北平、南京、苏州等一类大城，也有它的农业区。这些田地被围在城里，可以供给居民必要的菜蔬和其他不易贮藏的农产品。”城镇的街道往往直接与田园相连，稻田、桑田、竹林、树木、菜地，蜿蜒在城池两边。在一些较大的中心镇，尤其是部分有城墙的县城，大多由两个部分组成。城内主要是衙门、庙宇，及其庇护下的地主、官僚和士绅；城外是零散的街市和城池，周边居住的则主要是为城内服务的各种小商小贩、手工业者、菜农、果农等下层民众。①

远市声而近田园是小城镇作品重要的叙事形态之一。这里所谓的“田园”并非一般意义上以农民劳作和生活为主体的自然村落，而是指小城镇小说中反复描写的城中“园”，以及包括城外街市、护城河及其周边人事风物在内的城边世界。城中“园”及城边世界的出现，既是小城镇文化风貌的一种写实，寄托了作家对田园生活的怀想，同时也是一种重要的叙事方式。小说大多以此设镜，通过他者自然和人事特有的优美、纯净，映衬小城镇社会的灰色、黯淡。

在师陀、萧红、废名、施蛰存、沈从文等作家所建构的小城镇中，出现了包括花园、果园、菜园等在内的大量的城中“园”。如呼兰小城“我”家的后花园，S城里的“废园”，施蛰存和废名笔下的桃园，果园城里的“果园”，湘西小城的玉家菜园等。现实人生的阴沉灰暗，使作家将理想寄寓于自然，以及贴近自然的生命状态。与小城镇人事的卑琐、黯淡所不同的是城中“园”的优美、明丽与生机盎然。叙述者在这里所用的笔墨之多、色彩之鲜艳亮丽，使之与小城镇灰色暗淡的社会人生构成了鲜明的对照。

盛产花红果的果园是果园城中最美丽、最富有生气的天地。它们像“云和湖一样展开”，不仅使这个小城飘荡着醉人的芳香和收获时的笑语，更是这座小城美丽的装饰，以它特有的蓬勃生机反衬小城的“单调”与“沉闷”，仿佛一座废墟中娇艳的花束装点游子

---

① 费孝通：《论城·市·镇》，《乡土中国》，三联书店1985年版，第25页。

暗淡凄凉的梦境。在呼兰小城中，“我”家的“后花园”是与小城现实截然不同的、唯一的一片色彩缤纷的世界。这里，没有等级、礼教、迷信，有的是盎然的生气与蓬勃的生命力。阳光、雨露、花、草、树木、菜畦，还有童年的“我”与年迈的祖父，自由自在而又相知相亲，几成一体。太阳在园子里是特别大的，天空是特别高的，园子里的“我”是特别地开心、快活的。矮瓜愿意爬上架就爬上架，黄瓜愿意开一个谎花就开一个谎花，就是一个果子也不结，一朵花也不开，“也没有人问它”；“我”呢，愿意锄草就锄草，随意地抓着蜻蜓或蚂蚱，玩累了，不用枕头，不用席子，把草帽遮在脸上就睡了。不问家事，沉浸于花圃菜地的祖父，常常在与小孙女的玩耍戏谑时开心得像个顽童。所有的自然存在因此都有着与人一样的思想和运动，所有的运动也都如生息在其中的人一般充满着活泼的生命力。自然、少女、老人共处于一种平等的关系之中。世界因此是一个没有主宰也不必有主宰，没有生命被扼制、被摧毁的整体。人的生命本源于自然，又深蕴于自然。与现实社会纷繁人事中的人性遭受污染相反，人性纯真的一面在自然中更多地得以保留。“后花园”在作者笔下不再是一种单纯的景物，也不再是人物的陪衬，而是一种蕴藉丰富的审美实体，其中所呈现出的自由、健康、率真、快乐，与呼兰河城犹如荒园一般死寂凄凉的现实人生形成鲜明的对照。沈从文笔下的玉家菜园（《菜园》）几乎是小城中一方难得的净土。玉家本是北京来的旗人，是小城的外来户。辛亥革命以前，玉太爷来小城候补，带了家眷，也带了白菜种子。不久革命军推翻了清室，清宗室在国内势力一时失尽，顿呈衰败景象。各处都有流落的旗人，贫穷窘迫，无以为生，玉家却在无意中得白菜救了一家人。虽然在这里落户多年，玉家仍保留着与小城人迥然不同的生活习惯和品行、趣味。玉家菜园以白菜和其他蔬菜为主，却有少数花木点缀其间。玉家母子性情优美，与势利、卑琐的小城人截然不同。女主人是个有教养又能自食其力的、“富于林下风度”的中年妇人。儿子少琛是个白脸长身的好少年，认字知礼，“心地洁白如鸽子毛”。他从不同人锱铢必较地算账，不会因为认识了字就不做工，也不会因为有了钱就骄傲。对于凡有过从的本地人，即使是小贩，也能平等相待。他应当属于知识阶级，却并不觉得在做人意义上有特别尊重读书人的必要。在母亲的陶冶下，他把诚实看作人生美德。自己对人诚实，所要求于人的也是诚实。母子相依为命，过着远离世俗的优美的田园生活。白天，他们到园中去看菜秧，亲自动手挖泥浇水。黄昏，母子一起听柳上晚蝉拖长了声音飞去，听溪水潺潺，或者沉浸于素馨兰花香茉莉花香之中。21 岁的那一年，少琛别母去北京求学。五年后归来，依然与母亲在门外溪边小立，听水听蝉，或在瓜棚豆畦间谈话，看天上晚霞，但却被小城当局当作共产党处死。此后，女主人对花无语，悬梁自尽。因为园中菊花多而且好，玉家菜园改作玉家花园，成为地方绅士和新贵宴客的地方。名士伟人，相聚一堂，吃的是园中所出产的蔬菜，喝着好酒，同赏菊花，人人尽欢而散，扶醉而归。在作者笔下，玉家菜园与小城完全是“两种世界”。小说以菜园的自然宁静比照小城的沉滞与灰暗，以其主人优美的性情和人品比照世俗生活的卑琐与势利。玉家菜园最终被践踏、被毁灭的命运，揭示的也正是小城现实的污秽、腐朽与残暴。

“城与城边世界”是小城镇小说又一重要的叙事模式之一。该叙事模式在废名和沈从文的作品中显得十分突出。废名和沈从文作品中的“城边世界”并非徐玉偌、王任叔等作家笔下的“自然村落”，而是城外街市、护城河，及其周边区域，是“城中人”眼中的“乡”。小说的叙事中心虽多在城外，“文眼”却在城中。“城”是叙事的出发点和终结地。与城中“园”一样，城边世界大多色彩明丽，景物优美而宁静，人物善良而古朴。老人多如陈聋子和渡船老人般勤俭、和善，青年多如傩送兄弟般忠厚、朴实，最让作者眷顾的是那些少女，她们无一不聪明、灵秀、乖觉。城边世界因此成为与“城”相对立的诗性生存空间，渗透其间的是小城少年建立在假日情感记忆上的乡村“企慕情结”。沈从文的《从文自传》、废名的《沙滩》等作品曾生动地描述了少年时代的他们对城外世界的向往。在他们的记忆中，与森严、灰暗、单调、沉滞的小城日常生活相反，美丽、自由的城边世界充满新鲜、活泼的气息，偶尔置身其中的经历给他们留下了节日般美好而难忘的印象。立足都市回望故乡小城，优美、自然的城边世界在作品中成为取得“牧歌的谐趣”、调和“沉痛”现实的叙事策略。然而，正如沈从文所感叹的那样，小城的人事毕竟是暗淡无光的，“有意作成的乡村幽默，终无从中和那点沉痛感慨”①。现实主义的创作态度和客观写实的艺术手法，使“城边世界”实际上成为小城的对应空间。在自由、美丽的城边世界的比照下，小城愈发显得沉郁灰暗。

在废名早期的创作中，与《四伙》、《四喜》等小城作品同时出现的有《菱荡》、《竹林的故事》等小说。与前一类作品相比，《菱荡》、《竹林的故事》几乎没有关于市井生活的直接描写，而是借助“城”与“城边世界”的联系完成小城叙述。小说通过具象的“桥”、“河滩”，以及无形而又无处不在的“城”中人的眼光，将城及与之仅“一里”或“半里”之遥的“菱荡”、“竹林”连接在一起，比如：

> 陶家村在菱荡圩的坝上，离城不过半里，下坝过桥，走一个沙洲，到城西门。(《菱荡》)
>
> 出城一条河，过河西走，坝脚下有一簇竹林，竹林里露出一重茅屋，茅屋两边都是菜园……(《竹林的故事》)

此外，小说的叙述者几乎都是“城中人”。小说多通过城墙、河坝上城中人的观望与想象，将“城”与“城边世界”联系在一起。城与城边世界是一种看与被看、想象与被想象的关系。在《竹林的故事》中，作者以他惯常所用的叙事空白，省略了城中少年“我”的言行和心理，将大量的笔墨洒落在三姑娘及其周边的人事

① 沈从文：《长河·题记》：“作品设计注重在将常与变错综，写出‘过去’‘当前’与那个发展中的‘未来’，因此前一部分所能见到的，除了自然景物的明朗，和生长于这个环境中几个小儿女性情上的天真纯粹还可以见出一点希望，其余笔下所涉及的人和事，自然便不免黯淡无光。尤其是叙述到地方一群小官小吏特权者作威作福种种时，一支笔即再尖刻残忍也不能写下去，有意做成的乡村幽默，终无从中和那点沉痛感慨。”《沈从文小说选》，人民文学出版社1982年版，第339页。

风貌上。然而，无论是淳朴、天真的乡间儿女，还是人物生存其间的竹林、茅舍，笔墨所到之处皆是一派“牧歌式的青春气象”①，无不渗透着城中少年的遐思与神往。围绕城中少年与三姑娘之间的有限交往，“城”与“乡”的对比在作品中含蓄而清晰。在三姑娘的比照之下，拿着铜子买菜的城中少年自觉俗气，就是久违之后看到三姑娘的身影，“我”也是“急于要走过竹林，然而也暂时面对流水，让三姑娘低头过去”。在“我”眼中，三姑娘之清纯淑静已经达到了一种近乎脱俗的境地，以至于城中少年自觉以任何言行与之相处都有亵渎之感。三姑娘这一乡村精灵所代表的乡之“雅”，反衬的正是“我”背后的城之“俗”。值得注意的是三姑娘对“城”的态度：正二月间城里赛龙灯，大街小巷，人山人海，“最多的还要算邻近各村上的女人，她们像一阵旋风，大大小小牵成一串从这街冲到那街”。然而，锣鼓喧天却惊不了三姑娘。妈妈极力主张她和邻居一起进城，三姑娘自己虽也心仪小城，对童年时伏在爸爸背上看龙灯的情形记忆犹新，“听了敲在城里响在城外的锣鼓，都能够在记忆中画出是怎样的情境来”，但却坚持拒绝了姐妹们的邀请，将自己留在那“静寂”的竹林。小说以这个自然精灵般的人物对小城的“拒绝”，完善乡村少女美如翠竹、纯洁似流水的美好形象，同时含蓄地表达了城中少年对自然人生的憧憬和向往，对小城社会人生的质疑与否定。

在《菱荡》中，小城成为一个缺席的在场，整个作品笔在菱荡圩，而文眼在城。试读其中的两个片段：

> ……这里离城才是真近，中间就只有河，城墙的一段正对了竹子临水而立。竹林里一条小路，城上也窥得见，不当心河边忽然站了一个人，——陶家村人出来挑水。落山的太阳射不过陶家村的时候（这时游城的很多），少不了有人攀了城垛子探首望水，但结果城上人望城下人，仿佛不会说水清竹叶

① 杨义：《中国现代小说史》第1卷，人民文学出版社2001年版，第454页。

绿，——城下人亦望城上。

……

塔不高，一棵大枫树高高的在塔之上，远路行人总要歇住乘一乘荫。坐在树下，菱荡圩一眼看得见，——看见的也仅仅只有菱荡圩的天地了，坝外一重山，两重山，虽知道隔得不近，但树林在山腰。菱荡圩算不得大圩，花篮的形状，花篮里却没有装一朵花，从底绿起，——若是荞麦或油菜花开的时候，那又尽是花了。稻田自然一望而知，另外树林子堆的许多球，哪怕城里人时常跑到菱荡圩来玩，也不能一一说出，那是村，那是园，或者水塘四围栽了树。坝上的树叫菱荡圩的天比地更来得小，除了陶家村以及陶家村对面的一个小庙，走路是在树林里走了一圈。有时听得斧头斫树响，一直听到不再响了还是一无所见。那个小庙，从这边望去，露出一幅白墙，虽是深藏也逃不了是一个小庙。到了晚半天，这一块儿首先没有太阳，树色格外深。有人想，这庙大概是村庙，因为那么小，实在同它背后山腰里的水竹寺差不多大小，不过水竹寺的林子是远山上的竹林罢了。城里人有终其身没有向陶家村人问过这庙者，终其身也没有再见过这么白的墙。

这里，“城”是“菱荡圩”世界的重要参照物，“城上人”是作品中或显或隐、无处不在的主人公。无论是陈聋子的勤俭、和善，还是菱荡圩的优美、宁静，无不是“城上人”审视、想象的结果，小说由此勾勒了一幅“城上人望城外人”的独特风景画。叙述者明显的观望姿态，及其超然物外的、极富想象性的审美态度，为作品中的风景和人物蒙上了一层牧歌色彩，表现出了一种静观、空灵的美。菱荡圩因此成为与“城”相对应的想象空间。

在沈从文作品中，“城—城边世界”这一空间叙事结构进一步具象化。“小城镇”在“化外之地”的湘西往往是大型山寨、城堡，以及集散商品的水码头。与山城多一溪之隔的城边世界，往往作为边城的对应空间出现在小说叙事中，成为作家想象、建构“湘西世界”主要的艺术资源。通过“边城”与“边城世界”的和谐与冲突，《边城》、《长河》等作品形象生动地表现了湘西社会在近现代社会转型中的“常”与“变”。

关于《边城》，作家有一段自白：“我要表现的本是一种‘人生形式’，一种‘优美，健康，自然，而又不悖乎人性的人生形式’。我主意不在领导读者去桃源旅行，却想借重桃源上行七百里路西水流域一个小城小市中几个愚夫俗子，被一件人事牵连在一处时，各人应有的一份哀乐，为人类‘爱’字作一度恰如其分的说明。”① 这里所谓的“小城小市”便是一个名叫“茶峒”的小山城。小说的叙事中心却是与茶峒一溪之隔的城边世界，及其与边城的“人事牵连”。小说的开篇交代：

> 由四川过湖南去，靠东有一条官路。这官路将近湘西边境到了一个地方名为“茶峒”的小山城时，有一小溪，溪边有座白色小塔，塔下住了一户单独的人家。这人家只一个老人，一个女孩子，一只黄狗。
>
> 小溪流下去，绕山岨流，约三里便汇入茶峒的大河。人若过溪越小山走去，则只一里路就到了茶峒城边。

这里是尚未被现代工业文明分解的“天人合一”的边野之地，边城与城边世界几乎是一个和谐的整体。无论是城内的团总顺顺，还是杨守兵，都与渡船老人一般正直、诚实，重义轻利；二老兄弟虽出身于团总之家，却一如自然之子，既勇且勤，钟灵毓秀。“边城”与“城边世界”的和谐完整，使之成为两个密切相连而又相互吸引的世界。对翠翠祖孙而言，“城”不仅是他们得以谋生的重要场所，同时也是他们的向往之地。与三姑娘一样，翠翠在青山碧水间成长，恰似自然的精灵，聪明、清秀、可爱。三姑娘虽然心仪小城，却在作者的安排下自觉地停留在城边世界。不同的是，《边城》极力表现了翠翠对城的好奇与向往。一溪之隔的小山城是翠

① 沈从文：《从文小说习作选·代序》，《沈从文文集》第 11 卷，花城出版社 1984 年版，第 43 页。

翠单调生活中的重要内容。翠翠随同祖父生活在渡口，在自然里成长，青山绿水使她的眸子“清明如水晶”，天真而活泼，每天唯一的事情，便是陪同祖父将出城的人渡过来，再将进城的人送过去，十几年如一日。镇日长闲之时，除了与祖父和黄狗逗乐，便是在小溪边与小城对坐，与黄狗皆“张着耳朵”，听祖父说些城中的故事。小城对翠翠而言，永远充满了诱惑。城里的一切都让翠翠感到新鲜而有趣。只要有机会，翠翠便会进城，每一次进城，都会给她流下深刻的印象，给她带来无穷的乐趣。小说写道：

> 茶峒山城只隔渡头一里路，买油买盐时，逢年过节祖父得喝一杯酒时，祖父不上城，黄狗就伴同翠翠入城里去备办东西。到了买杂货的铺子里，有大把的粉条，大缸的白糖，有炮仗，有红蜡烛，莫不给翠翠一种很深的印象，回到祖父身边，总把这些东西说个半天。那里河边还有许多船，比起渡船来全大得多，有趣味得多，翠翠也不容易忘记。

一年一度的端午，是翠翠接近山城的好时机。每当城里龙舟竞赛的鼓声响起，翠翠便禁不住“诱惑”，在祖父的催促下，带了黄狗进城，过大河边去看划船，淹没在人群之中，享受节日的热闹，感受小城特有的魅力与乐趣，“心中充满了不可言说的快乐”。与翠翠祖孙对“城”的好奇和向往相对应的，是城中人对他们的友善与关爱。围绕端午这一古老的传统节日，小说重笔渲染城乡同庆、绅民共乐的民俗生活画面。在这里，孤苦、贫寒的祖孙二人丝毫没有遭受人们的冷漠或歧视，反而受到团总一家的热情款待。第一年端午，二老主动派人将翠翠送回渡口。第二年端午，大老把在河中捉到的鸭子送给翠翠，考虑到祖孙二人日子的拮据，顺顺又嘱咐他送了许多三角粽子。第三年端午，翠翠被请上了团总家的吊脚楼观看龙舟竞赛。“城”与“城边世界”的友好与和谐也正是二老与翠翠相互爱慕的现实基础。如同竹林里的三姑娘，翠翠的可爱正在于她的自然、朴野。翠翠没有碾坊，有的只是大自然给予她的淳朴与灵秀；二老虽出身团总之家，家境殷实，古朴自然的民风习俗却使他一如自然之子般的钟灵毓秀，拒绝以磨坊为陪嫁的富绅之女。翠翠与二老是天造地设的一对，他们的恋情不掺杂任何世俗的物欲，是古朴人生中蒸馏出的一滴甘露。露珠虽小，折射出的却是外来文明惊扰以前湘西世界的优美自然、和谐完整。

正如作家自己所言，相对20世纪30年代这一创作时期而言，《边城》营造的湘西世界显然属于“过去”。20世纪30年代初，“现代”两字已经到了湘西，至40年代，外来物质文明的侵蚀早已在这里留下了斑驳的足迹，小城镇正日益从传统的乡土社会中剥离开去，成为都市和乡村之外的第三种社会区域。也许正因为此，“边城”与“城边世界”的和谐在《边城》结尾被一种“莫名”的东西破坏。祖父在团总一家的误解中带着对翠翠命运的无限忧虑离开了人世。镇守在溪头的白塔随之轰然倒塌。二老远走他乡，“城”成了翠翠无奈而可悲的守望。小说最后写道：“这个人也许永远不回来，也许‘明天’回来!”作家稍后创作的残篇《长河》却让我们无法以乐观的态度预测人物的命运。

无论从小说的主题意向，还是艺术构思、叙事方式来看，《长河》在一定意义上正是《边城》的续篇。① 然而，与前一部作品不同的是，吕家坪与其只有一溪之隔的“萝卜溪”已经成了两个截然不同甚至相互对立的世界，小说表现出明显的抑城镇而扬乡村的价值倾向。吕家坪是一个离辰溪县约一百四十里的水码头，“市面相当繁荣”。有几个收买桐油山货的庄号，十来所祠堂，几所庙宇，十来家小客栈、茶馆以及外帮商人集会的天后宫和上过捐的“戒烟所”。萝卜溪是吕家坪附近较富足的村子之一，土地肥沃带沙，出产大萝卜，因而得名。萝卜溪人以种瓜种菜为业，尤其以橘子出名。外来物质文明的侵蚀使得吕家坪的人情风貌与萝卜溪出现了明显的差异。在吕家坪，三炮台香烟和荔枝龙眼罐头可以买来“送礼”。过路人口渴吃橘子在村子里可不必花钱，一到吕家坪镇

① 沈从文曾拟以阮水为背景，写十部《边城》一类的小说，名为《十城记》。

上，便是并不值钱的极酸的狗矢柑也有老妇人守在渡口发卖了。最明显的即是“农村社会所保有的那点正直朴素人情美，几乎快要消失无余，代替而来的却是近20年实际社会培养成功的一种唯实唯利庸俗人生观。敬鬼神畏天命的迷信固然已经被常识所摧毁，然而做人时的义利取舍是非辨别也随同泯灭了”①。然而，在临河近数里的萝卜溪，情形“可就完全不同”。这里依然保留着淳朴的民风习俗。人们虽无宗教信仰，但观音生日、财神生日、药王生日，以及一切传说中的神佛生日，都从俗敬香或吃斋，出份子给当地办会首事人。一切农村社会传统的节会与禁忌，都遵守奉行，十分虔敬。凡事从俗，并遵照书上所有办理，毫不苟且，从中得到“节日的解放欢乐和忌日的严肃心境”，以此保持传统湘西人勤劳、正直的美德，“吕家坪所有，竟仿佛对之毫无影响”。滕长顺的橘园既广大，家道又殷实。家长滕长顺虽然贵为一地员外，但仍如团总顺顺一样仁义公正，得人信服，足称模范。儿子与二老兄弟一样，小小年龄时就跟随父亲在水上漂，是二老一般既勇且勤的好水手。三个女儿也正如翠翠一般，在阳光雨露中发育开放，就同“三朵花”一样。三女儿夭夭长得“最美最娇”，心性天真而柔和，乖巧而谦虚。水手满满则一如渡船老人正直憨厚。由此可见，《边城》所营造的那个完美的湘西世界在这里已经明显地退缩到乡村。所谓的“优美、健康、自然，而又不悖乎人性的人生形式”在吕家坪已经成为过去，相比之下，萝卜溪成为传统湘西文明的最后一块栖息之地，是作家建构理想世界的“希望”所在。小说在表现萝卜溪古朴自然的同时，强调它不断遭受的来自小镇的种种侵扰和威胁。保安队长赤裸裸地向夭夭一家索要柑橘。夭夭与翠翠一样穿行在吕家坪，不断受到地方官保安队长的骚扰。通过“城—城边世界”的分裂与冲突，小说揭示古老城镇在现代物质文明侵蚀下与传统乡土社会逐渐剥离的状态，以古朴幽静的城边世界之“常”

① 沈从文：《长河·题记》，《沈从文小说选》，人民文学出版社1982年版，第339页。

映衬城镇之“变”，生动地表现了传统湘西社会的分崩离析，揭示了民族的“过去伟大处与目前堕落处”①。

① 沈从文：《长河·题记》，《沈从文小说选》，人民文学出版社 1982 年版，第 339 页。

结　语

与许多关注小城镇题材的作家、研究者一样，我与小城镇有着密切的血缘和地缘关系。我的故乡荆州是一个古老的小城，少年时代的足迹让我熟悉了那里的每一条大街小巷，最难忘的是正月十五的花灯、焰火以及护城河里透明的米虾、城墙上触手可及的蜻蜓。光阴荏苒，如今的荆州虽然披上了各种现代化的外衣，却依然古朴、宁静。

2002—2003 年，受社会学家对小城镇研究的影响，我翻阅了大量的小城镇小说及相关文献资料，发表了《小城镇题材创作与中国现代小说》(《江汉论坛》2013 年第 11 期)，提出了“小城镇题材”小说这一概念。近年来，我一直以微薄之力致力于现代小城镇小说研究，撰写相关论文十余篇。本书从人物、主题、叙事三个部分入手，尝试建立一个相对完整的研究体系，并对小城镇小说展开具体研究。受研究视野、能力和篇幅等方面的限制，本书只是触及其中的一部分。“小城镇小说”研究是一个刚刚开启的庞大的研究课题，本书只是从几个大大小小的切入点展开，存在诸多问题，许多问题未能深入，一些重要的研究方向被排斥在“人物—主题—叙事”框架之外。

小城镇独特的区域—文化特征及其与中国现代知识分子、中国近现代社会发展的特殊联系，赋予了小城镇小说丰富的主题内涵。对于大多数现代知识分子来说，小城镇不仅是他们审视传统人生、反思历史文化的窗口，同时也是重要的精神家园。对此，本书只略有涉及。

从文艺心理学角度来说，“小城镇小说”是探索作家艺术个性和文化心理的重要文本。现代作家大多身居都市，难免会以都市为题，书写都市的人生百味；也时常受某种社会思潮的影响，努力描写乡村生活。由于特殊的亲缘关系，小城小镇才是他们真正熟悉而亲切的话题。相对而言，小城镇小说更多地交融了创作主体的生命历程和人生感悟，无论是内容的选择，还是文体的运用和艺术手法的选择，也往往更具主观性和个性化色彩。例如，相对《子夜》和“农村三部曲”，茅盾以江南小城镇为题材的《霜叶红似二月花》更具个性色彩。其他，如鲁迅的《孔乙己》《在酒楼上》《孤独者》，柔石的《二月》，施蛰存的《上元灯》集，萧红的《呼兰河传》，沈从文的《边城》，师陀的《果园城记》等，皆明显地打上了创作主体的精神烙印，呈现出鲜明的艺术个性。其文体普遍的散文化、诗化倾向和自叙传色彩，特别是其整体的艺术成就之高，为我们研究作家的艺术个性、探讨作家的文化心理提供了独特的视角和丰富的艺术资源。由于小城镇亦城亦乡的双重社会属性，作品所描写的社会风貌和人物类型与都市和乡村题材作品往往具有某种相似性，但审美内涵实际上却有着明显的区别。相关研究将有助于我们更清晰、更完整地把握现代文学的艺术风貌。

小城镇是积淀深厚的民间文化广场，相对日益现代化的都市，它保留了更多的民族文化特色。除古都之外，中国传统的历史文化名城、重镇绝大多数是小城小镇。小城镇特殊的民俗意义使之成为解读民族历史文化的“活化石”，也使得该类题材的创作表现出明显的民俗化倾向。小城镇小说中的民俗描写之多、氛围之浓，是古代小说所没有的。走进小城镇世界，在一定程度上就意味着走进了传统民俗世界。民俗因此成为状写、理解小城镇的一把“钥匙”。小城镇作家大多从小置身于民俗环境，在浓厚的民俗文化氛围中成长。在他们的创作中，民俗是重要的审美对象。在转型初期，创作主体不同的价值标准带来文学作品中“民俗”世界的多样性；丰富、多样的“民俗”世界也折射出创作主体不同的文化立场。生命化是文艺民俗的审美纲要之一。在大多数小城镇小说的民俗话语中，生命意识始终居于价值中心，成为小说叙事的内驱力。作家往往透过民俗热闹而迷人的外观形式，解读民俗背后的生命意蕴及其文化内涵，张扬自由、自在的生命激情。五四新文化运动“科学”

与“民主”精神的倡导与实践，赋予知识分子鲜明的现代理性意识，在肯定民俗文化价值的同时，也清晰地认识到其不合现代伦理和价值体系的部分。以鲁迅为代表的现代作家在发掘民俗原初的自然人性与生命活力的同时，以现代理性意识审视不断裂变与演化的生命图景，揭示国民劣根性以达到思想启蒙的目的。

民俗话语大量进入小说文本，成为小城镇叙事建构的重要元素，或结构小说，或营造氛围、交代叙事背景，或构成小说基本情节链、推动叙事发展，在部分作品中甚至成为叙事的主体对象，从小说叙事渗透到小说的文体层面，以其独特的审美特征和叙述方式改变了部分小说的结构形态。相对传统小说和同时期的都市、乡村题材小说，小城镇小说在文体层面表现出明显的创新与变革，推进了 20 世纪上半叶中国小说的现代化进程。小说结构整体上呈现明显的散文化倾向。废名、鲁迅、沈从文、萧红、师陀等现代作家作品中频繁出现的桥、塔、坟、乌鸦等民俗意象，以及关于各地风物及人文景观的大量描绘，不仅成就了小说情节与人物的叙事背景，同时也改变了传统小说严谨的结构艺术。作为一种“有意味的形式”，风物大量进入现代小说，其独特的象征意味不仅赋予作品诗的境界，同时也造成小说叙述节奏的舒缓与情节的延宕。相对而言，情节化的民俗叙述方式则将程式化、仪式化的民俗事项和日常生活场景带入小说的叙事链。夹杂其中的各种独具民族特色的民歌民谣、神话传说，也在一定程度上冲淡了小说的情节因素，使之成为优美的“叙事诗”或“风俗画”。民俗特定的文化内涵、文艺民俗独特的审美特征和叙述方式，不仅改变了小说的结构模式，也直接影响了部分小说中人物形象的塑造，出现了大量群体而非单个的、共性而非个性的、单一而非复杂的人物形象，人物塑造表现出明显的非典型化倾向。对于大多数中国现代小城镇小说来说，民俗叙事的主要目的并不是探讨一两个人物的命运，而是表现民俗精神及其制约下的社会人生。民俗话语为中国现代小城镇小说提供了一系列民俗人物或“民俗符号”，却少有传统意义上的“典型”人物。值得注意的是，人物形象的典型意义却并没有因此而削弱。在民俗叙事的过程中，“弱化”个性一面的同时“强化”了共性的一面，民俗人物本身所具有的概括性使之在客观上成为特定文化的指归与代码。紧扣小城镇在传统民俗文化传承中的特殊地位，研究小说创作中的民俗审美意识、民俗叙事形态及其对小说文体、叙事的影响，理应成为小城镇小说重要的课题之一。

中西现代小城镇小说的比较研究也是一个十分重要的研究课题，如中美现代小城镇题材小说的比较研究。“小城镇”是中美十分重要的社会区域，也是20世纪上半叶中美小说重要的题材类型。在相当长的时间内，小城镇曾经是美国社会的“基本组织形式”，是美国社会的缩影。勤奋、节省、真诚、平等、自然，成为美国传统文化和生活方式的代表，是人们寄托道德理想和精神家园的净土。19世纪末至20世纪上半叶，尽管中美在现代化、工业化的整体进程上有着明显差异，但小城镇的转型与变化表现出了许多相似之处。在现代工业和消费文化的冲击下，中美小城镇社会结构、地位和功能发生了明显的变革。在中国，由于简陋工业自上而下的渗透、交通和通信条件的改善，以及现代商业气息的浸染，小城镇这一城乡边缘区域与殖民地经济逐步融合，经济形态被深深地打上了现代工业文明的烙印。市场经济体系冲击自然经济体系，传统的经济结构、生产关系、生产方式发生了变化。19世纪与20世纪之交是美国向城市化转变的关键时期，美国的工业化发展出现新趋向，迎来小城镇建设的第一个浪潮。伴随着新居民和工业园区的形成，南方的农业种植园经济迅速解体，新型工业化的小城镇蓬勃发展，传统乡镇的结构、功能开始转型。随之而来的是传统小城镇文化的失落。现代文明的因子以各种形式渗透进中国小城镇，新思想的萌芽带来社会风气的流变，传统的生活方式、价值观念面临前所未有的挑战。美国的新教传统也无法再产生巨大的社会影响，节俭自律的小城镇传统价值体系逐渐被开放、享乐、代表城市生活的美国文化所取代。独具历史文化内涵的小城镇养育、催生了众多优秀的中美小城镇作家，赋予这些小城镇之子共同的“小城镇题材”意识。众多的中美作家出生于小城小镇，在小城镇度过了童年、少年乃至部分中、青年时代。19世纪末至20世纪上半叶，中美文坛相继出现大量以“小城”、“小镇”为题材的作品。小说之外，美国小城镇题材创作广泛涉及诗歌（如埃德加·李·马斯特斯的《匙河集》）、戏剧（如桑顿·怀尔德的《小城风光》）等多种体裁，小说创作则以南方、中西部为主，囊括北方、西南部等众多区域。众作家多以故乡为蓝本，创作出“温士堡”、“戈镇”、“杰斐逊镇”等小城小镇，以“小城镇”为视点，直面特定时期的美国社会现实，反思现代化进程。在鲁迅、茅盾、沈从文、师陀、沙汀、施蛰存、辛克莱·刘易斯、舍伍德·安德森、福克纳等作家的小说中，“小城”、“小镇”同是一个被强调的叙述背景或氛围，甚至成为叙事主体；在部分作品中，为凸显小城镇叙述话语，都市、乡村成为或隐或现的叙事背景，小城镇意识具象地展示在小说的结构之中。这种“小城镇题材”意识既源于变化中不断失落的现实和精神的家园，更与20世纪上半叶中美社会转型期提供给作家的特殊的观察视角相关——旧有的生活和习俗渐渐远去，新的秩序尚未建立，人们普遍生活在新旧交替的文化夹缝之中，不知何去何从。唯此，介于乡村和都市、传统与现代之间的“小城镇”成了一种文化的象征，作为浓缩的空间，揭示时移世易的风云走向，跨越国别的界限承载中美同时代人的反思和希望。从创作实绩来看，20世纪上半叶同为中美小城镇题材小说创作的高潮期，出现了大量优秀的小说，这些作品在一定程度上代表20世纪上半叶中美文学的最高成就，对中美文学创作产生了深远的影响。小镇文学伴随着美国建国和发展的整个历史，但是其高峰期是在20世纪上半叶。这一时期出现了舍伍德·安德森、辛克莱·刘易斯、福克纳等以小城镇为主要创作题材的作家。这些作家集中以美国中西部、南部小城镇为题材，创作了《小城畸人》《大街》《穷白人》《喧哗与骚动》等小说，为现代美国文学作出了卓越的贡献。其中，舍伍德·安德森成为现代美国文学的先驱，辛克莱·刘易斯和福克纳以小城镇为主要领域的创作先后获得诺贝尔文学奖。大量资料显示，20世纪20年代始，《大街》、《小城畸人》等美国作品被翻译、介绍到中国，对20世纪三四十年代中国的小城镇题材小说创作产生重要的影响，对影响的研究也具有一定的必要性和可行性。比较研究中西小说在该题材创作中的异同，在文学、社会学等方面具有一定的理论意义和实际价值。一方面，在推动小城镇题材小说研究的同时能够拓展中美比较文学研究，深化中美现代文学研究。近二十年来，20世纪中、美小城镇题材小说研究取得了丰硕的成果，二者的比较研究有助于我们清晰地把握中美小城镇题材小说的创作特色，在更广泛的视野中准确认识小城镇题材小说的艺术个性和审美价值，将小城镇题材小说研究向深、广度推进。中美文学的比较研究一直是比较文学的重要课题。比较研究20世纪中美小城镇题材小说，能够帮助我们拓展中美比较文学的研究范围，在中美比较文学之间架起一座新的桥梁。20世纪上半叶，中美小城镇题材小说的创作者多为现代中美文学的先驱，比较研究涉及代表中美现代小说创作实绩的重要作家和作品，研究本身即是从一个特定的题材领域对中美现代文学的一次检阅，分别为两国文学建立一个特定的参照体系，对于进一步探寻中美现代文学无疑具有十分重要的意义，对当下小城镇题材创作具有一定的指导和借鉴意义。另一方面，清晰地认识中美近现代社会由传统向现代转型的“轨迹”，对于正日益发展的全球现代化进程具有十分重要的参考价值。由于19世纪末20世纪上半叶中美现代化进程的落差，研究结果对于当代中国的“小城镇”研究以及中国社会的城市化、现代化建设等问题具有重要的参考价值。小城镇建设是经济全球化发展的重要课题之一，中美现代化过程中积累的经验和教训对世界各国具有一定的借鉴作用。

20世纪50—70年代，除汪曾祺等个别作家的创作涉及小城镇题材之外，小城镇小说创作基本处于静止状态。20世纪50—60年代是小城镇的衰落期，人口数量下降，个体商业不断受到打击，市场经济萧条。20世纪70年代初期出现转机，十一届三中全会以后呈现出发展、繁荣的景象。从1980年年底起，“小城镇、大问题”成为政府制定政策的一个重要方面，小城镇数量急剧上升。以建制镇为例，数量从1980年的2874个快速增加到2002年的19780个，居住者超过城市人口总数的三分之一，① 小城镇的“第三种社会”特征日益明显。从20世纪80年代的复苏到90年代以来的勃发，

① 傅崇兰：《小城镇论》，山西经济出版社2003年版，第15页。

小城镇小说创作与小城镇社会一样，踩着中国现代化的节奏得到了长足的发展。汪曾祺的江南小城高邮，林斤澜的矮凳桥，孙方友的颍河镇，陈州、陈世旭的“小镇”，彭瑞高的六神乡，何申的热河城与“穷县”，薛舒的刘湾镇，鲁敏的东坝小镇，周大新的柳镇和柳林镇，曾楚桥与钟求是的南方小镇，迟子建的东北小镇，温亚军的边疆小城等，从南方到北方，从边疆到沿海，不同地域、各具特色的小城镇风貌呈现在读者面前。这一时期的小城镇小说一方面承续现代小城镇小说的诸多特征，另一方面，由于小城镇社会和新时期以来文学自身的发展，表现出许多新的特质。

小城镇文化形态依然是小城镇小说创作的重要内容。从20世纪80年代的汪曾祺、林斤澜到当下活跃在文坛的孙方友、陈世旭，作家将叙事的焦点对准城镇独特的人情风貌和凡俗人生，考量小城镇人格，审视小城镇文化构成。公共空间依然是审视小城镇文化和凡俗人生的重要窗口，只是电影院、歌舞厅、文工团、剧团、文化馆等众多的空间取代了曾经单一的茶馆，留存下来的是公共空间不变的社交、休闲娱乐功能。曾经供地方头脑谈公事、做交易的茶馆则被小城镇中或大或小的餐馆、酒店所取代。在那些被称为“现实主义冲击波”文学中的乡镇题材小说或反映县、乡、镇基层政府运作的作品中，餐馆、酒店是吃饭喝酒、宴请上级领导和重要客商的主要场所。尤其在乡镇，这些特殊的公共场所是“权力精英群体半制度化互动的结构化空间，这一空间的主要功能是利益型（即政治型）而非文化和休闲型的，除非因为各种红白喜事，居民需要到餐馆来包宴席，餐馆与乡镇民间生活基本上无缘”①，餐馆的经营者也多与政府机关有着种种特殊的联系。茶馆亦不是原来的模样，呈现出了时代风貌。现代化的音响、灯光，城市酒吧中常见的歌手、流行歌曲，与精致的茶具、典雅的桌椅汇聚一堂，引得年轻或中年一代走进了茶馆。

晚清民初以来，尤其是中华人民共和国成立以来的小城镇历史

① 吴毅：《小镇喧嚣——一个乡镇政治运作的演绎与阐释》，三联书店2007年版，第633页。

变迁是小城镇叙事的重点。如《芙蓉镇》(古华)、《古船》(张炜)、《镇长》、《将军镇》、《李芙蓉年谱》(陈世旭)、《阖岚镇沿革》(贾兴安)、《圣天门口》(刘醒龙)、《旧址》(李锐)等。从表现内容来看，该类作品几乎囊括了20世纪以来所有重要的历史事件，尤其是中华人民共和国成立以来重要的政治运动，从不同的视角演绎、评判小城镇历史风云和小城镇人的生存史。以20世纪80年代末90年代初为界，新时期以来的小城镇历史叙事立场经历了一个由“国家”—“民间”的发展过程。前者以《芙蓉镇》为代表，按照主流意识的元话语或“元历史”审视小城镇发展和变迁，抒写小城镇人的命运沉浮。后者以平民视角和民间价值取向解读重大历史事件，关注底层民众的生存状态，拆解曾经不容置疑的主流话语，表达个性化的历史认知，如《阖岚镇沿革》对经典的阶级剥削论的解构，《李芙蓉年谱》对“文革”的荒诞的展示，《古船》对土地改革运动的反思等。

随着改革开放以来中国社会的发展、变化，小城镇现代化进程不断向前推进，小城镇小说的现代性反思相对于现代文学呈现出许多新的特征。最突出的是视角的多元化和明显的阶段性。

文化依然是审视小城镇现代化进程的主要视角。20世纪80—90年代中期，传统与现代文明的对话以及二者的汇通、融合所带来的小城镇社会的发展是小说创作的重要话题，小城镇因此呈现出20世纪上半叶同类题材作品中少见的欣欣向荣、蓬勃发展的面貌。姜天民的《小城里的年轻人》等作品聚焦“在时代激变之际与时俱进”的小城镇青年人的生活，积极、正面地展示了小城镇社会的“中介性”和“包容性”，小城镇以宽大的胸襟接受新观念、新事物的冲击，推动乡土基层社会的发展和变革。20世纪90年代中后期，随着现代化进程的逐步深化，小城镇社会发展过程中的诸多问题开始受到人们的广泛关注，创作主体的叙事视角和审美态度也随之发生了明显的变化。文化视角下的反思开始指向小城镇现代化过程中经济发展与道德危机之间的矛盾冲突。孙步康的《小镇风流》描写经济大潮袭来之际小镇人的义利选择及两种力量的较量；邵振国的《远乡夫妇》展现经济急剧变化时期物质功利在小镇人灵魂上的烙印；曾楚桥的《规矩》、《幸福咒》再现经济发达的南方小镇暴发后的轻狂与不仁。《分享艰难》(刘醒龙)、《兄弟》(余华)等作品对洪塔山、李光头一类的“经济能人”的“堕落”或“恶”极尽讽刺、丑化之能事，流露出强烈的道德审判意识。《小镇》(林森)等作品则指出，现代城市文化侵袭的对象主要是代表未来的年轻一代，在传统与现代、后现代的对话中，年轻一代对包括价值观念、生活方式、思想信仰、生活习俗等在内的传统文化模式提出质疑，接受城市文化并与其趋于同化状态。小城镇传统力量经历着前所未有的危机，原有文化体系面临自我裂变，这种裂变造成原有的生活模式和传统价值体系的断裂。显然，那些曾经出现在沈从文等现代作家笔下的“隐忧”正逐步成为一种不容忽视的普遍的现实。如何在保留传统文化的同时加快现代化步伐成为小城镇小说的重要话题。对此，叙述者的态度显得复杂而无奈。

从社会学角度审视小城镇现代化的利弊得失，是20世纪90年代中后期以来小城镇叙事的重要特点。该视角敏锐地触及近二十年来小城镇在“城市化”急剧推进过程中出现的社会问题，如人口流失、社会保障不足、文物保护缺失、新旧布局不当、人文因素缺失、不同地域发展不平衡等。《哺乳期的女人》（毕飞宇)、《上种红菱下种藕》（王安忆）等作品较早揭示江浙、沿海一带经济较发达地区小城镇的人口流动、留守儿童和老人等一系列现实问题。受小城镇自身格局和多种客观条件的制约，小城镇的经济发展快速达到饱和，积累了一定资本的生意人纷纷转向大城市，寻求更大的发展空间，留在他们身后的要么是“迟早要报废”的华舍一样的小镇，要么如断桥镇，年轻人沿着水路消失得无影无踪，留下的除了老人、孩子就是几个中年妇女。父母四处打拼，孩子拥有了相对丰富的物质生活，却在孤独、寂寞中成长，留下难以磨灭的心理阴影。类似的情形陆续在各地小城镇故事中反复演绎。《秦腔》（贾平凹）为行将过去的棣花街“树一块碑子”，镇上的人家十有八九迁居到国道边，老街几乎要废弃了，镇里没有了精壮劳力，以至于死了人都抬不到坟里去。在小城镇建设的热潮中，一些原本繁荣或一度繁荣的小城镇逐步走向衰落，发展中的小城小镇则出现了整齐划一的倾向。钟求是、魏微、贾兴安、白天光等作家纷纷质疑小城镇“都市化”的发展目标。在工业化和都市化的急剧扩张下，小城镇已不是当年的模样，小城小镇的个性化正逐步消失，放眼望去，是超市、餐馆、医院、旅馆、机场等标准化的流动场所，是模式化了的都市场景,① 甚至“比城市还城市”②。

同时出现的是生态视角。叙述者从环境污染等问题入手，关注小城镇工业化、城市化过程中出现的人与自然的诸多问题，探索小城镇的可持续发展。特殊的区域位置和发展条件，使得环境污染这一与改革开放、经济发展相伴而生的问题在小城镇显得尤为突出。乡镇企业有限的生产技术、小城镇基础设施的相对落后，使得生态环境的恶化在小城镇显得触目惊心。清澈的河水、宁静的小巷在不断消失，再也见不到葱郁的大树和成片的芳草绿地。《上种红菱下种藕》等作品中，生态环境每况愈下，人们早已不再使用水乡小镇的河水，单是垃圾就能把华舍埋住。

与现代小城镇作家一样，这一时期涉及小城题材创作的作家大多来自小城小镇，小城镇叙事是个体记忆的书写，也是故土情结的表达。他们熟悉小城小镇的风物，流连与怀旧之情是挥之不去的情愫，回忆也就带有了乡愁，如影随形，刻骨铭心。在鲁敏、魏微、薛舒等作家的笔下，相对喧嚣浮躁、人情冷漠的都市，小城依然是一片心灵憩息之地，高玉铭(鲍十《芳草地去来》)、李固、桑成(王十月《白斑马》)从复杂喧闹的城市中逃离，进入小城小镇，寻求安静祥和的生活。然而，相对于诗意的固守，更多的作品表现的是诗意的瓦解和家园的失落。曾经的世外桃源在工业化和都市化的急剧扩张下，正逐渐淡出人们的视野。小城镇在城市化的进程中变得不伦不类，“宽阔”得“不恰当”的新街、日益浑浊的河水和遍地的垃圾、“扎眼的”新和亮反露出“俗艳”(《上种红菱下种藕》)。这里已经不是过去的城镇，不再是一个熟悉、稳固的生活与交往场

① 耿占春：《被抽空的时间与空间》，《十月》2008年第1期。

② 贾兴安：《阖岚镇沿革》，《钟山》2003年第2期；白天光：《小福子的幸福日子》，《山东文学》2007年第12期。

所，不再有世代延续感，不再是“我称之为故乡”的小镇①，而是一个流动的空间，“她没有乡村的古朴又缺乏城市的现代，她不是回味的所在又不是向往的所在，她是一个夹缝一个桥梁一个符号一个升降不定的音符”②。老潘们作为传统文化的代表，以毕生的经验和智慧去挽救自己的家族，子孙潘宏万们则被现代潮流冲击得无处可依，心灵流离失所(《小镇》)。

近二十多年来，对基层政府机构和权力的审视逐步成为小城镇小说创作的焦点之一，出现了所谓“百人千篇”的现象。时光荏苒，尽管小城镇发生了诸多变化，其基本的社会属性、社会功能却未曾出现根本性的改变，小城镇在基层社会政权结构中的特殊性和重要性也并未随着历史的变迁和现代化的步伐而消失。何申、彭瑞高、陈世旭、孙文友、张继、王新军、王祥夫、毕四海、向本贵、谭文峰、刘醒龙、阎连科、阿宁、李佩甫、刘玉堂、田东照、薛友津、陈良、林和平、陈玉龙、叶明山、阎刚、相裕亭、王渊平等众多作家将小城镇政权的运作作为重要的描写对象，聚焦于基层的政府行为及政府间的权力关系制约，推出了《中国乡官》《乡镇干部》《分享艰难》《无根令》《小城秘密》《小城师爷》《年前年后》《向上的台阶》《大雪无乡》《一个乡长的来信》《镇长》《本乡有案》《女乡长》《乡镇合一》《选举》等力作，或揭示小城镇政权的权力结构、小城镇官场的风云诡谲，或揭露时弊，表现基层政权的艰难运作，审视政府官员在小城镇这一特定空间内的生存境况，全面展示了当下中国基层社会的政治生态，表现新时代基层政权面临的新现实和新问题，发掘传统官本位意识在民间的滋生与积淀。

相对而言，真正意义上的经济题材或经济视角显得极为匮乏，小城镇因此更多地被叙述为文化、政治实体而非经济实体代表的现实存在。在这一时期的文学世界中，作为缓冲地带的小城镇在中国社会的发展结构中的文化、政治意味明显胜于经济意义，也许这正是当代小城镇社会发展的特点或症结所在，也是当下小城镇题材小

① 钟求是：《未完成的夏天》，《当代》2005年第4期。

② 孙惠芬：《伤痛故土》，《青年文学》1996年第11期。

说创作需要努力发掘、深化的方向。

地方官员、工商业者、知识分子依然是20世纪80年代以来小城镇小说重要的人物类别，只是具体的称谓、身份及其所代表的社会文化内涵随着时代的变迁出现了变化。从20世纪八九十年代到21世纪，政府官员的身份经历了由具有神圣性、国家威权“隐喻性”的“干部”向平民化、职业化的“行政管理者”和“政府公务员”转变，两者均与现代小城镇小说中的“小官僚”形象有着明显的差别。作为艺术形象，后者无疑更为成功。该类人物具有双重身份特征，既是国家抽象权力在基层的具象存在、国家政策法令的代言人，又是为生计而奔波的“职场”从业者，是芸芸众生中有着七情六欲的普通“市民”。与此同时，形形色色的匠人（手工业主）、小业主（小商人）出现在汪曾祺、林斤澜、孙方友、陈世旭等作家的作品中，叙述者多以淡雅轻松的笔触表现人物的淳朴、善良与诚信，描写他们在时代变革中的命运沉浮，展示小城小镇独特的商业文化。20世纪八九十年代的叙事视角中具有明显的政治意识和“改革开放”的时代气息，具有现代价值和时代意义的女商人、女强人出现在《香油坊》等小城镇小说中。从“时间”层面看，这一时期的小城镇知识分子可划分为传统文人与当代文人。以高北溟(汪曾祺《徙》)为代表的传统知识分子深受儒道文化的影响，有着特定的精神操守与价值追求。活在当下的小城镇知识分子中既有如伊老师(鲁敏《纸醉》)一般具有仁爱之心的“理想主义者”，以博大、悲悯的人文情怀温暖他人，以微薄之力弥补人们生活的缺憾，也有陈青黄(徐迅《梦里的事哪会都真实》)似的为现实所困、不甘平庸、苦苦挣扎的青年知识分子。从“职业”角度看，小城镇知识分子可分为普通教师、书画家、医生、文化干部等。在汪曾祺、孙方友、薛舒、鲁敏等作家的笔下，教师是知识分子群体的核心板块，但对普通教师的关注度较现代小说明显减弱了。“文化干部”成为一个新的热点出现在《将军镇》(陈世旭)、《六神无主》(彭瑞高)等作品中。这里所指的文化干部主要指在“文化”或“文教”等行政部门担任职务的知识分子（如文化站站长、校长等），是知识分子群体中的特殊部分，其特殊性在于文人兼干部的双重身份。文化干部在知识分子群体中所占的比例较小，但他们享有普通小城镇知识分子没有的话语权，其身份、地位，尤其是在当地的影响力类似于传统绅士，只是没有名义上的特权。相对而言，普通小城镇知识分子的形象描写有所欠缺，其中，对于医生这一小城镇重要群体的描写明显不够，小城镇知识界的生存境况不及“官人”形象来得深刻，小城镇知识分子普遍面临的理想与现实的矛盾以及市场经济、世俗物质生活与传统的道德立场、人文追求两难选择理应得到更具体、更深入的表现。在整体上，理想化、古典化色彩较浓，写实性有待进一步提升。此外，作家们还描写了两个重要群体。其一是生活在“村街”、“乡镇”的农民和进入小城的“农籍市民”，这些活跃在《古船》(张炜)、《洞天》(李贯通)、《我那遥远的故乡小镇》(李骏)、《李八碗春秋》(陈世旭)、《远乡夫妇》(邵振国)等作品中的农民群体与现代小城镇小说中的闰土、浣衣母一样，从各自不同的角度为表现小城镇亦城亦乡的“中介”性区域特征和社会属性、考察现代化进程中小城镇的“乡土”的根性、描写新旧文化的对话与冲突、揭示当代农民在现代化进程中的命运沉浮和精神蜕变提供了参照物。其二是包括无固定职业者、游民、有闲阶层、退休人员、家庭妇女等在内的“闲人群体”。在汪曾祺、林斤澜、孙方友、陈世旭等作家的笔下，他们是里巷文化、风月文化、茶馆文化的主要承载者和创造者，相对鲁迅、沙汀、萧红等现代作家，作家对该类人物的审美心态把玩、戏谑有余，反思、批判不足。

以鲁迅的“鲁镇”小说、沙汀的川西北小镇系列、废名的东南小城小说为代表，现代小城镇小说以沉郁、凝重为主，兼有从容、淡泊、宁静之风，沈从文的《边城》等作品表现出明显的牧歌情调和挽歌色彩。新时期以来的小城镇小说基本上延续了前两种创作风格。前者集中在20世纪80—90年代以政治意识形态抒写现状、审视历史的作品，以中、长篇小说为主，如《芙蓉镇》、《将军镇》、《古船》等；后者主要是民间视角下的小城镇叙事，林斤澜的“矮凳桥风情”系列、汪曾祺的《大淖记事》《岁寒三友》《晚饭花》《故里三陈》《七里茶坊》等是其代表性作品，它们或讲述逸闻趣事，或陈列风味食品，或状写人情风貌，以此审视小城镇文化，品味凡俗人生，发掘生活情趣。相对于同时期的乡村、都市题材小说，该类作品彰显了小城镇题材小说的独特风貌，为新时期以来喧嚣、浮躁的中国文学开辟了一片宁静、清凉之地。相对于浮华的都市，小城亦显示出了牧歌般的优美，鲁敏、魏微、薛舒等人的小城故事传达出对淳厚、质朴、单纯、善良的人性美的追求，只是受新时期以来中国社会整体面貌和主体文化、文学思潮的影响，带有牧歌情调、挽歌色彩的作品极为少见，取而代之的是众多颇有风趣、滑稽之意，具戏谑、诙谐格调的作品。“文革”题材的特殊意味、经济社会发展对传统价值观念和社会生活的巨大冲击，使得新时期小城镇题材创作从一开始便表现出现代小说少有的戏谑、讽刺色彩。20 世纪 80 年代末 90 年代初始，受大众化、世俗化社会思潮，“休闲文学”思潮和西方现代派、后现代派文学的影响，幽默、怪诞之风进入小城镇叙事中。尤其是 21 世纪以来，陈世旭、孙方友、余小偶、鲁敏等大多数作家的小城镇小说创作均不同程度地表现出该类叙事风格，叙事主体追求作品的滑稽、幽默、荒诞等审美效果，调侃、揶揄、嘲弄成为常见的“戏控手段”，情节多荒诞、幽默，语言滑稽风趣，充满反讽、悖论。在孙方友的几百篇“新笔记体小说”中，约有半数的篇目将“乐”置于重要位置，规避直接的价值判断，以“趣”为美，以“趣”娱人，以“趣”自娱，《刘老克》《接喜神》等作品主题立意、情节结构、语言表述均带有明显的戏剧色彩，堪称“喜剧”，小说以此戏说人世，调侃人性的弱点，旁观历史进程中的潮起潮落。就审美风格而言，多种风格相互交融是众多作品的共同特点。如林斤澜的平和冲淡中显露出幽秘怪诞；孙方友的《蚊刑》《猫王》等作品将现实批判深藏于讽喻之中，整体叙述语气平和、情趣盎然，字里行间显现出作家的从容与豁达；《李芙蓉年谱》等以个人命运沉浮承载历史反思的作品则显现出登高远望的宁静与淡泊；陈世旭反思“当代史”作品的基本风格是幽默，但幽默之中显出平和淡定，作者在调侃历史的荒诞或“非理性”时显露出达观与恬淡；《兄弟》《刺猬歌》等作品则以戏谑的语言狂欢遮蔽对“经济能人”严肃的道德审视。

此外，随着作家群体整体上与小城镇血缘、地缘关系的逐渐淡化，21 世纪以来小城镇小说创作的理性化倾向越来越明显。叙述者多是一个冷静的旁观者，理智地审视小城镇的社会人生，不作情感介入，作品因此多指向人类最直接的生活经验和生存困境，具有一定的哲学内涵。鲁迅、叶圣陶、师陀、萧红等现代作家笔下丰富、复杂的审美感受以及由此带来的浓郁的抒情色彩随之淡化。

随着中国社会现代化进程的不断深入，小城镇必将受到更多的关注。“小城镇小说”是一个有着广阔发展前景的研究命题，笔者将在这一领域继续探索，并希望有更多的研究者参与其中，拓展研究视野，深化现代文学研究。

本书的出版得到了湖北工业大学博士基金（BSQD0837）的资助，在此表示感谢！

参考文献

[1] 阿斯特莉特·埃尔．文学作品中集体记忆的媒介［C］/阿斯特莉特·埃尔，冯亚琳．文化记忆理论读本［M］．北京：北京大学出版社，2012.

[2] 伏尔泰．风俗论［M］，北京：商务印书馆，1996.

[3] 莫里斯·哈布瓦赫．论集体记忆［M］．毕然，郭金华，译．上海：上海人民出版社，2002.

[4] 费正清，等．中国：传统与变革［M］．陈仲丹，等，译．苏州：江苏人民出版社，1992.

[5] 吉尔伯特·罗兹曼．中国的现代化［M］．陶骅，译．上海：上海人民出版社，1989.

[6] R. E. 帕克，等．城市社会学——芝加哥学派城市研究文集［C］．宋俊岭，等，译．北京：华夏出版社，1987.

[7] 施坚雅．中华帝国晚期的城市［M］．叶光庭，等，译．北京：中华书局，2000.

[8] 埃比尼泽·霍华德．明日的田园城市［M］．金经元，译．北京：商务印书馆，2000.

[9] R. M. 基辛．文化、社会、个人［M］．甘华鸣，译．沈阳：辽宁人民出版社，1988.

[10] 巴特·穆尔·吉尔伯特，等．后殖民批评［M］．杨乃乔，等，译．北京：北京大学出版社，2001.

[11] 戴维·洛奇．小说的艺术［M］．王峻岩，等，译．北京：作家出版社，1998.

[12] 丹尼尔·贝尔．资本主义文化矛盾［M］．赵一凡，蒲隆，任晓晋，译．上海：三联书店，1989.

[13] 戈德曼. 文学社会学方法论 [M]. 段毅, 牛宏宝, 译. 北京: 工人出版社, 1989.
[14] 哈贝马斯. 公共领域结构转型 [M]. 曹卫东, 等, 译. 上海: 学林出版社, 1999.
[15] 哈贝马斯. 沟通行动理论 [M]. 洪佩郁, 等, 译. 重庆: 重庆出版社, 1994.
[16] 汉娜·阿伦特. 极权主义的起源 [M]. 林骧华, 译. 台北: 台湾时报文化出版社, 1995.
[17] 华莱士·马丁. 当代叙事学 [M]. 伍晓明, 译. 北京: 北京大学出版社, 1990.
[18] 金介甫. 沈从文笔下的中国社会与文化 [M]. 虞建华, 邵华强, 译. 上海: 华东师范大学出版社, 1994.
[19] 李欧梵. 现代性的追求 [M]. 北京: 三联书店, 2000.
[20] 尼采. 悲剧的诞生 [M]. 周国平, 译. 现代西方学术文库. 上海: 三联书店, 1986.
[21] 浦安迪. 中国叙事学 [M]. 马海良, 译. 北京: 北京大学出版社, 2002.
[22] 伊夫·瓦岱. 文学与现代化 [M]. 田庆生, 译. 北京: 北京大学出版社, 2001.
[23] 约瑟夫·弗兰克, 等. 现代小说中的空间形式 [M]. 秦林芳, 译. 北京: 北京大学出版社, 1991.
[24] 詹姆斯·费伦. 作为修辞的叙事 [M]. 陈永国, 译. 北京: 北京大学出版社, 2002.
[25] 蔡秀玲. 论小城镇建设——要素聚集与制度创新 [M]. 北京: 人民出版社, 2002.
[26] 陈国恩. 浪漫主义与20世纪中国文学 [M]. 合肥: 安徽教育出版社, 2000.
[27] 陈继会. 中国乡土小说史 [M]. 合肥: 安徽教育出版社, 1999.
[28] 陈继会. 二十世纪中国小说文化精神 [M]. 上海: 东方出版社, 2002.

［29］陈平原．中国小说叙事模式的转变［M］．上海：上海人民出版社，1988.
［30］陈勤建．中国民俗［M］．北京：中国民间文艺出版社，1989.
［31］陈庆元．文学：地域的观照［M］．上海：三联书店，2003.
［32］陈顺馨．中国当代文学的叙事与性别［M］．北京：北京大学出版社，1998.
［33］陈兴中，周介铭．中国乡村地理［M］．成都：四川科学技术出版社，1989.
［34］陈志让．军绅政权——近代中国的军阀时期［M］．上海：三联书店，1980.
［35］邓子琴．中国风俗史［M］．成都：巴蜀书社，1988.
［36］丁帆．中国乡土小说史论［M］．苏州：江苏文艺出版社，1992.
［37］丁长清，慈鸿飞．中国农业现代化之路——近代中国农业结构、商品经济与社会市场［M］．北京：商务印书馆，2000.
［38］东方美．生命理想与文化类型［M］．北京：中国广播电视出版社，1992.
［39］董德福．生命哲学在中国［M］．广州：广东人民出版社，2001.
［40］樊星．当代文学与地域文化［M］．武汉：华中师范大学出版社，1997.
［41］范家进．现代乡土小说三家论［M］．上海：三联书店，2002.
［42］方克立．走向二十世纪的中国文化［M］．太原：山西教育出版社，1999.
［43］费孝通．费孝通选集［M］．天津：天津人民出版社，1988.
［44］高丙中．民俗文化与民俗生活［M］．北京：中国社会科学出版社，1994.
［45］高恒文．京派文人：学院派的风采［M］．上海：上海教育出版社，2000.

[46] 高小康．市民、士人与故事：中国近代社会文化中的叙事［M］．北京：人民出版社，2001.

[47] 龚书铎．中国近代文化概念［M］．北京：中华书局，1997.

[48] 顾朝林．中国城镇体系——历史·现状·展望［M］．北京：商务印书馆，1996.

[49] 顾颉刚．顾颉刚民俗学论集［M］．上海：上海文艺出版社，1998.

[50] 韩立群．沈从文论——中国现代文化的反思［M］．天津：天津人民出版社，1994.

[51] 胡顺延，等．中国城镇化发展战略［M］．北京：中共中央党校出版社，2002.

[52] 胡伟略．人口社会学［M］．北京：中国社会科学出版社，2002.

[53] 胡潇．世纪之交的中国［M］．长沙：湖南出版社，1991.

[54] 黄健．京派文学批判研究［M］．上海：三联书店，2002.

[55] 纪晓岚．论城市本质［M］．北京：中国社会科学出版社，2002.

[56] 贾剑秋．文化与中国现代小说［M］．成都：巴蜀书社，2003.

[57] 蒋子丹．边城凤凰［M］．石家庄：河北教育出版社，2003.

[58] 解志熙．和而不同——中国现代文学片论［M］．北京：清华大学出版社，2002.

[59] 金耀基．从传统到现代［M］．北京：中国人民大学出版社，1999.

[60] 李俊国．中国现代都市小说研究［M］．北京：中国社会科学出版社，2004.

[61] 李书磊．都市的迁徙［M］．吉林：时代文艺出版社，1993.

[62] 李树琮．中国城市化和小城镇发展［M］．北京：中国财政经济出版社，2002.

[63] 李云才．小城镇新论［M］．北京：气象出版社，1994.

[64] 李宗桂．文化批判与文化重构——中国文化出路探讨［M］．

西安：陕西人民出版社，1995.
[65] 林毓生．中国传统的创造性转化［M］．上海：三联书店，1988.
[66] 凌宇．从边城走向世界——对作为文学家的沈从文的研究［M］．上海：三联书店，1985.
[67] 凌宇．沈从文传：生命之火长明［M］．北京：北京十月文艺出版社，1988.
[68] 凌宇．重建楚文化的神话系统［M］．长沙：湖南文艺出版社，1995.
[69] 刘小枫．诗化哲学［M］．济南：山东文艺出版社，1987.
[70] 刘小枫．拯救与逍遥［M］．上海：上海人民出版社，1988.
[71] 刘永佶．中国文化现代化［M］．保定：河北大学出版社，1997.
[72] 刘再复，林岗．传统与中国人［M］．合肥：安徽文艺出版社，1999.
[73] 刘祖云．从传统到现代——当代中国社会转型研究［M］．武汉：湖北人民出版社，2000.
[74] 龙泉明．在历史与现实的交合点上：中国现代作家文化心理分析［M］．西安：陕西人民出版社，1992.
[75] 卢风．人类的家园——现代文化矛盾的哲学反思［M］．长沙：湖南大学出版社，1996.
[76] 栾梅健．前工业文明和中国文学［M］．南宁：广西教育出版社，2000.
[77] 罗国杰，等．伦理学教程［M］．北京：中国人民大学出版社，1985.
[78] 麻国庆．走进他者的世界：文化人类学［M］．北京：学苑出版社，2002.
[79] 孟悦．历史与叙述［M］．西安：陕西人民教育出版社，1998.
[80] 明恩溥．中国乡村生活［M］．陈午晴，唐军，译．北京：中华书局出版社，2006.

[81] 庞朴．文化的民族性与时代性［M］．北京：中国和平出版社，1988.
[82] 逄增玉．黑土地文化与东北作家群［M］．长沙：湖南教育出版社，1995.
[83] 裴毅然．二十世纪中国文学人性史论［M］．上海：上海书店，2000.
[84] 阮仪三．江南六镇［M］．石家庄：河北教育出版社，2002.
[85] 沙汀．乡镇小说［M］．上海：上海文艺出版社，1992.
[86] 邵汉明．中国文化精神［M］．北京：商务印书馆，2000.
[87] 申丹．叙述学与小说文体学研究［M］．北京：北京大学出版社，1998.
[88] 司马云杰．文化悖论［M］．济南：山东人民出版社，1990.
[89] 宋剑华．现代性与中国文学［M］．济南：山东教育出版社，1999.
[90] 孙子威．文学原理［M］．武汉：华中师范大学出版社，1989.
[91] 陶东风．社会转型与当代知识分子［M］．上海：三联书店，1999.
[92] 陶鹤山．市民群体与制度创新——对中国现代化主体的研究［M］．南京：南京大学出版社，2001.
[93] 田中阳．湖湘文化精神与二十世纪湖南文学［M］．长沙：岳麓书店，2000.
[94] 童庆炳．现代心理美学［M］．北京：中国社会科学出版社，1993.
[95] 汪晖，陈燕谷．文化与公共性［M］．上海：三联书店，1998.
[96] 王富仁．灵魂的挣扎［M］．北京：时代文艺出版社，1993.
[97] 王富仁．中国反封建思想革命的一面镜子——《呐喊》《彷徨》综论［M］．北京：北京师范大学出版社，2000.
[98] 王铭铭．逝去的繁荣——一座老城的历史人类学考察［M］．杭州：浙江人民出版社，1999.

［99］王乾坤．鲁迅的生命哲学［M］．北京：人民文学出版社，1999.
［100］王文宝．中国民俗学史［M］．成都：巴蜀书社，1995.
［101］王先明．中国近代社会文化史论［M］．北京：人民出版社，2000.
［102］王晓明．无法直面的人生——鲁迅传［M］．上海：上海文艺出版社，1993.
［103］乌丙安．民俗学原理［M］．沈阳：辽宁教育出版社，2001.
［104］吴承明．中国资本主义与国内市场［M］．北京：中国社会科学出版社，1985.
［105］吴福辉．都市漩流中的海派小说［M］．长沙：湖南教育出版社，1995.
［106］吴立昌．沈从文：建筑人性神庙［M］．上海：复旦大学出版社，1991.
［107］吴祥钧，徐大伟．小城镇经济管理［M］．北京：中国经济出版社，1989.
［108］熊家良．现代中国的小城文化与小城文学［M］．北京：中国社会科学出版社，2007.
［109］徐迟．江南小镇［M］．北京：作家出版社，1993.
［110］徐岱．小说形态学［M］．杭州：杭州大学出版社，1992.
［111］许道明．京派文学的世界［M］．上海：复旦大学出版社，1994.
［112］许涤新，吴承明．中国资本主义发展史［M］．北京：人民出版社，2005.
［113］许纪霖．寻求意义——现代化变迁与变化批判［M］．上海：三联书店，1997.
［114］严家炎．中国现代小说流派史［M］．北京：人民文学出版社，1989.
［115］严家炎，陈平原，吴福辉，等．二十世纪中国小说理论资料（1~4卷）［M］．北京：北京大学出版社，1997.

[116] 杨东平. 城市季风 [M]. 上海：东方出版社，1994.
[117] 杨剑龙. 放逐与回归——中国现代乡土文学论 [M]. 上海：上海书店，1995.
[118] 杨懋春. 近代中国农村社会之演变 [M]. 台北：台湾巨流图书公司，1980.
[119] 杨守森. 二十世纪中国作家心态史 [M]. 北京：中央编译出版社，1998.
[120] 杨义. 文化冲突与审美选择 [M]. 北京：人民文学出版社，1988.
[121] 杨义. 中国现代小说史 [M]. 北京：人民文学出版社，1998.
[122] 杨义. 中国叙事学 [M]. 北京：人民出版社，1997.
[123] 杨义. 重绘中国文学地图 [M]. 北京：中国社会科学出版社，2003.
[124] 叶广岑. 老县城 [M]. 北京：中国工人出版社，2004.
[125] 叶舒宪. 文学与人类学 [M]. 北京：社会科学文献出版社，2003.
[126] 衣俊卿. 现代化与日常生活批判 [M]. 哈尔滨：黑龙江教育出版社，1994.
[127] 易中天. 读城记 [M]. 上海：上海文艺出版社，2006.
[128] 余仰涛. 思想关系学 [M]. 武汉：武汉测绘科技大学出版社，2000.
[129] 余英时. 中国思想传统的现代化诠释 [M]. 苏州：江苏人民出版社，1998.
[130] 余英时. 中国知识分子论 [M]. 郑州：河南人民出版社，1997.
[131] 张岱年. 文化与价值 [M]. 北京：新华出版社，2004 .
[132] 张岱年，等. 中国文化概论 [M]. 北京：北京大学出版社，1994.
[133] 张辉. 审美现代性批判 [M]. 北京：北京大学出版社，1999.

[134] 张京媛．后殖民理论与文化批判［M］．北京：北京大学出版社，1999.
[135] 张驭寰．中国城池史［M］．天津：百花文艺出版社，2003.
[136] 张仲礼．中国绅士［M］．上海：上海社会科学出版社，1991.
[137] 张紫晨．中国民俗学史［M］．吉林：吉林文史出版社，1993.
[138] 赵冬梅．溯源与比较——当代海峡两岸的小城小说［M］．北京：北京大学出版社，2011.
[139] 赵冬梅．小城故事——中国现代文学中的小城小说［M］．北京：人民文学出版社，2006.
[140] 赵秀玲．中国乡村城市化概论［M］．郑州：河南大学出版社，1997.
[141] 赵毅衡．苦恼的叙述者：中国小说的叙述形式与中国文化［M］．北京：十月文艺出版社，1994.
[142] 赵园．赵园自选集［M］．南宁：广西师范大学出版社，1999.
[143] 钟敬文．钟敬文民俗学论集［M］．上海：上海文艺出版社，1998.
[144] 周宪．现代性的张力［M］．北京：首都师范大学出版社，2001.
[145] 周晓红．传统与变迁［M］．上海：三联书店，1998.
[146] 周耀明，徐杰舜．中国风俗文化史纲［M］．南宁：广西人民出版社，2001.
[147] 周作人．周作人民俗学论集［M］．上海：上海文艺出版社，1998.
[148] 邹跃进．他者的眼光——当代艺术中的西方主义［M］．北京：作家出版社，1996.
[149] 逄增玉．文学视野中的小城镇形象及其价值［J］．湛江师范学院学报，2003（5）.

[150] 邱诗越．论中国现代市镇小说的疾病意象［J］．兰州学刊，2015（1）．

[151] 邱诗越．权与利诱惑下的角逐——论中国现代市镇小说的权力叙事［J］．河南师范大学学报，2011（1）．

[152] 辛秋水．小城镇：第三种社会［J］．福建论坛（经济社会版），2001（5）．

[153] 薛德升，许学强．解放前我国地理学界关于小城镇研究的综述［J］．人文地理，1995（3）．

[154] 燕子．小说空间的混杂性——施蛰存与穆时英笔下的小城镇［J］．现代中文学刊，2010（6）．

[155] 杨加印．现代文学中的“小城镇世界”［J］．文艺争鸣，2004（11）．

[156] 杨剑龙．小城文学的价值与研究方法谈［J］．湛江师范学院学报，2003（5）．

[157] 叶永胜．小城镇文学的系列组合叙事结构［J］．贵州师范大学学报，2011（6）．

[158] 余连祥．徐志摩的江南小城镇文学［J］．嘉兴学院学报，2014（9）．

[159] 余连祥．现代江南小城镇文学中的旱涝灾害叙事［J］．浙江学刊，2013（4）．

[160] 袁国兴．鲁迅小说的“小城镇氛围”——兼谈中国现代小城镇文学［J］．鲁迅研究月刊，2007（5）．

[161] 张磊．城乡交响中的小城乐章——浅论现代作家的小城意识［J］．山东师范大学学报（人文社会科学版），2001（6）．

[162] 张瑞英．文化视阈中的现代小城镇小说研究论纲［J］．东岳论丛，2014（11）．

[163] 郑宗寒．试论小城镇［J］．中国社会科学，1983（4）．

[164] 周水涛．论小城镇叙事小说的文体发育与成熟［J］．西南大学学报（社会科学版），2014（3）．